정도전

정도전

2

고뇌 속으로 가다

임종일
장편역사소설

인문서원

차례

1. 적객

"나는 지금 임금의 명으로 귀양을 가는 것인데, 어찌 정승의 말에 따라 가고 말고 하더란 말이오? 임금의 명을 어길 수 없는 법이니 그대로 죄인의 몸으로 떠날 뿐이오!"

도전이 유배를 떠나면서 남긴 말은 사실상 이인임을 겨냥한 직격탄이었다.

이인임.

조정의 중신들은 물론이요 임금조차 두려워하는 명실상부한 고려의 최고 권력자였다. 이제는 명덕태후 홍씨조차도 이인임을 어쩌지 못할 정도였다. 이인임의 한 마디 한 마디가 곧 법이었다. 그런 이인임을 도전은 똥 묻은 막대기쯤으로 취급해버린 것이다.

이인임은 가슴이 다 서늘해졌다.

'다른 자 같았으면 벌써 달려와 부복하였을 텐데 정도전이라는 자는

대체 무얼 믿고 그리 내게 오만하단 말인가! 그자는 다른 유생들과 확실히 달라…….'

정도전이라는 이름을 새기고 또 새겼다. 그럴수록 이인임의 권력욕은 펄펄 끓어올랐다. 이인임은 자신에게 덤비거나 눈에 거슬리는 자는 기어이 보복을 해주어야 직성이 풀리는 성격이었다. 권좌에 있는 한 누구라도 자신 앞에 무릎을 꿇어야만 했다.

'정도전, 이놈. 내 결코 잊지 않고 네놈 이름을 기억해둘 것이야.'

이인임은 정도전도 언젠가 반드시 무릎을 꿇리고 말리라며 이를 악물었다.

그런데 이인임의 눈치만 보던 조정 분위기가 사뭇 달라져갔다. 한직의 종4품 벼슬아치에 지나지 않은 정도전이 나라의 권력을 통째로 쥐고 흔드는 정승과 정면으로 대거리를 한 뒤로, 신진사대부들을 중심으로 반원 세력들이 이인임에게 등을 돌리기 시작한 것이다. 그들은 대놓고 이인임을 성토하였다.

"아무래도 안사기의 자결이 미심쩍습니다."

"글쎄 말이에요. 자결을 할 만한 사람으로는 안 보이던데 말입니다."

"밀직부사 김의가 명나라 사신을 죽인 것은 안사기와 통모한 것이 분명하고, 이 시중도 이를 알면서 몰래 북원(北元)과 통하였다가 들통이 나자 안사기가 갑자기 자결을 해버렸다는 게 너무 시기적으로 아귀가 딱딱 맞아떨어져서 오히려 수상합니다."

"안사기의 자결도 의문스럽거니와 모든 의혹이 사실은 이 시중에게 집중되어 있지 않습니까? 죄가 있다면 응당 죄를 물어야 할 것이오!"

"정도전의 주장대로 즉시 북원의 조서를 회수하고 오계남과 김의를 따라갔다가 돌아온 자들을 체포하여 국문하면 의혹이 풀릴 것입니다."

"그렇지요. 그러면 이 시중의 죄도 백일하에 드러날 것입니다."

그러나 이인임은 역시 노회했다. 자신을 둘러싼 의혹의 시선을 떨쳐 버리기 위해 강계에서 입국을 기다리고 있던 북원의 사신을 그대로 돌려보내버린 것이다. 또 북원의 조서조차 받지 않았다. 조서가 공개되면 자신에 대한 의혹이 더 커질 것이 뻔했기 때문이다.

그러나 도전이 질러놓은 의혹의 불씨는 쉽게 사그라들지 않았다. 이번에는 간관(諫官)들이 모처럼 입바른 소리를 하였다. 그중에서도 우헌납(右獻納) 이첨과 좌정언(左正言) 전백영은 우왕에게 직접 상소를 올렸다.

전하, 이인임은 일찍이 김의(金義)와 공모하여 명나라 사신을 죽이고 변란을 일으켰는데도 요행히 처단을 모면하였으니 나라사람들이 모두 이를 갈고 가슴 아파하는 바입니다.

그리고 서북면을 지키러 나갔던 찬성사 지윤(池奫)은 김의에게 밀서를 받고 그것을 몰래 이인임에게 전달했다는데, 나중에 태후마마와 전하께서 찾으시자 '사람들이 의심할까봐 없애버렸다'라고 하였으니 이는 감히 신하로서 있을 수 없는 일을 저지른 것이옵니다.

또한 이인임은 지난날 백관(百官)들과 함께 효사관(孝思館)*에 나가 선왕(先王)의 유지를 따라 오로지 전하를 받들겠노라 맹세했으면서도 북원과 몰래 통한 것은 장차 북원의 조종을 받는 심왕(瀋王)에게 공을 세워, 자신만이 화를 면하려 했던 것이니 그 간사한 죄를 어찌 묻지 않을 수 있겠사옵니까?

---

* 태조의 초상화가 모셔진 곳.

전하, 바라옵건대 마치 입술과 이처럼 결탁하여 변란을 선동하고 나라
의 장래마저 예측할 수 없게 만든 이인임과 지윤의 목을 마땅히 베어
야 할 것이며, 또 그들의 하수인인 오계남과 장자온의 죄도 다스려 나
라의 기강을 바로 세워야 할 것이옵니다!

"그만하세요, 그만……!"

이인임의 실체가 다시 한 번 드러났지만 우왕은 대경실색하였다.

이제 겨우 11살. 무엇이 진실이고, 무엇이 거짓인지 판별할 수 없는 어
린 왕은 이인임의 목을 베라는 말이 우선 무섭고 떨렸다. 부왕(父王)의 고
명(顧命)을 받은 유일한 신하이자, 국사를 한 몸에 책임지고 있으며, 자신
이 하늘처럼 믿고 있는 이인임의 죄를 물어 처단하라니…….

"당장, 이 시중을 불러오세요!"

우왕은 서둘러 이인임을 불러들였다. 어린 왕이 자신을 하늘처럼 믿
고 의지한다는 것을 잘 알고 있는 이인임은 천연덕스럽게 말했다.

"간관들의 망언에 뭘 그리 놀라시옵니까, 전하."

우왕은 떨리는 가슴을 쓸어내리며 물었다.

"이들의 상소가 정도전이나 박상충의 말과 다를 것이 없는데, 이제는
경을 죽이라니, 어찌 그다지 함부로 말할 수 있습니까?"

"정승을 함부로 모함한 죄는 결코 용서될 수 없는 일이옵니다."

"당연합니다. 다시는 그런 말을 못하도록 혼쭐을 내주어야 합니다."

"하오나 전하, 이들은 임금의 허물도 서슴없이 아뢸 수 있는 간관이
옵니다. 이들에게 벌을 주었다가 자칫 전하의 덕음(德音)을 가릴까, 신은
그것이 두렵사옵니다. 다만 이들을 지방으로 좌천시켜 다른 자들에게

경계를 삼고자 하옵니다."

"자신을 모함한 자들에게 그토록 관대하시다니요? 경은 참으로 어지신 분입니다."

"오로지 전하를 위할 따름이온데, 신이 어찌 사사로운 감정을 앞세울 수 있겠사옵니까?"

우왕은 이인임의 말에 감복하지 않을 수 없었다.

"과인은 오로지 경만 믿을 뿐, 그 누구를 의지하겠습니까."

쥐가 고양이를 갖고 놀듯, 이인임은 우왕을 손바닥 위에서 갖고 놀고 있었다. 왕 앞을 물러나온 이인임은 당장 이첨과 전백영을 춘주(春州)와 영주(榮州)의 지사(知事)로 각각 폄직시켰다. 그러자 김구용과 정몽주를 비롯한 신진사대부들이 반발하여 다시 상소를 올렸다. 이인임은 상소문을 읽다 말고 바닥에 홱 내팽개쳤다.

"대체 이 작자들이 나를 어떻게 보기에 이토록 방자하더란 말인가!"

마침 옆에 있던 지윤이 탁자 위에 내던져진 상소문을 삐뚜름하게 쳐다보았다. 그러나 까막눈인 그의 눈에 보이는 것이라곤 까만 것은 글자요, 하얀 것은 종이일 뿐이었다. 지윤은 무녀의 아들에다 군졸 출신이었다. 그런 그가 재상의 반열에 오를 수 있었던 것은 군공(軍功)을 부풀리고 순전히 이인임에게 빌붙은 덕분이었다. 지윤은 이인임의 눈치를 살피더니 시큰둥한 표정으로 말했다.

"하룻강아지 같은 사대부 놈들이 철없이 몇 자 적어 올린 것을 가지고 무얼 그리 역정을 내십니까?"

이인임은 못마땅한 눈길로 지윤을 쳐다보았다. 지윤은 짐짓 딴청을 부리면서 말했다.

"귀찮은 각다귀는 쫓아버리거나 죽여버리는 것이 상책이지요."

이인임이 아무 말이 없자 지윤은 계속해서 혼자 주절거렸다.

"유생이란 작자들이 본시 글줄이나 외면서 탁상공론만 일삼는 자들인데, 그자들이 모였을 때는 제법 입바른 소리를 합디다만, 한 놈씩 떼어놓고 보면 유약하기 이를 데 없어요. 아, 선왕께서도 겉으로는 옳은 소리입네 하면서 출세를 위해서라면 뒤로 호박씨 까는 놈들이라고 하지 않았소이까? 헌데 나라를 맡으신 총재께서 이따위 것들을 두려워하시다니요? 저 같으면 당장에 요절을 내고 말겠습니다그려."

이인임은 눈을 가늘게 뜨고 지윤을 건너다보았다.

"허면?"

"사정 볼 것 없습니다요. 아, 몇 놈 잡아다가 죽지 않을 정도로 두들겨 패고나면 다른 놈들은 앗, 뜨거라 하며 주둥아리를 딱, 닫치고 고개를 쑥 집어넣고 말 거요. 그래도 아니 되는 놈들은 총재를 모함한 죄로 먼 곳으로 유배를 보내버리면 될 것 아닙니까. 아닌 말로, 그놈들은 모가지가 하나가 아니라 둘이랍니까?"

이인임은 지윤의 말을 흘려듣는 척, 눈을 감고 가만히 있었다. 그러나 머릿속에서는 도전과 박상충의 주장에 동조하는 신진사대부뿐만 아니라 눈엣가시 같은 존재인 경복흥까지 한꺼번에 쓸어버릴 수 있는 계책이 떠올랐다.

다음날로 응양군 상호군(鷹揚軍上護軍) 우인열(禹仁烈)이 친종호군(親從護軍) 한리(韓理)와 함께 이첨과 전백영의 국문을 주장하고 나섰다.

"간관이 총재를 논핵한 것은 결코 가볍게 넘길 일이 아닙니다. 만약 간관의 주장이 옳다면 이는 총재에게 죄가 있는 것이요, 재상에게 죄가 없다면 간관에게 응당 죄가 있는 것이니 마땅히 시시비비를 가리지 않을 수 없습니다!"

언뜻 진실을 밝히자는 소리처럼 들렸지만 간관을 탄핵하는 데 무신들이 나선 것부터가 의도적이었다. 사헌부는 기다렸다는 듯이 이첨과 전백영을 옥에 가두었다. 그러나 이첨과 전백영은 목표가 아니었다. 국문을 맡은 최영과 지윤은 배후로 정당문학 전녹생(田祿生)과 박상충을 잡아들였다. 이들에게는 더 혹독한 고문이 가해졌다.

"너희들이 그토록 정승을 모해한 까닭이 무엇이더냐? 배후에 시중 경복흥이 있다고 하던데, 사실대로 말하면 목숨만은 건질 것이야!"

그러나 두 사람은 눈을 부릅뜨고 항변하였다.

"선왕의 시역 사건에 이인임이 부원배들과 관련된 것은 자명한 사실인데, 어찌하여 죄 없는 자를 잡아들이고 난신적자는 죽이지 못하는가!"

"임금을 죽인 간신배가 오히려 나라를 맡고 있으니, 그대들은 현릉(공민왕)이 지하에서 통곡하는 소리가 들리지 않는가!"

국문을 맡은 지윤과 최영은 인정사정없었다. 전녹생과 박상충의 입을 틀어막기 위해서라도 혹독한 매질이 가해졌다. 걸치고 있던 옷은 갈기갈기 찢겨나가고, 그 사이로 피가 튀고 살점이 떨어져 나갔다. 얼마나 참혹했던지 형리들마저 고개를 돌려버릴 정도였다.

아무리 매질을 해도 더는 나올 것이 없자 이인임은 옥사를 종결지었다. 경복흥까지 엮지는 못했지만 대신에 전녹생, 박상충, 이첨, 전백영은 장형(杖刑)을 가한 뒤에 유배시켰다. 또 김구용, 정몽주, 이숭인, 염흥방, 염정수(廉庭秀), 이성림, 윤호(尹虎) 등 무려 17명의 신진사대부를 유배 보냈다. 죄목은 오직 하나였다. 정승을 모해한 죄.

그에 따라 정몽주는 언양으로, 김구용은 죽주(竹州)로, 염흥방은 광주(光州)로, 이숭인은 경산부(京山府)로, 이첨은 하동으로 각각 유배되었다. 그러나 전녹생과 박상충은 유배지에 닿기도 전에 장독이 퍼져 목숨을 잃고 말았다.

· · ·

피가 거꾸로 치솟는 소식이었다.

'박상충이 죽다니!'

도전은 귀를 의심했다. 도저히 믿을 수가 없었다. 시역의 진상을 밝히고 난신적자를 가리자는 것인데, 이인임은 자신의 죄가 드러나는 것이 두려워 충신의 생명까지 앗아가고 말았다. 아무리 간악한 이인임의 손아귀에서 놀아난다 한들 충신과 간신을 분별할 자가 조정에 그리도 없더란 말인가.

도전은 곡기를 입에 대지 않고 뜬눈으로 밤을 지새웠다. 뜻을 같이했던 동지들이 귀양살이로 뿔뿔이 흩어졌으니 소식조차 물을 길이 없었다. 조정은 이제 이인임을 추종하는 세력들로 가득 찰 것이고, 그들은 어린 임금의 눈을 가리고 귀를 막으며 온갖 탐학을 저지를 것이 뻔하였다. 장차 나라와 백성들이 어찌될 것인지 암담하기 이를 데 없었다.

유배지로 내려오는 길에 백성들의 비참한 삶을 낱낱이 목격한 터였다. 바다와 가까운 고을일수록 쓸쓸하고 적막하기 그지없었다. 들끓는 왜구 때문이었다. 왜구의 침탈로 백성들이 당하는 고통은 개경에서 상상했던 것보다 훨씬 심각했다. 왜구가 출몰하는 곳마다 고을은 초토화되고 백성들은 포로로 잡혀갔다. 그나마 남은 자들은 살던 곳을 버리고 뿔뿔이 흩어지니 인가는 여우와 토끼 굴로 변해버리고 전답은 잡초만 무성했다.

사정이 그러한데도 지방의 수령들은 중앙에 제대로 보고조차 하지 않은 채 쉬쉬해 버리기 일쑤였다. 징계를 받고 벼슬길이 막힐까, 오직 그것만이 두려웠던 것이다. 고을이 황폐해지면서 조세를 걷을 수 없게 되자 관에서는 부족한 양을 인근의 다른 고을에 떠넘겼다. 그러니 왜구의 피해를 입지 않은 곳이라도 백성들의 고통은 마찬가지였다. 백성들이 당하고 있는 현실에 비하면 유배를 내려오는 동안 행역(行役)의 고달픔은 차라리 한가하기까지 했다.

해는 뉘엿뉘엿 저물어가고, 사람들은 갈 길이 멀다며 어서 강을 건너자고 사공을 졸라댄다. 이윽고 조각배는 한 잎 나뭇잎처럼 강 가운데로 흘러간다. 뱃머리에 부딪치는 잔잔한 물결. 그 물결 위로 선홍빛 노을이 퍼지는데, 천리 밖으로 떨어진 적객(謫客)에게 물빛의 아름다움은 차라리 마음을 다치게 했다.

상심을 다스리려 황황한 눈길을 허공으로 돌리니 갈매기 서너 쌍이 시름에 겨운 듯 끼룩거리고, 크고 작은 배들이 줄줄이 정박한 건너편 포구에서는 문득 하얀 연기 한 줄기가 피어오르고 있었다. 나주목의 금강진(錦江津)* 풍경이었다.

도전이 유배를 살 곳은 회진현의 거평부곡(居平部曲) 내에 있는 소재동(消災洞)**이라는 곳이었다. 소재동은 나주목 치소(治所)에서 서쪽으로 30

---

* 일명 금천(錦川), 남포(南浦)라 불렸으며 지금의 전남 나주시 영산포.
** 지금의 전남 나주시 다시면 운봉리 백동(白洞) 마을 서편에 있는 대오개(大五介) 고개 안골이다. 그러나 지금은 논밭으로 마을의 흔적은 찾아볼 수 없다.

리쯤 떨어져 있었다.

도전의 거처는 황연(黃延)이라는 늙은 농사꾼의 집이었다. 여느 농부들처럼 꾸밈이 없고 소탈한 표정의 황 노인은 소재동의 촌장격이었다.

도전이 먼저 정중하게 인사말을 꺼냈다.

"개경에서 내려온 정도전이라고 합니다."

황 노인은 도전의 정중한 태도에 몸둘 바를 몰라 하면서도 부드러운 웃음을 잃지 않았다.

"아, 예예. 저는 황연이라고 하옵지요. 이렇게 누추한 곳에다 귀한 분을 모시게 되었습니다."

"무슨 말씀이십니까. 나그네에겐 하룻밤 잠자리도 천금으로 따질 수 없는 일인데, 오랫동안 신세를 질 모양입니다."

"신세라니요? 선비님 댁 같기야 하겠습니까마는 모쪼록 머무시는 동안 편히 계셔야 할 텐데요."

"공연히 폐나 끼치지 않을까 걱정입니다."

"아닙니다. 그렇지 않아도 늙은이 내외가 살면서 적적한지라 길손이라도 들면 되려 반가웠던 걸요."

개경에서부터 동행했던 압송관은 나주목에서 일찌감치 발길을 되돌린 터였다. 황 노인과 인사를 닦는 사이에 나주목 관아에서 나온 아전도 휑하니 가버렸다.

황 노인은 도전이 기거할 방을 보여주며 쑥스러워했다.

"촌것들이 사는 곳이라 이렇게 작고 보잘것없습니다요."

처마가 낮게 기울어진 탓인지 그렇잖아도 작은 방이 어두침침하였다. 하지만 방 안은 정갈했다.

"여장을 푸시고 필요한 게 있으시면 뭐든지 말씀하십시오."

황 노인의 말에 도전은 고개를 가로저었다.

"아닙니다……."

여장이라고 해봐야 베옷 한 벌에 책이 든 보따리가 전부였다.

"나중에라도 필요한 것이 있으시면 아무 때나 말씀하세요. 그럼 먼 길 오시느라 시장하실 텐데, 우선 안으로 들어가 다리쉼이나 하시지요. 곧 저녁상을 올리리다."

황 노인이 부산하게 물러가자 사방이 갑자기 적막강산이었다. 도전은 낮고 어둑한 방 안을 이리저리 둘러보았다. 그러다 적막을 깨려는 듯, 아들 진(津)의 이름을 나직이 불러보았다.

"진아! 진이 거기 있느냐? 부인, 우리 진이 어디 갔소?"

하지만 목이 메일 뿐, 아내와 자식들은 천리나 떨어져 있었다. 의리를 논하고 마음을 나누었던 벗들의 얼굴을 떠올리려 하자 눈앞이 먼저 흐릿해지고 말았다.

도전은 방문을 열어젖혔다. 해가 떨어지면서 하릴없이 찾아드는 어둠. 바람은 소슬했다. 때마침 떠오르는 조각달을 따라 문득 북쪽을 바라보니 그저 아득하기만 하였다. 외로움이 뼛속까지 파고들었다. 명치 끝이 아릿해지면서 뜨거운 것이 가슴을 치받으며 올라왔다. 도전은 입술을 깨물며 그것을 그대로 삼켰다. 그러나 그의 의지를 시험이라도 하듯, 가슴 한구석에 서리는 회한은 어쩔 수가 없었다.

'의리가 무시당하고 염치가 버림을 받는데, 세상 사람들은 이제 초목과 더불어 썩어야 하는 나를 비웃을 것이 아닌가. 나라와 생민을 위해 부르짖었건만 몸은 천리 밖으로 떨어져 귀양살이라니, 이럴 수는 없

는 일이다!'

도전은 그러다 스스로를 책망하였다.

'아, 어쩌다 나는 이러는가. 박상충은 죽음으로 의리를 지켰는데, 나는 귀양 온 지 하루도 지나지 않아 이깟 절망에 몸부림치는가.'

'내 수레에 기름칠하여 저 험한 태항산 올라가노라니 황하의 물이 내리쏟는구나, 그 호기는 어디로 사라졌는가. 나는 무엇을 두려워하는가!'

도전은 미친 듯이 가슴을 쥐어뜯었다.

꼬박 사흘 동안 도전은 식음을 전폐하다시피 하고 말을 잃었다. 낮에는 방바닥에 드러누운 채 눈을 감은 듯 만 듯 멍하니 허공만 응시하였다. 그러다 불현듯 미친 사람처럼 껄껄 웃기도 하고, 혼잣말을 중얼거리기도 하였다. 밤이 되면 또 미열에 들뜬 채 뜬눈으로 지새웠다.

눈은 퀭하니 들어가고, 입술은 부르트고, 두건이 벗겨진 채 헝클어진 머리는 귀신의 형용이나 다름없었다. 의식은 명징하게 깨어 있지만 도전은 미망 속으로 다시 빠져들었다.

· · ·

안개 자욱한 미명 속으로 걸어 나갔다. 가는 안개비에 어깨가 금세 축축해졌다. 그러나 기분은 오히려 상쾌하다. 밤새 지끈거리던 두통도 어느덧 사라지고 머릿속도 맑게 갠 듯하였다.

우거(寓居)를 나선 도전은 구불구불한 밭둑을 따라 허위허위 걸었다. 얼마나 걸었을까. 안개가 차츰 걷히면서 체로 걸러낸 듯한 투명한 햇살이 쏟아지기 시작했다.

도전은 어깨에 묻은 이슬을 툭툭 털어내고 발끝에 차이는 햇살을 따라 걸었다. 댓잎 무성한 샛길을 따라 깊이를 헤아릴 수 없는 숲을 지났다. 알 수 없는 어떤 힘이 도전을 이끌어가고 있었다.

그렇게 휘적거리며 얼마를 걸었을까. 문득 도전은 등을 구부린 채 밭을 갈고 있는 한 노인네를 발견하였다.

도전은 노인에게 다가갔다. 고개를 돌려 도전을 본 노인은 일손을 멈추고 그가 가까이 올 때까지 가만히 서서 기다렸다.

성성한 백발. 기다란 눈썹. 차분하고 그윽한 눈길. 어딘가 범상치 않은 느낌이었다.

'신선인가, 도인인가?'

그렇게 생각하니 세상의 먼지와 때가 묻은 자는 가까이 다가가기가 두렵게 느껴졌다. 그래도 용기를 내어 도전이 말문을 열었다.

"노인장, 수고하십니다……."

노인은 들고 있던 호미를 밭이랑에 던져놓고는 밭둑으로 올라와 앉았다. 등허리에는 진흙이 그대로 묻어 있었다. 노인은 도전에게 대뜸 물었다.

"그대는 뭐 하는 사람이던가?"

노인답지 않게 카랑카랑하고 허공을 울리는 듯한 목소리에 자못 위엄이 서려 있었다. 도전은 무언가에 위압당한 사람처럼 선뜻 대답을 못한 채 머뭇거렸다.

노인은 입가에 엷은 미소를 머금더니, 알겠다는 듯이 고개를 끄덕였다.

"내, 가만 보니 그대의 의복이 비록 해지기는 하였으나 넓은 소매에 옷자락이 길고, 행동거지도 제법 의젓한 것을 보니 혹 선비가 아니시던가?"

"……"

그렇다고 대답하려는데 이상하게도 입술이 떨어지지가 않았다. 노인은 그러나 도전의 대답 따위 관계치 않는다는 듯이 말을 이어갔다.

"가만, 손발이 하나도 갈라지지 아니하고, 볼은 도톰하고 배도 은근히 나온 것을 보아하니 혹시 조정의 벼슬아치 아니시던가?"

"……!"

도전이 역시 대답을 못하자 노인은 단번에 탄식을 터뜨린다.

"아하! 역시 그렇구만. 그런데, 어인 일로 이렇게 궁벽한 시골에까지 왔던가? 나 같은 사람이야 촌구석에서 태어나 거친 들에서 자라고 도깨비와 더불어 살고 물고기와 더불어 사는 처지라지만, 조정의 벼슬아치라면 이런 곳에는 얼씬도 하지 않을 터. 가만……. 그래, 죄를 짓고 추방된 모양이구먼?"

도전이 겨우 입술을 떼었다.

"그러합니다만……"

"그럼 그렇지! 그래, 무슨 죄를 지었던가?"

도전은 그러나 대답하지 못했다.

"음……"

노인은 알았다는 듯 고개를 몇 번 끄덕이더니 계속해서 물음을 던졌다.

"그대는 자기 배를 채우고, 처자식 양육하기 위해 불의(不義)는 돌아보지 아니하고 한없이 제 욕심만 채우려다 죄를 얻은 것인가? 아니면 벼슬을 꼭 해야겠는데 재주와 능력이 없으니, 권신을 가까이 하고 세도에 붙어, 수레의 먼지와 말 다리 사이를 분주히 오가면서 찌꺼기 술이나 얻어

먹고 먹다 남은 고기 따위를 얻어먹을 셈으로 어깨를 움츠리고 아첨을 떨다가, 하루아침에 형세가 가버려서 결국 이렇게 죄를 얻은 것인가?"

"그런 것은 아니올시다."

"하, 그래? 그렇다면, 겉으로는 겸손한 체하면서도 이름을 헛되이 훔치고, 직책은 돌아보지 않고 나라의 녹만 타먹으면서도 나라의 안위와 백성들의 삶이나 근심, 시정(時政)의 득실과 풍속의 미악(美惡)에는 관심조차 없어, 자기 보신에만 급급하고 처자나 호강시킬 계책으로 세월이나 축내다가, 한 충의지사(忠義志士)가 바른말을 고할 때 오히려 그를 비방하고 비웃다가 그만 간사한 것이 드러나서 여기까지 쫓겨난 것인가?"

"그것도 아니올시다."

"하, 그렇다면, 장상(將相)의 자리에 떡 올라서더니 난리가 없어 세상이 조용할 때는 교만을 부리고 당파를 조장하여 임금의 은총을 가리며 조사(朝士)들을 경멸하더니, 막상 전쟁이 일어나 싸움터에 나가서는 적이 일으킨 먼지만 보고도 겁에 질려 달아나고, 백성들을 적의 칼날 앞에 어육(魚肉)으로 내팽개치고 국가의 대사를 그르치기라도 했단 말인가?"

"......"

"그것도 아니라면, 경상(卿相)이 되어 무릇 국사를 농단하는데 곧은 선비를 멀리하고 자기에게 아첨하는 자들은 가까이하면서 임금의 작록을 훔쳐 사사로이 은혜를 베풀고, 나라의 형전(刑典)을 희롱하여 제 것처럼 삼다가 악행이 백성들의 골수에까지 뻗치니 하늘이 무심치 않아 마침내 화를 당한 것인가?"

도전은 완강하게 고개를 저었다.

"그것도 아니올시다!"

"아하, 그래?"

노인의 입가에 언뜻 엷은 미소가 스쳤다.

"그렇다면 이제 내가 그대의 죄목을 능히 알겠구만. 자신의 힘이 부족한 것을 헤아리지 않고 큰소리치길 좋아하고, 그 시기의 불가함을 알지 못하고 바른말만 골라하다가 윗사람을 거슬리게 했으니 죄를 얻은 것이로고?"

"……!"

단정을 짓고 묻는 노인의 말에 도전은 숨을 죽일 뿐. 그러자 노인의 말이 폭포수처럼 쏟아지기 시작했다.

"옛날 초(楚)나라의 굴원(屈原)이 곧은 말을 좋아하고, 낙양(洛陽) 사람 가의(賈誼)가 큰소리치길 좋아했는데, 한유(韓愈)는 그들 옛사람을 사모하고, 관용방(關龍逄)은 윗사람에게 곧잘 거슬려 혹은 폄직되고 혹은 죽어서 스스로 자기 몸을 보전하지 못하였거늘, 그대는 지금 한 몸으로 몇 가지 금기를 범하여 귀양살이로 쫓겨났구먼?"

도전은 대답 대신 얕은 한숨을 쉬었다. 그러자 노인이 한바탕 웃음을 터뜨렸다.

"하하하! 어째, 그럴 줄 알았지. 하지만 이보시오, 다행히 목숨은 보전했으니 너무 억울해하거나 비통해할 것은 없지. 나 같은 촌로도 나라의 은전(恩典)이 너그러움을 알 수 있겠거늘, 그대는 지금부터라도 조심하면 화를 면하게 될 것이라……."

도전은 노인이 필시 도통을 한 노성(老成)한 선비이거나 기인(奇人)임이 틀림없다고 여겼다. 그 순간, 도전은 앉은자리에서 벌떡 일어나 노인 앞에 무릎을 꿇고 말했다.

"노인장께서는 분명 은군자(隱君子)이시니, 시생이 삼가 모시고 배우고자 하옵니다. 부디 저에게 가르침을 주소서!"

노인은 아까보다 더 큰 소리로 웃었다.

"하하하! 잘못 보았소. 나는 밭을 갈아서 나라에 조세를 바치고 그 나머지로 처자를 양육하니, 그 밖의 것은 나의 알 바가 아니라오. 그대는 자신의 형편과 처지를 알았으면 이제 나를 어지럽게 하지 말고 그만 가보시오!"

그 말을 끝으로 노인은 자리를 털고 일어나더니 밭둑을 따라 총총히 걸어가버렸다. 도전은 노인을 쫓아갈 엄두를 못낸 채 그저 멀거니 바라만 볼 뿐이었다. 이윽고 노인은 산모퉁이를 돌아 안개를 뚫고 쏟아지기 시작한 아침 햇살 속으로 불현듯 모습을 감추고 말았다.

'저 노인은 정녕 도인인가. 아니면 공자의 주유천하(周遊天下)를 비웃었던 장저(長沮)와 걸익(桀溺) 같은 사람인가?'

그렇게 되뇌던 도전은 문득,

'아, 나는 지금 꿈을 꾸는가?'

스스로에게 물었다. 그러나 꿈인지 현실인지 알 수 없었다.•

• • •

"선비님!"

황 노인이 도전을 불렀다. 그러나 도전은 눈길을 망연히 떨군 채 깊은 상념에 빠져 있었다. 황 노인이 다시 한 번 큰소리로 불렀다.

"아, 선비님!"

• 이 부분은 정도전이 유배지에서 쓴 「답전보(答田父)」를 원용한 것임.

그제야 도전은 황 노인과 눈길이 마주쳤다. 황 노인이 두 손에 소반을 받쳐 들고서 빙긋이 웃고 있었다.

"이거, 제가 직접 담근 농주올시다. 목이라도 좀 축이시고 기운을 차리시라구요."

황 노인의 마음 씀씀이에 도전은 눈시울이 뜨거워졌다. 벌써 며칠째 식음을 전폐하고 미친 사람처럼 괴로워하는 도전을 황 노인은 자기 일처럼 안타까워하며 보살펴주었던 것이다. 도전은 황 노인의 미소를 희미하게 바라보며 이제 힘을 차려야겠다고 마음을 다잡았다.

밖으로 나오자 쏟아지는 햇살에 눈앞이 아릿했다. 소재동에 들어온 지 거의 열흘 만에 햇빛을 본 것이다. 도전은 황 노인을 따라 동네를 처음으로 둘러보았다.

참으로 아늑한 동네였다. 소나무와 느티나무 사이로 누런 띠와 대밭이 듬성듬성 보이고, 대나무로 엮은 울타리는 보기만 해도 맑고 시원하였다. 정남향으로 자리 잡은 마을은 겨울을 지내기에는 더없이 따뜻한 곳이라 하였다. 마을 뒷산(오늘날의 백룡산白龍山)이 병풍처럼 둘러 있어 한겨울이면 북풍을 막아주는데, 아무리 매서운 칼바람이라도 이 산에 이르면 신기하리만큼 잦아든다는 것이었다.

소재동은 20여 호가 모여 농사를 짓고 사는 마을이었다. 마을 한가운데에는 소재사(消災寺)란 작은 절이 있는데, 마을 이름은 이 절에서 따온 것이었다.

소재동에서 바라보면 북동쪽으로는 봉우리가 첩첩이 이어졌으나, 서남쪽으로는 봉우리가 낮고 작아서 멀리 회진까지 한눈에 들어왔다. 회진은 완벽한 군사 요충지였다. 백제 때에 쌓은 토성은 능선을 따라 천연의 성채를 이루었고, 회진성 망루에서는 금강을 타고 바다로 들락거리는 모든 배를 한눈에 볼 수 있다고 했다.

소재동에서 회진까지는 수십 리 길이었다. 그런데도 그곳 더운 땅에서 일어나는 축축한 독기가 사람의 살에 한번 침입하면 때 없이 병이 생긴다고 하였다. '물한실' 또는 '수다(水多)'라고 부를 정도로 물이 많은 곳이라 땅에서는 또 늘 습한 기운이 올라왔다. 그러나 아침저녁으로 기상이 천만 가지로 변하는 모습은 가히 장관이었다.

동네 사람들은 하나같이 순박하고 인정이 많았다. 해가 뜨면 밭에 나가 일하고 저물어서야 돌아오는 고된 농사일을 하면서도 무엇이 그리 즐거운지 연신 노래를 흥얼거렸다. 넉넉한 살림은 아니었지만 이웃의 형편과 처지를 살피는데, 마치 제 피붙이를 돌보는 것처럼 푸짐한 인심이었다.

적소 생활에 차츰 익숙해지면서 도전은 평상심을 되찾기 시작했다. 마을 사람들과도 얼굴을 익히고 곧 친숙해졌다. 그들 가운데 서안길과 김천부, 조송, 그리고 김성길과 김천 형제는 하루가 멀다 하고 황 노인의 집으로 도전을 찾아왔다. 그럴 때마다 황 노인은 술을 동이채로 내놓았다. 황 노인이 술을 좋아하고 또 잘 빚는지라 집안에는 언제나 술 익는 냄새가 그윽했다.

황 노인과 비슷한 연배의 서안길은 소재사의 승려였다. 그러나 처음부터 승려는 아니었다. 늘어서 가사를 걸치긴 하였으나 머리는 깎지 않았으니 반은 속인이고 반은 승려인 셈이었다. 게다가 서안길은 용모가 남달랐다. 길쭉한 얼굴에 턱없이 높은 코를 가지고 있었는데, 말과 행동까지 생김새처럼 특이했다. 또 민간에서 전승되는 역사와 지리에 해박하고 여항(閭巷)의 일이라면 모르는 것이 없었다.

김천부와 조송은 농사꾼으로 황 노인과는 망년우(忘年友)로 지내는 술친구였다. 그들도 황 노인처럼 꾸밈이 없고 소탈했다.

그들보다 젊은 축에 드는 김성길은 역시 농사꾼인데, 글을 조금 깨우친 터라 경서에도 관심을 가지고 있었다. 궁금한 것을 들고 와서는 이것저것 도전에게 묻기도 했던 것이다.

그 동생 김천은 아직 장가를 들지 않아 형과 같이 살고 있었다. 그는 나이답지 않게 담소를 아주 잘해 좌중을 곧잘 웃기곤 하였다. 그래서인지 김천은 격의가 없고 말마다 장난기가 잔뜩 배어 있었다. 상대가 도전이라고 해서 예외가 아니었다. 한번은 김천이 도전에게 대뜸 묻는 것이었다.

"선비님, 동네 사람들이 우리 동네에 유자(儒者)가 왔다, 유자가 왔다, 하길래 저는 또 그랬지요. 아니, 유자가 유자나무에 달려 있어야지, 뭔놈의 유자가 발이 달려 왔다 갔다 하느냐고요. 아, 그랬더니 사람들이 절더러 무식한 놈이라고 손가락질을 다 하지 않겠습니까요?"

"너, 선비님 앞에서 무슨 말을 하려고 세 치도 안 되는 혀를 또 놀리는 거냐?"

옆에 있던 김성길이 동생을 은근히 나무라자 김천이 냉큼 받아쳤다.

"아니, 형님은 이 아우의 혀가 세 치인지 닷 치인지, 어찌 그리 잘 아시우? 언제 재보기라도 했단 말이우? 세 치도 안 된다고 말하게."

김성길도 지지 않고 아우의 말투를 그대로 흉내 내며 말을 받았다.

"그래, 이놈아. 내가 잘 알지. 엊그제 세상모르고 곯아떨어진 네놈의 혓바닥을 요렇게 쏙 빼서 내 손가락으로 확실히 재보았다. 어쩔래?"

김성길은 엄지와 검지손가락을 들어 보이기까지 했다. 김천이 고개를 갸웃했다.

  "가만, 엊그제라면 내가 회진에 나가 하룻밤 묵고 온 날인디, 아니, 우리 형님이 필시 도깨비에 홀린 것 아니여?"

  "허어, 고놈 참."

  형제가 주고받는 말에 사람들이 한바탕 웃음을 터뜨렸다. 말끝에 김천이 자못 진지한 낯으로 도전을 보고 말하였다.

  "그런데 선비님, 저희들이야 뭐, 땅이나 파먹고 사는 처지라 무식하다고 해서 부끄러울 것도 없지요. 뭐. 그런데 이놈도 눈이 열려 있고, 귀가 뚫려 있는지라 세상 돌아가는 풍월쯤은 보고 듣는 바가 있다 이겁니다."

  "허어, 쇠귀에도 풍월이 다 들리더냐? 차라리 경을 읽었다고 하질 그랬느냐?"

  김천의 사설이 길어진다고 여겼는지 형인 김성길이 또다시 어깃장을 놓았다.

  "형님도 차암, 소한테 경이나 한번 읽어주고 그런 말을 하셔요. 눈을 꿈벅꿈벅함서 다 알아들을 것잉게."

  "고놈, 참. 말본새하고는……."

  이번에도 형이 지고 말았다. 형제는 티격태격하면서도 표정은 늘 정에 겹다. 김천이 도전을 보고 다시 말했다.

  "제가 선비님께 여쭙고 싶은 말은 다름이 아니라, 선비님을 두고 사람들이 유자라고 하던데, 유자라는 업(業)은 대체 무엇을 해서 먹고사는 겁니까?"

  "허, 고놈 정말 무식하기는. 모르면 가만이나 있질 않구."

형의 말에 아우가 발끈했다.

"아, 무식하니까 물어서라도 알아야 되는 것 아니요?"

그러자 그때까지 웃으며 지켜보고만 있던 황 노인이 점잖게 끼어들었다.

"이러다 의좋은 김씨 형제 싸움나겠네. 그만들 하고 어디 선비님 말씀이나 한번 들어보세. 사실 나도 유자가 무언지, 꽤나 궁금하던 참이었거든……."

황 노인은 고개를 돌려 옆 자리의 도전에게 물었다.

"우리들이야 들에서 사는 처지인지라 비루하고 식견은 없습니다만, 그러니까 위에 앉아서 나라의 정사를 다스리는 이를 경대부(卿大夫)라 하고, 그 아래 사는 백성들도 저마다 생업이 있어, 밭을 가는 자를 농부라 하고, 또 공인(工人)이 있고 상인(商人)이 있어 먹고 살아가는데, 선비님은 이제 벼슬에서 떨어져 생산이 있는 것도 아니면서 유(儒)를 업(業)으로 삼고 있다, 이렇게 말씀하는데, 대체 유란 어떤 업이며, 또 유가 무엇을 생산하는지, 그것이 궁금할 수밖에요?"

"옳거니, 제가 묻고 싶었던 게 바로 그거랑게요."

김천의 맞장구에 도전은 피식 웃었다. 이들에게 성명의리지학(性命義理之學)이라고 하는 도학(道學)의 본질을 말해준다 해서 알아듣겠는가, 하는 교만에서 나오는 웃음이었다. 도전은 그럴듯하게 서두를 꺼냈다.

"유가(儒家)를 어찌 한마디로 이런 것이다, 라고 할 수 있겠습니까? 유가에서 하는 일은 실로 광범위하여 천지음양의 조화를 따지고, 사람으로서 마땅히 행해야 할 도(道)를 궁구하는 것이지요."

"그럼 우리 불가(佛家)에서 말하는 도하고 같은 말이 아닙니까?"

서안길의 말에 도전은 다시 한 번 웃었다. 그리고는 장황하게 설명하기 시작하였다.

"물론 같은 말이지만 뜻하고 취하는 바가 엄연히 다르지요. 우리 유가에서 말하는 도는 그야말로 만물의 이치를 밝히는 것인데, 사람이 그 이치에 따라 떳떳하게 사는 도리를 말하는 것이랍니다."

도전은 지난날 성균관에서 생원들에게 강의하던 것처럼 한참동안 말을 쏟아냈다. 그리고 마지막으로 덧붙였다.

"그러니 나라에서 임금이 유자를 쓰면 위가 편안하고 아래가 안온하며, 자제가 그를 따르면 덕이 높아지고 업이 진취될 것이요, 궁하여 때를 만나지 못한다 해도 글을 남겨 후세에 전하니, 차라리 세속에서 비방을 당할지언정 스스로를 독실히 하는 것은 옛 성인이 가르친 뜻을 저버리지 못하기 때문이며, 그 몸이 주려서 아주 곤경에 빠졌을지라도 불의를 범하여 마음을 부끄럽게 하지 않으니 이것이 바로 유자의 업이라고 하는 것입니다."

뒷말은 기실 스스로를 두고 하는 말이었다. 비록 벼슬에서 떨어져 귀양살이를 하지만 자신은 도의에 따라 불의에 맞선 것이지, 결코 죄를 지었기 때문이 아님을 말하고 싶었던 것이다.

자못 심각한 얼굴로 듣고 있던 김천이 물었다.

"선비님 말씀을 들으니 거, 유자란 참 사치스러운 것 같습니다. 그리고 너무 과장된 것은 아닙니까?"

"……?"

"선비님은 스스로 유자라고 하면서 자신이 어질다 지혜롭다 자처하시는데, 그렇다면 조정에 다른 유자들도 많이 있을 거 아닙니까? 그런데 어째서 선비님만 벼슬도 떨어지고, 이렇게 멀리까지 쫓겨났는지, 참으로 모를 일입니다. 그리고 말이 나왔으니 말이지, 우리들은 선비님을 이웃처럼 허물없이 대하는데, 선비님은 우리 촌것들을 쉽게 허여하지 않는 것 같아 그것도 섭섭하구요."

김천이 무심코 던진 말이 쇠망치처럼 도전의 뒤통수를 후려쳤다. 도전은 할 말을 잃었다.

황 노인을 비롯하여 대부분의 마을 사람들은 자신들의 생업에 만족해하며 그 이상도 그 이하도 바라지 않고 사는 어질고 착한 백성들이었다. 그런데 자신은 은연중에 그들의 무지를 비웃고 무시했던 것은 아닐까. 글줄이나 읽고 벼슬살이를 했다 하여 그들보다 높고 귀한 사람처럼 행동했던 것은 아닐까.

그날 밤 도전은 밤새 뒤척이며 잠을 이루지 못했다.

나는 말로만 백성을 사랑한 것 아니었던가. 정작 그들을 가까이하는 데는 거리를 두려 하지 않았던가. 세상 사람들이 모두 시속에 따라 변한다 해도 자신만은 '굳고 곧은 바탕을 지녔기에 낙락장송처럼 하늘 높이 솟아올라' 마침내 때가 되어 웅장한 집을 지을 적이면 우람한 대들보로 곧게 서리라, 그렇게 믿었다. 그러나 도도한 군자인 척하지만 속은 교만과 허위로 가득 차 있는 것 아닌가.

도전은 자신을 질책하다 못해 스스로를 비웃으며 「도깨비에게 사과하는 글(사이매문謝魑魅文)」을 쓰기 시작했다. 도깨비는 바로 백성들이었다. 그 백성들과 자신이 다를 것이 없고, 오히려 반겨주니 애오라지 더불어 살겠다는 다짐이었다.

．　．　．

　가을장마가 끝나면서 도전은 전과는 전혀 다른 사람으로 변해 있었다. 비분으로 가득 차 있던 그의 눈빛에는 평안과 고요가 깃들었다. 유배를 억울하다거나 분하게 여기지도 않았고, 그런 말을 입에 올리지도 않았다.

　동네 사람들을 대하는 데도 스스럼이 없었다. 산책을 하다가 누구라도 말을 붙이면 싸리 포기를 깔고 앉아 담소를 나누었다. 그럴 때면 입을 열어 말을 하기보다 귀 기울여 듣는 편이었다. 늙은이가 밭을 매고 있으면 도전도 바지를 걷어붙이고 이랑을 따라 잡초를 뽑았다. 흙을 묻힌 손은 금세 거칠어졌다. 그래도 마음만은 더없이 편했다.

　정이 많은 마을 사람들은 도전의 처지를 딱하게 여기고 위로해주곤 했다. 하지만 도전은 오히려 자신의 부덕을 탓하였다. 도전은 스스로에게 말하였다.

　'맹자는 마땅히 인(仁)을 체득한 자라면 난세(亂世)를 만나 뜻을 얻지 못하였을 때는 물러나 자신을 닦으라고 하지 않았던가. 수기(修己)와 도덕에 힘을 써야 할 일이다. 그런 연후에야 평세(平世)를 만나 뜻을 얻었을 때 감히 경세제민(經世濟民)을 이룰 수 있지 않겠는가!'

　세상이 결코 그 뜻을 용납해주지 않으니, 고독과 슬픔이 몸에 밴 공자가

　"어찌할 것인가? 어찌할 것인가!"

　라고, 하늘에 물었던 것은 탄식이 아니었다. 그것은 숙명과의 대결이었다. 비통함을 떨쳐버리고 자기 자신에게 냉철하게 묻는 말이었다. 공

자는 자신의 숙명을 엄숙하게 받아들였기에

"하늘을 원망하지 않고, 사람을 책망하지 않으며, 밑으로부터 배워 위로 통달하였으니, 이제 나를 알아주는 것은 하늘이라고나 할까!"

라고 자부할 수 있었다.

현실이 뜻에 맞지 않는다 해도 하늘을 원망하지 않고, 사람을 탓하지도 않으며, 오히려 흔하고 가까운 데서 배우고 깨달아 천명(天命)을 알게 되는 것이다. 사람이 하늘을 이기는 것 같아도 그것은 잠깐일 뿐. 언젠가는 하늘의 도가 사람의 욕심을 이기게 되는 법. 때문에 영욕과 화복은 한때일 뿐이니 마땅히 선한 일에 힘을 쓰고 하늘의 이치에 따를 일이었다.

도전이 유배지에서 「심문천답(心問天答)」을 저술한 것은 공자가 그랬던 것처럼 자신에게 주어진 숙명과 대결하기 위해서였다.

• 不怨天 不尤人 下學而上達 知我者其天乎

2. 적객의 꿈

"삼봉, 안에 계시오?"

한창 강론 중인 도전의 귀에 익은 목소리가 들려왔다. 도전은 강론을 멈추고 얼른 방문을 열었다. 아니나 다를까, 광주에 살고 있는 강호문(康好文)이 활짝 웃는 얼굴로 마당에 들어서 있었다. 도전은 반가운 나머지 버선발로 뛰쳐나갔다.

"매계(梅溪)가 아니신가? 어서 오시오, 어서!"

"하하하! 내가 그리도 반가우시오?"

"반갑다마다, 매계가 이리 오셨는데, 어찌 아니 반갑겠소?"

"오늘은 나보다 더 반가운 것도 있는데?"

"이렇게 반가운 벗님이 찾아오셨는데 또 무엇을 바라겠소? 자자, 어서 안으로 드십시다."

"이 양반, 집도 짓고 생기가 넘치는 것이 귀양살이 살 만한가보오."

"하하, 남은 날은 여기서 보낼 만하다오."

병진년(우왕 2년, 1376)으로 해가 바뀌면서 도전은 의욕적이고 활기찬 나날을 보내고 있었다. 작년 가을에는 황 노인의 집에서 나와 새로 거처를 마련하였다. 마을에서 제법 전망이 좋은 곳에 한 칸짜리 띠집을 지었던 것이다.

도전이 집을 짓겠다고 하자 마을 사람들이 하나같이 달려들어 도와주었다. 제대로 다듬지도 않은 나무로 기둥을 세우고 서까래를 얹었다. 지붕은 띠풀로 덮었다. 흙을 골라 작은 뜰을 만들고, 갈대를 엮어 울타리를 치고 나니, 며칠 만에 그럴 듯한 집 한 채가 들어섰다.

집이라고는 하지만 처마는 이엉 끝을 자르지 않아 들쭉날쭉했고, 마당은 고르지 않아 울퉁불퉁했다. 그래도 푸른 산은 때없이 눈에 들어오고, 해질녘이면 새들이 찾아와 저 자는 곳인 줄 알고 깃을 틀었으며, 밤이면 밝은 달이 이웃이 되어주니 문 닫고 들어앉으면 부러울 것이 없었다.

도전은 띠집을 '초사(草舍)'라 이름하였다. 그 옛날 당나라 시인 두보가 지었다는 '초당(草堂)'을 생각하며 붙인 이름이었다. 두보가 안녹산의 난으로 장안에 유폐되었을 때 지었던 초당은 겨우 한 해를 살았을 뿐인데도 그 이름이 5백 년이 지나도록 전해지고 있었다. 도전도 두보의 초당처럼 초사의 이름이 두고두고 전해졌으면 하는 기대가 어찌 없으랴.

초사에는 황 노인과 서안길, 그리고 마을 사람들의 발길이 끊이질 않았다. 사람들은 들일을 나가다가도 고개를 들이밀며 도전에게 안부를 물었다. 그리고 들일을 마치고 돌아올 때면 다리쉼이나 하고 간다며 들어와서는, 밭이나 산에서 따온 것들을 한 움큼씩 내놓곤 하였다. 울 밑에 만들어놓은 손바닥 만한 남새밭은 도전의 손이 닿기도 전에 누군가가 먼저 갈아놓았다.

그즈음, 광주에 살고 있는 강호문이 가끔씩 찾아와 적적함을 달래주었다. 무엇보다 그를 통해 멀리 흩어져 있는 벗들의 소식을 듣는 것이 도전에게는 커다란 기쁨이었다.

도전은 잡은 손을 놓지 않고 강호문을 이끌다시피 방으로 들어갔다. 마침 방 안에서 책을 보고 있던 젊은 선비 하나가 벌떡 일어나 강호문에게 예를 갖추었다.

'누구인 겐가?'

강호문이 도전에게 눈짓으로 물었다.

"내게 가르침을 받고 있는 선비올시다."

도전의 말에 강호문이 고개를 끄덕였다. 성균관박사와 사예를 지냈던 도전이 나주로 유배 왔다는 소식이 퍼지면서 그에게 학문을 배우겠다는 선비들이 작년 가을부터 줄을 이었던 터였다.

도전이 젊은 선비에게 말했다.

"인사 드려라. 영주(천안) 군수를 지내셨던 매계 강호문 선생이시다. 나와는 동년으로 고향인 광주에 살면서 내게 여러 가지 은혜를 끼치시느니라."

젊은 선비는 허리를 숙여 정중하게 예를 표하였다.

"여황현(艅艎縣)*에 사는 서생 조박(趙璞)이라 하옵니다."

강호문은 이름을 무심코 흘려들으며 도전에게,

"제자와 단둘이 강론중이라? 특별히 사랑하는 제자인 모양이구려.

---

* 지금의 광주시 광산구 본량, 삼도, 임곡 일대로 당시는 나주의 속현(屬縣)이었다.

종지가 나주에 계시는 동안 얼마나 많은 인재들이 나올까, 자못 기대가 큽니다, 하하."

"하하, 원 별말씀을……."

도전은 멋쩍은 듯 웃었다. 예를 갖추고 방에서 물러나는 조박을 물끄러미 쳐다보던 강호문이 도전에게 물었다.

"어디서 낯이 익은 듯합니다마는?"

"아, 전의령(典儀令)을 지낸 평양 조씨 사겸(思謙)의 아들입니다."

"아하! 그렇다면 거 조인규의?"

강호문은 그제야 생각났다는 듯이 무릎을 탁 쳤다.

조인규라면 충렬왕 때 몽골어 실력 하나로 한미했던 가문을 일약 재상지종(宰相之宗)*으로 올려놓은 인물이었고, 조박은 그의 4대손이었다.

훗날 이야기이지만 조박은 과거에 급제하면서 역시 재상지종의 여흥(驪興) 민씨 제(閔霽)의 큰딸에게 장가를 든다. 그의 손아랫동서로는 이성계의 이복형인 이원계(李元桂)의 아들 이천우(李天祐)가 있고, 그 아래로 이방원이 있었다.

또한 조선 개국공신 서열 2위의 조준(趙浚)은 조박의 재종숙(7촌)이 되니, 조박이 개국 1등 공신(서열 14위)에 오르고 왕자의 난 때 이방원의 편을 들어 정사(定社) 1등 공신이 된 것은 결코 우연이 아니었다. 그러나 이때는 도전의 적소를 찾아와 경서를 배우며 과거를 준비하던 일개 서생에 지나지 않았다.

---

* 왕실과 혼인할 수 있는 세족.

．． ．

"어서 읽어보시구려."

강호문은 품에서 한 통의 서찰을 꺼내 탁자 위에 놓았다. 도전은 광주에 유배 중인 염흥방이 보낸 서찰인 줄 알고 집어들었다. 그러다 겉봉에 쓰인 글씨체를 한눈에 알아보고는, 기쁨에 겨워 그만 소리를 질렀다.

"아, 아니, 이건 포은의 서체가 아니오?"

뜻밖에도 서찰은 경상도 언양에 유배 중인 정몽주가 보낸 것이었다. 강호문이 그것 보란 듯이 말하였다.

"그러니까, 내 아까 나보다 더 반가운 것이 있다 하지 않았소이까? 하하하!"

"고맙소, 참으로 고맙소!"

도전은 정몽주가 보낸 서신을 읽고 또 읽었다. 서신을 읽으면서 정몽주의 우정과 동지애를 새삼 확인하면서, 마음을 같이했던 벗들에 대한 그리움이 더욱 사무쳤다. 유락(流落)과 이별 속에서 날이 가고 달이 간다 한들 처음 품었던 뜻은 변할 리 없었다. 도전은 이내 붓을 들어 정몽주의 시에 차운(次韻)하여 답시를 써내려갔다.

마음을 같이한 벗이
같은 하늘 아래 따로 떨어져 있으니
때때로 생각이 여기 미치면
저절로 사람을 슬프게 하네.
봉황새는 천 길을 높이 날아서

돌고 돌아 조양(朝陽)으로 내려가는데

이 사람은 출처에 너무 어두워

한번 움직이면 법에 저촉되누나.

지란은 불탈수록 향기 더하고

좋은 쇠는 갈수록 더 빛이 나리니

굳고 곧은 지조를 함께 지키며

서로 잊지 말자 길이길이 맹세하네.*

강호문이 도전의 시를 읽으며 감탄하였다.

"지란은 불탈수록 향기 더하리니, 굳고 곧은 지조 함께 지키자……. 과연 삼봉다운 말씀이오. 이 시를 보고 포은께서 또 얼마나 반가워할까, 그 모습이 눈에 선하오."

"저마다 유배살이하는 신세지만 마음을 같이하는 벗이 같은 하늘 아래 있으니 얼마나 좋은 일이오. 매계가 아니었다면 이런 서신도 주고받지 못했을 텐데, 참으로 고맙소……."

생각지도 않았던 정몽주의 서신은 반가웠지만 강호문이 전하는 다른 소식들은 도전의 마음을 무겁게 만들었다.

조정은 예견했던 대로 이인임의 손아귀에서 놀아나고 있었다. 온갖 불의와 탐학이 저질러졌지만 누구 하나 바른말로 고하는 자가 없었다. 그중에서도 가장 가슴 아픈 것은 성균관의 몰락이었다. 주자의 성리학을 따르던 신진사대부들이 대부분 조정에서 쫓겨나면서 성균관은 텅 비

---

* 夫何同心友 各在天一方 時時念至此 不覺令人傷 鳳凰翔千仞 徘徊下朝陽
伊人昧出處 一動觸刑章 芝蘭焚愈馨 良金淬愈光 共保堅貞操 永矢莫相忘

고 거미줄과 잡초만 무성하다는 것이었다.

과거 시험 과목에서 경서(經書)와 대책(對策)이 빠지고, 예전처럼 사장 중심으로 바뀐 탓이었다. 성균관 생원들은 너나없이 성리학을 버리고 옛날처럼 시부(詩賦)에만 매달려 사학(私學)은 문전성시를 이룬다고 했다. 탄식이 절로 나왔다. 도전은 그러나 희망을 버리지 않고 강호문에게 말했다.

"그렇다고 우리의 도학(道學)이 무너지겠습니까? 그렇게 허망하게 무너진다면 진리라고 할 수 없지요? 지금은 다만 순리가 어긋났을 뿐. 우리 도학은 반드시 회복하고 말 겁니다."

"당연히 그래야지요."

"그런데 요즘 동정(東亭)한테서는 소식이 뜸합니다?"

동정은 광주에 유배 중인 염흥방의 호였다. 도전의 물음에 강호문의 얼굴이 굳어졌다.

"동정이 요즘 이인임에게 줄을 대려고 부단히 애쓰는 모양입디다. 개경에서 사람들이 내려오고 올라가는 것을 보니 조만간에 유배에서 풀려날 기미더이다."

강호문의 말에 도전은 가슴이 덜컥 내려앉는 것 같았다.

"그럴 리가 있습니까? 동정이 이인임에게 굴복하다니요?"

믿을 수 없었지만 그것은 사실이었다. 염흥방은 유배 생활이 지겹고 다시는 벼슬자리에 나가지 못할까 두려워진 것이었다. 아무리 그렇다 해도 염흥방이 그토록 쉽사리 무너질 줄 꿈에도 생각지 못했던 터라 도전의 충격은 더욱 컸다.

염흥방은 시중을 지낸 곡성부원군(曲城府院君) 염제신의 둘째 아들.

염제신이라면 30년 가까이 재상 자리에 있으면서도 권세를 함부로 쓰지 않고 청렴하기로 이름이 높았다. 일찍이 공민왕이 염제신을 가리켜

"성격이 고결하여 다른 재상과 비교할 바가 아니다."

라며 그의 초상화를 친히 그려주고 그의 딸을 신비(愼妃)로 맞아들일 정도였다.

염흥방은 과거에 장원으로 급제한 데다, 부친의 후광을 입어 벼슬길이 아주 순탄했다. 좌대언(左代言)과 지신사(知申事)를 거쳐 홍건적의 난 때는 개경 수복에 공을 세워 2등 공신과 밀직부사에 제수되었다. 지난해까지만 해도 밀직제학으로 오래지 않아 재상의 반열에 오를 참이었다.

그는 경서에 밝고 시문에도 아주 능했다. 일찍이 성균관을 중흥할 때에 대사성(大司成)이 되어 그 사업을 주관했던 인연으로 목은 이색을 비롯하여 도전과 정몽주, 박상충, 박의중, 이숭인 등과도 아주 가깝게 지냈다.

유배형이 내려진 도전을 구하기 위해 이인임을 찾아가 용서를 구한 것도 염흥방이었다. 그렇게 신진들을 옹호하다 이인임에게 미운털이 박혀 결국 지난해에 광주로 유배당했던 것이다.

광주는 나주에서 꽤 가까운 거리였다. 비록 몸이 묶여 있어 오갈 수는 없었지만 도전은 염흥방과 서신을 자주 주고받으며 서로를 위로하고 격려해 왔던 터였다. 마음이 답답할 때면 뒷산에 올라 염흥방이 있는 무진성(茂珍城)을 헤아려보기도 하였다. 염흥방은 특히 도연명에게 심취해 도전과는 곧잘 대화가 되었다. 도전 또한 도연명을 일생의 상우(尚友)*로 여길 만큼 좋아하는 까닭이었다.

---

* 위로 옛사람과 더불어 벗을 삼는다는 말.

그러던 염흥방이 이인임이라는 추잡한 권력의 화신 앞에 굴복한다고 생각하니 못내 허망하고 씁쓸한 생각을 떨쳐버릴 수 없었다. 여느 선비들처럼 도연명을 연모한다면서 그 청정한 마음과 절개는 취하지 않고, 염흥방 역시 세상과 적당히 타협하면서 은일(隱逸)을 한낱 유락(遊樂)쯤으로 여겼던 것일까.

"동정의 말로는 자신이 먼저 해배(解配)되고, 조정에 들어가면 옛 벗들도 다 풀려날 수 있도록 힘을 쓰겠다 하더이다."

말을 전하는 강호문도 괴로운 표정을 굳이 감추지 않았다.

"그건 이인임이 어떤 사람인 줄 모르고 하는 소리지요. 권력에 눈이 어두워 나라와 백성은 안중에도 없는 자인데, 한번 쥔 권력을 놓치지 않으려 갈수록 수단과 방법을 가리지 않을 터……. 그에게 굽히지 않는 한, 어느 누구에게도 길을 열어주지 않을 것입니다."

"하긴 그렇지요."

"그보다는 동정 같은 사람이 한 번 변하면 옛날과는 아주 다른 사람이 되고 말 것인데, 그것이 더 걱정입니다."

"그래도 설마, 현실과 타협은 하겠지만 도연명을 흠모하던 그 마음까지 버리지는 않겠지요?"

"나도 그렇게 믿고 싶어요, 하지만……."

도전은 말을 아꼈다. 자신도 강호문의 말을 믿고 싶었다. 그러나 일신의 안녕을 위해 이인임에게 빌붙을 생각을 했다면 도연명의 풍도와 절개는 이미 내팽개친 것이다. 그래도 도전은 강호문 편에 시 한 수를 지어 염흥방에게 부쳤다.

'그대가 이제 와서 하늘의 명(命)을 믿지 못하고, 현실의 이로움만 취하는 것은 칼머리에 발린 꿀 같은 것이니, 원컨대 그대는 부디 내 말을 들으오, 내 말이 다시는 나오지 않을 것이니⋯⋯.'•

처음의 뜻을 저버리지 말라는 간곡한 부탁이었다. 그러나 염흥방은 답이 없었다. 어쩌다 남쪽으로 함께 떨어져 유배의 고독과 아픔을 나누고, 금옥처럼 몸을 아껴 원대한 기약을 삼자던 말들이 다 부질없어지고 말았던 것이다.

· · ·

강호문을 보내고 도전은 내내 마음이 울적했다.

남녘의 따스한 봄바람이 나그네에게 무한한 정념을 불러일으키더니, 산새는 문득 울음을 그치고 꽃잎이 어지럽게 흩날렸다. 나그네는 아직 고향으로 돌아가지 못했는데, 봄은 아무래도 저 혼자 가버릴 모양이었다.

그럴 때 황 노인과 친구들이 농주를 들고 찾아왔다.

"어서들 오십시오. 그렇잖아도 적적하던 차였는데, 제 마음을 다 들여다보고 오신 것만 같습니다."

도전이 반기자 서안길이 받았다.

"우리야 척하면 삼천리요. 광주에서 친구분이 홀연히 다녀가시고 봄밤도 어지러운데 얼마나 쓸쓸할 것입니까? 그래서 오늘은 내가 주동이 돼서 찾아왔습니다."

뒤이어 김성길이 사립문을 밀치며 들어섰다.

"이거야 원, 한창 바쁜 농사철에 연호군(煙戶軍)이니 별군(別軍)이니 하

• 信命更何疑 寵利刀頭蜜 願公取吾言 吾言勿再出

며 군사를 징발하고, 또 성보(城堡)를 수축한다, 관영(官營)을 수리한다, 길을 만든다며 며칠씩 요역(徭役)에 동원하니 선비님을 찾아뵐 짬이 나야지요."

그러고 보니 얼굴을 대한 지 벌써 수일이었다. 전라도 원수가 새로 부임하면서 부쩍 늘어난 요역에 동원되는 통에 마을이 텅 빈 것 같았는데 모처럼 한자리에 모인 것이다.

적막하던 초사가 금세 떠들썩해졌다. 그런데 술이 몇 순배 돌고나자 새로 부임한 원수에 대해 성토가 이어졌다. 젊은 축에 드는 김성길이 먼저 원망하는 소리를 했다.

"선비님, 아십니까? 지금 전라도 원수로 온 자가 전에 우리 고을 수령을 지낸 적이 있는데, 그때부터 탐관(貪官)으로 명성이 자자했거든요. 그런 자가 죄는 받지 않고 세월이 지나 다시 저렇게 높은 자리로 올 수 있단 말입니까?"

8년 전에 나주목사를 지냈던 하을지(河乙沚)가 작년 11월, 전라도 원수 겸 도안무사(都按撫使)로 부임한 것이다. 도전도 하을지에 대해 익히 들어서 알고 있었다. 공민왕 말년에 강화의 만호(萬戶)로 있으면서 왜구를 제대로 막지 못한 죄로 봉졸로 떨어지기까지 한 자였다. 그런 자가 이인임이 권력을 쥐면서 벼슬이 단숨에 밀직(密直)으로 오르더니, 전라도 원수까지 되었던 것이다.

세상 돌아가는 사정을 제법 아는 서안길이 김성길의 말을 받았다.

"이 사람아, 그걸 몰라서 선비님께 묻나? 하루아침에 수졸(戍卒)로 떨어진 김선치를 대신해 전라도 원수가 된 것은 다 집정대신한테 뇌물깨나 바쳤다는 것이지……. 안 그렇습니까?"

굳이 도전이 답하지 않아도 백성들이 다 알고 있었다. 하을지가 오기 전까지 원수로 있던 김선치가 수졸로 떨어진 것은 제때에 뇌물을 바치지 않았기 때문이었다. 내놓을 만한 재주와 공이 없으면 뇌물이라도 바쳐야 모가지를 온전하게 지킬 수 있었다. 그 뇌물은 하늘에서 떨어지지 않는 한 백성들한테 짜내는 수밖에 없었다. 그러니 원수가 갈릴 때마다 부역과 공부가 늘게 된 것은 당연한 일이었으나 하을지는 그 정도가 점차 심해지고 있었다.

"그나저나 요즘 해안으로 왜구들이 자주 출몰한다는데, 원수영(元帥營)에서 군사를 잘 다스려 막아야겠지요."

도전의 걱정에 마을 사람들은 짐짓 여유를 부렸다.

"아이고, 선비님, 걱정도 팔자십니다. 왜구가 여기까지는 얼씬도 못할 테니 걱정일랑 붙들어 매세요. 미우네 고우네 해도 원수영이 떡 버티고 있는데 어쩔 것입니까?"

"그렇답니다. 나주는 지금까지 어떤 전란도 피해갔던 곳이랍니다. 또 왜구가 아무리 날쌔고 강포하다지만 저기 회진성이 만장(萬丈)의 방파제처럼 지켜주는데, 설마 저 물길을 타고 함부로 들어오겠습니까?"

김성길과 서안길의 말이었다. 그 말은 맞았다. 고려가 선 지 5백여 년 동안 수많은 전란이 있었지만 나주는 언제나 화를 비켜가곤 했다. 현종 11년(1020) 거란의 침입 때 임금이 남행한 곳도 나주였다. 그리고 몽골이 침략하여 강토를 초토화시켰을 때도 나주는 별로 큰 화를 입지 않았다.

하지만 곳곳에서 심심찮게 봉화가 오르기 시작했다. 가까운 곳까지 왜구들이 출몰한다는 말이었다. 그러던 차에 하을지가 갑자기 갈렸다. 때마침 최영의 휘하에 있던 곽선(郭璇)이 체복사(體覆使)로 내려왔다가 하을지의 탐학을 적발하여 조정에 고하였던 것이다. 조정에서는 썩은 무 잘라내듯 하을지를 단번에 파직시키고 유영(柳濚)으로 하여금 대신케 하였다.

하을지는 분통이 터졌다.

"이인임과 지윤이 정방에 들어앉아 오로지 뇌물에 따라 도목(都目)을 정하니, 난들 어쩔 도리가 있겠는가. 이깟 원수 자리 차지하려고 얼마나 더 뇌물을 바쳐야 한단 말인가!"

하을지는 그렇게 말하며 후임 원수가 부임하기도 전에 고향인 진주로 훌쩍 가버렸다. 사람들은 그런 하을지를 고소해 하였다.

"원수가 고향으로 가버렸다니 십 년 묵은 체증이 다 내려가는 것 같습니다."

그러나 마냥 고소해 할 일만은 아니었다. 뒤에 올 원수가 또 얼마나 탐학을 저지를까도 걱정이었지만 도전은 당장 원수부가 비었으니 그 틈에 왜구가 쳐들어올까 그것이 더 큰 걱정이었다.

도전의 불길한 예감은 며칠도 지나지 않아 현실로 나타났다.

· · ·

"아이고, 선비님! 난리가, 난리가 났습니다요!"

어둠이 채 가시지 않은 새벽어름에 황 노인이 도전을 다급하게 부르며 초사로 뛰어 들어왔다. 도전은 가슴이 덜컥 내려앉았다.

"난리라니요?"

황 노인은 겁에 질려 말을 제대로 잇질 못했다.

"원, 원……, 원수영이 그만, 당하고 말았답니다!"

더 물어볼 것도 없었다. 마침내 왜구가 나주까지 쳐들어온 것이었다. 그러나 정작 군사를 지휘할 장수가 없으니 속수무책으로 당할 수밖에 없었다. 뒤미처 서안길이 달려왔다.

"왜구가 얼마나 된다 하더이까?"

"왜선 30척이 한순간에 나타나 영산현(榮山縣)에 진수하고 있던 우리 전함들을 죄다 불태워버렸다는데, 이거 어찌해야 할지 모르겠습니다."

영산현은 공민왕 때 왜구를 견디지 못해 흑산도에 살고 있는 주민들을 포구 남쪽으로 이주시켜 세운 현이었다. 그곳에는 조창(漕倉)이 설치되어 있는데, 왜구가 세곡선(稅穀船)을 노리고 들어온 것이었다. 그렇다면 소재동도 안심할 수 없었다. 왜구가 들어오기 전에 일단 피난을 가는 게 상책이었다.

"일단 마을 사람들을 피난시킬 수밖에 없겠습니다!"

도전의 말에 황 노인은 발을 동동 굴렀다.

"사방에 왜구들이 득실거릴 텐데 어디로 간단 말입니까?"

"멀리 갈 것은 없습니다. 지리에 익숙한 뒷산으로 일단 피합시다. 왜구가 들에서는 무서울지 몰라도 일단 산으로 숨는다면 저들도 쉽게는 쫓아오지 못할 것입니다."

화급을 다투는데, 사람들은 바리바리 짐을 싸기에 바빴다. 도전은 황 노인과 서안길을 앞세워 사람들을 불같이 재촉하였다.

"왜구들이 들어와 훔쳐갈 것이 없으면 분풀이로 불을 지를지도 모르니, 아이들과 아낙들은 몸만 빠져나오고, 남정네들은 병장기가 될 만한 것들은 모두 챙기라고 하십시오."

"아니, 왜구하고 맞서게요?"

"가만히 앉아서 죽을 순 없지요. 처자식을 살리기 위해서라도 맞서야 한다면 그리 해야지요. 그리고 서 상인(上人)께서는 절에 있는 북을 꼭 챙겨오시구요."

뜬금없는 북 타령에 서안길이 눈이 동그래져 물었다.

"이 난리통에 웬 북입니까?"

"내 쓸 데가 있어 그러니, 꼭 좀 챙겨오십시오."

마을 사람들이 뒷산으로 몸을 다 숨겼을 때, 구름같은 먼지를 일으키며 요란한 말발굽소리가 들려왔다. 마침내 왜구들이 들이닥친 것이다. 그야말로 간발의 차이였다.

마을이 텅 빈 것을 알고 수십 명의 왜구들은 광기라도 부리듯 괴성을 질렀다.

"다 도망가지는 못했을 것이다. 주변을 뒤져 몇 놈이라도 죽이고 가자!"

왜구들 중에 일부는 소재사를 털고, 일부는 대나무숲을 뒤지며 산기슭까지 다가왔다. 왜구의 손에 들린 시퍼런 칼날이 번뜩였다. 이윽고 몇 발자국 앞까지 다가왔을 때, 사람들은 겁에 질린 나머지 질끈 눈을 감아버렸다. 조금만 더 들어온다면 꼼짝없이 잡힐 판이었다.

그 순간,

"둥, 두둥! 두둥두둥! 둥둥둥!"

산등성이에서 난데없이 북소리가 울렸다.

북소리는 골짜기를 타고 더 크게 울려 퍼졌다. 숨어 있던 마을 사람들도 놀랐지만 왜구들 역시 놀란 나머지 자세를 낮추고 재빨리 사방을 살피더니 슬슬 뒷걸음질치기 시작했다. 북소리가 아군의 군호(軍號)인

줄 알았던 것이다.

"둥둥! 두둥두둥! 둥, 두둥!"

잠시 간격을 두고 다시 한 번 북소리가 세차게 울리자 왜구들은 부리나케 마을을 빠져나갔다.

마을 사람들은 안도의 한숨을 내쉬며 서로에게 물었다.

"아니, 갑자기 웬 북소리여?"

"낸들 알겠소만, 한 발짝만 늦었다면 왜구 놈들한테 잡힐 뻔했는데 하늘이 도우신 게지!"

서안길은 문득 짚이는 바가 있었다. 북을 친 이는 필시 도전이다. 그 래서 아까 북을 챙겨달라고 신신당부했었구나. 도전의 순간적인 기지에 서안길은 혀를 내둘렀다.

"하늘이 아니라 선비님이 우릴 도우신 것이 틀림없소."

서안길의 짐작대로 산에서 북을 두드린 사람은 도전이었다. 아군이 산에 숨어 군호를 보낸 것처럼 북소리로 위장했던 것인데 왜구한테 제 대로 먹혀들었던 것이다.

· · ·

왜구는 사흘 만에 나주에서 완전히 물러났다. 그러나 전함 수십 척이 불에 타버리고, 포구에 있던 창고마다 털리지 않은 곳이 없었다.

"정말 어처구니없이 화를 당하고 말았습니다."

황 노인은 말로만 듣던 왜구를 처음으로 직접 겪은 두려움이 가시지 않은 얼굴이었다. 서안길은 담담한 얼굴로 도전에게 물었다.

"그런데 선비님, 원수부가 비었는지 그놈들이 어떻게 알았을까요? 정

말 귀신같은 놈들입니다."

도전이 얕은 한숨을 내쉬며 말했다.

"그래서 군사란 하루를 소홀히 하면 그만큼 나라가 위태롭고, 어느 한 곳의 군비를 소홀히 하면 그곳이 바로 위험한 법이라고 하였지요."

황 노인은 고개를 끄덕이면서도 잔뜩 분개하였다.

"그나저나 거, 하 원수라는 작자를 나라에선 그대로 놔둔답니까?"

"그 작자의 처사는 마땅히 죄로 다스려야겠지요. 군중(軍中)의 운명이 오로지 장수 한 사람에게 달려 있는데, 원수라는 자가 파직되었다고 해서 백성들을 내팽개치고 가버렸으니 그 죄는 결코 가볍다 할 수 없지요."

뒤에 하을지는 장형 100대에 하동현으로 유배되었다. 하지만 오래지 않아 계림원수(鷄林元帥)로 복직되었다.

새로 부임한 유영은 하을지와는 다른 부류였다. 때를 놓치긴 했으나 왜구를 끝까지 추적하여 소와 말 200여 마리를 빼앗아 원래 주인에게 돌려주었다. 사람들은 유영의 용맹함과 은덕에 칭송을 아끼지 않았다. 그러나 유영은 몇 달도 못 가 사헌부의 탄핵으로 폐서인이 되고 수졸로 쫓겨나고 말았다. 오로지 뇌물에 따라 죄를 받을 자가 오히려 상을 받고, 공을 세운 자는 얼토당토 않는 죄를 뒤집어쓰고 쫓겨나기 일쑤였다.

"귀신은 이인임 같은 화상을 잡아가지 않고 뭐하는지 모르겠습니다! 집정대신이 권력에만 미쳐 있으니 나라가 어디 제정신이겠습니까? 나라가 온전해야 권력도 있을 터인데, 나라가 온통 난리통에 빠지도록 다른 대신들은 뭐하고 있는지 걱정이 태산 같습니다."

서안길의 말처럼 나라를 생각하면 걱정이 태산이었다.

전년 11월에 일어났던 제주도의 민란은 올 봄에야 겨우 평정되었다.

난적(亂賊)의 처자들이 나주와 광주의 관비(官婢)로 떨어진 터라 고을 사람들은 제주도의 민란에 대해 소상하게 알고 있었다.

여름이 지나면서 왜구가 여느 때보다 창궐하였다. 더욱이 왜구는 단순한 도적의 무리에서 벗어나 규모나 조직이 아군을 압도하였다. 6월에는 부여로 침략한 왜구가 공주를 간단히 함락시키더니, 연산(논산)의 개태사(開泰寺)까지 치고 들어갔다. 개태사라면 태조 대왕이 창건한 대찰이었다. 하지만 아군은 왜구에게 번번이 패퇴하고,

"왜구가 장차 도성을 침범한다!"

라는 말까지 나돌았다. 그 말에 놀라 도성은 마치 벌집을 쑤셔놓은 것처럼 한바탕 소란을 치렀다. 조정에서는 한밤중에 방리(方里)의 군사를 징발하여 성을 지키도록 하고, 그것도 불안하자 다시 승려들까지 징발하였다.

다행히 최영이 홍산(鴻山)에 웅거하고 있던 왜구를 섬멸하여 민심을 겨우 가라앉혔다. 우왕 2년 7월의 이른바 홍산대첩이었다. 그러나 왜구는 기세가 잠깐 수그러들었을 뿐 갈수록 출몰 횟수가 잦아지고 전보다 더 잔학해졌다.

개경 이남이 왜구에게 시달리고 있는 판에 북방에서조차 심상찮은 소문이 날아들었다. 명나라가 정료위(定遼衛)에 군사를 집결시켜 놓고 가을을 타서 쳐들어온다는 것이었다. 조정에서는 각 도에 사신을 파견하여 군사를 점검하느라 또 한바탕 소란을 떨었다.

· · · ·

그래도 어김없이 찾아오는 절기에 한가위 달은 더없이 포실했다. 달

을 보면 떨어져 있는 가족과 친구들 생각이 사무쳤다. 도전은 마냥 집으로 달려가 그리운 아내와 자식들의 볼이라도 한번 쓸어주고 싶은데, 몸은 묶여 있고 길은 까마득했다. 도전은 아내 최씨가 개경에서 보내온 편지를 다시 펼쳐보았다. 몇 번을 다시 읽는지 몰랐다.

당신은 집안에서 아침에 밥이 끓는지 저녁에 죽이 끓는지 상관치 않고 항상 글만 읽으시니, 가세는 형편없이 기울어 집안에는 경쇠를 걸어놓은 것처럼 한 섬의 곡식도 없는데, 아이들은 추운 방에서 배고프다고 울었습니다.

그래도 제가 끼니를 맡아 그렁저렁 어떻게 꾸려가면서도 당신이 독실하게 공부하시니 뒷날에 입신양명하여 처자들이 우러러 의뢰하고, 문호에는 영광을 가져오리라고 기대했는데, 끝내는 국법에 저촉되어 이름이 욕되고 행적이 깎이면서 몸은 남쪽 변방으로 귀양을 가서 독한 장기(瘴氣)나 마시고, 형제들은 나가쓰러지니 가문이 여지없이 탕산하고 말았습니다.

게다가 세상 사람들이 벌떼처럼 당신을 비방하고 터무니없는 구설이 퍼져 화가 측량할 수 없게 되었습니다. 현인군자라는 것이 진실로 이런 것인지 당신에게 묻고 싶은 심정입니다.

유배길을 떠나올 때, 빠르면 해를 넘기기 전에 풀려날 것이요, 늦어도 1년은 넘기지 않을 것이라고 여겼다. 하지만 벌써 두 해째를 넘기고 있었다.

염홍방은 이미 유배가 풀리고 서성군(瑞城君)에 봉해졌고, 정몽주와 이숭인도 곧 유배가 풀릴 거라는 말이 들렸지만 도전에게는 어떤 소식도 오지 않았다. 그러나 사대부가 어찌 구차하게 삶을 구걸하랴. 도전은 붓을 들어 아내에게 답장을 썼다.

당신의 말이 참으로 온당하오. 나에게는 많은 친구가 있어 정이 형제보다 나았는데 내가 패한 것을 보더니 뜬구름같이 흩어지고 말았소. 그들이 나를 근심하지 않는 것은 본래 세력으로 맺어지고 은혜로써 맺어지지 않은 까닭이오.

그러나 부부의 인연이란 한 번 맺어지면 평생을 함께하는 것. 당신이 나를 책망하는 것은 사랑하기 때문이지 미워하기 때문은 아닐 것이오. 또 아내가 남편을 섬기는 것은 신하가 임금을 섬기는 것과 같으니, 이 이치는 허망하지 않으며 다같이 하늘에서 얻은 것이오. 당신은 오로지 집안을 근심하고 나는 나라를 근심하는 길 외에 어찌 다른 것이 있겠소.

각각 직분을 다할 뿐이며 그 성패와 이둔(利鈍)과 영욕과 득실이 모두 하늘이 정한 것이지 사람에게 있는 것이 아니니, 그 무엇을 근심하겠소.

베옷을 걸친 몸은 예년의 그 몸이요, 달도 예년의 그 달이련만 내년에는 또 어디서 달을 대하게 될지 알 수 없는 일. 예년에는 벗들과 어울려 한가위 달을 구경할라치면 마당에 불을 밝히니 밤이 낮인 듯하고, 옥병의 좋은 술에 취해 백 편의 시를 짓고, 취중에 달을 불러 금빛 분(盆)을 만들었었다. 그러나 적소는 대울타리에 허름한 띠집, 앞에는 거친 산이 가로막고, 소슬한 가을바람이 가시덤불을 건드리니 마음이 갑자기 쓸쓸해진다.

그때 누군가 사립을 밀치더니, 달그림자를 밟고서 뜰 안으로 성큼 들어섰다. 황 노인과 서안길, 그리고 그의 친구들. 언제나 정겨운 얼굴들이었다.

떡과 술잔을 나누며 밤이 깊어가는데, 황 노인이 소재사의 승려 서안길에게 불현듯 옛날이야기를 청하였다.

"오늘은 서 상인이 옛날이야기나 하나 들려주오."

"그럴까? 무슨 이야기를 듣고 싶으신가?"

"자네 입담대로 하시게."

서안길이 잠시 생각하더니 도전에게 물었다.

"선비님, 우리 고을 나주가 태조 대왕의 왕기(王氣)를 도왔고, 결국 고려가 세워졌다는 것을 아시는지요?"

"자세히는 모르나, 앙암(仰巖)*의 동쪽으로는 용이 날던 곳이요, 어진 왕비께서 살던 옛터이며, 용맹스런 태자께서 탄생하신 곳이라는데, 어디 그 이야기 좀 들어볼까요?"

용이란 국태조 왕건을 이르는 말. 그리고 어진 왕비는 태조의 제2왕후인 장화왕후 오씨(吳氏)이며, 태자는 고려의 2대 임금인 혜종**을 가리키는 말이었다.

"그러지요. 그럼 그 시절로 돌아가 한번 이야기를 풀어보겠습니다."

"거, 좋지!"

•　　전남 나주시 진포동 소재 영산강가의 절벽.

••　惠宗, 재위 943~945년.

"그러니까, 신라가 끝나고 난세가 닥치자 삼한에 무릇 영웅호걸이라는 이들이 있었으니, 그중에 후백제의 견훤이 먼저 서고, 후고구려의 궁예가 있었단 말일세. 그런데 우리 국태조 왕건께서는 그때 나라도 없었는데, 어디서 무슨 수로 나라를 얻으셨을까? 그건 바로, 여기 나주 고을이 있었기 때문이지."

"암, 그렇지!"

누군가가 맞장구를 쳤고, 이야기는 어느덧 후삼국 시절로 거슬러 올라갔다.

· · ·

궁예 밑에서 아찬(阿粲) 벼슬을 지내고 있던 왕건이 수군(水軍) 병단을 이끌고 예성강을 출발한 것은 903년* 3월이었다. 이때 왕건의 나이 스물다섯.

예성강을 떠난 왕건은 서해를 따라 목포에 이르렀다. 거기서부터 왕건은 조심스럽게 금강(지금의 영산강)을 거슬러 올라갔다.

금강은 일찍이 중국 남방과 일본을 경영하던 백제의 해상통로이자 요충지였다. 신라 덕흥왕 대에는 나주 출신의 장보고가 완도에 청해진을 설치하여 해상왕국을 건설하기도 했다. 장보고는 금강을 기반으로 해상권을 장악했던 것이다. 그러나 장보고가 암살되면서 해상권은 주인을 잃고 말았다.

왕건이 금강을 공략하려는 것은 오월(吳越)과 후당(後唐), 일본 등과 통교하고 있는 후백제의 해상통로를 봉쇄하고 견훤을 후방에서 압박하

---

* 신라 효공왕 7년, 견훤 12년, 궁예 3년.

기 위해서였다. 더욱이 금강 일대에는 광활한 평야가 펼쳐져 있어 물산이 풍부했다.

왕건이 이끄는 수군은 이윽고 무주(武州)˙의 지경에 이르렀다. 이때 무주는 견훤의 사위 지훤(池萱)이 성주로 있었다. 지훤은 후고구려군이 험한 뱃길을 타고 그곳까지 쳐들어오리라곤 상상조차 못했다. 이때 견훤은 완주에 있으면서 오로지 한강을 차지하기 위해 궁예와 다투고 있던 터였다.

왕건은 바로 그 허점을 노리고 금성을 기습하여 함락시켜 버렸다. 왕건은 금성을 곧 나주로 고쳐 부르고, 잇달아 10여 개의 군현을 복속시켰다.

이때부터 나주는 견훤과 궁예, 왕건, 이들 세 사람의 운명을 결정하는 무대가 되었다.

후고구려는 나주를 얻음으로써 삼한의 반을 차지하게 되었다. 따라서 견훤의 세력은 크게 위축될 수밖에 없었다. 견훤에게 금강 일대의 실함(失陷)은 적에게 비수를 쥐어주고 등 뒤에서 찌르라는 격이었다.

때를 맞추기라도 하듯, 궁예는 점차 폭군으로 변해가고 있었다. 그 자신이 주군으로 섬겼던 기훤과 양길을 배반했기 때문인지 의심이 많고 변덕이 심했다. 궁예의 성격 파탄에 불안을 느낀 왕건은 자신의 세력 기반인 개성을 과감하게 버리고 나주에 둥지를 틀었다.

그러나 순조롭지만은 않았다. 왕건이 진도를 복속시키고 금강 포구로 돌아왔을 때 저마다 눈을 의심하지 않을 수 없었다. 포구마다 견훤의 전함이 머리와 꼬리를 물고 이어져 있고, 육지에는 수천의 군사들이 진을

˙ 지금의 광주로 신라 때 15군 43현을 관할하였다.

치며 호응하고 있었다. 견훤이 왕건에게 빼앗긴 금강을 회복하기 위해 수백 척의 전함과 군사 3천을 이끌고 직접 출정했던 것이다.

왕건의 군사들은 견훤군의 기세에 눌려 한순간에 전의를 상실해 버렸다. 왕건은 그러나 흔들리지 않고 군사들을 독려하였다.

"싸움에 이기고 지는 것은 오로지 군사들이 하나로 뭉치는 데 있는 것이지, 수가 많은 데에 있는 것이 아니니라. 지금까지 저들은 우리의 적수가 되지 못했으니, 흩어지지 않고 한데 뭉치면 적을 능히 이길 것이니라!"

왕건은 견훤의 군대를 피하지 않고 정면으로 치고 들어갔다. 왕건은 이미 적의 허점을 파악하고 있었던 것이다. 견훤은 위세를 자랑하느라 포구에 전함을 집결시켜 놓았는데 그것은 위험천만한 포진이었다. 포구가 좁아 일단 싸움이 붙으면 배를 놀리는 데 자유로울 수가 없었다. 때마침 바다 쪽에서 견훤군이 있는 포구 쪽으로 바람이 강하게 불어오고 있었다.

"바람마저 우릴 돕고 있으니 이를 천우신조라 하지 않느냐!"

왕건은 때를 놓치지 않고 거리를 두고 화공(火攻)을 퍼부었다. 왕건의 예측대로 견훤군은 순식간에 혼란에 빠져들었다. 화공을 피하려고 서로 먼저 뱃머리를 돌리려다 자기네들끼리 부딪쳐 파선되고, 불에 타거나 물에 빠져 죽는 군사들이 허다했다. 기세등등하던 견훤의 군사들은 한순간에 오합지졸이 되어 달아나기에 바빴다.

왕건의 대승이었다. 어렸을 때부터 물질에 익숙했던 왕건이 수군을 부리는 데는 견훤보다 한 수 위였음이 여실히 드러난 전투였다.

분을 삭이지 못한 견훤은 수군을 버리고 대규모 병력을 동원하여 나주로 직접 치고 들어왔다. 이번에는 왕건이 패퇴를 거듭했다. 해전(海戰)이 아닌 육전(陸戰)에서는 백전노장의 견훤을 당해낼 수가 없었던 것이다.

견훤군에 쫓긴 왕건은 몇 차례의 죽을 고비를 넘기고서야 금성산성으로 후퇴하였다. 금성산은 산세가 험준하게 뻗쳐 있는 천혜의 요새였다. 다만 노적봉(露積峰)이 있는 동쪽은 평야와 맞닿아 있어 그쪽만 막아낸다면 산성을 굳게 지킬 수 있었다.

왕건은 동쪽과 북쪽의 두 봉우리 사이에 있는 큰 골짜기에 군사들을 매복시켜 놓고 견훤군을 기다렸다. 오래지 않아 견훤이 금성산성으로 짓쳐들어왔다. 하지만 견훤이 십 수일을 공략했지만 끝내 성을 함락시킬 수는 없었다.

．．．

입담이 좋은 서안길은 밤이 깊도록 지친 기색이 없었다.

"그때 양편에서 쏘아댔던 화살과 부러진 창이 지금도 산성 곳곳에 쌓여 있답니다. 그것만 보아도 그때의 싸움이 얼마나 치열했는지 짐작할 수 있지요."

도전이 물었다.

"아무리 그렇다해도 견훤의 세가 만만치 않았을 터인데 아마도 국태조께서 신기(神機)라도 부리신 모양이지요?"

"신기라? 글쎄요. 금성산은 옛날부터 달밤이면 한 무리의 신선이 내려와 노닐었다는데, 그럴 때면 하늘과 산이 한 뼘을 두고 맞닿았다는 전설이 있답니다. 그만큼 평지에서 우뚝 솟은 산이지요. 하지만 금성산성이 아무리 천혜의 요새라곤 하나 견훤이 둘러싸고 수일을 공격하는데,

쉽게 버틸 수가 있겠습니까? 그런데도 견훤이 패퇴한 것은 그 이유가 다른 데 있었더라 이겁니다."

"다른 이유가 있었다?"

"그렇지요. 견훤이 나주를 공략하기 위해 무진악(武珍岳)에 진을 치니, 큰 전투가 벌어질 줄 알고 사람들은 두려움에 떨며 피난처를 찾아 우왕좌왕했겠지요. 그때 사람들은 견훤을 마다하고 우리 국태조의 진영인 금성산성으로 양식을 싸가지고 들어갔던 것입니다. 군사력은 견훤이 더 막강했지만 국태조께서는 백성들의 마음을 먼저 얻었던 거지요."

"아……!"

도전은 자신도 모르게 탄성을 질렀다. 싸움이란 군사가 강하다 해서 이기는 것이 아니었다. 옛날 태공망(太公望)이 주(周)나라 문왕(文王)에게 말하지 않았던가.

'무릇 적을 제압하는 데는 먼저 인심을 얻지 않으면 승리를 이루기 어렵습니다. 천하만민의 마음을 얻으면 갑옷 없이도 이길 수 있으며, 병기 없이도 성을 공격할 수 있고, 참호 없이도 능히 성을 지킬 수 있습니다.'

그랬다. 막강한 군사력을 앞세운 견훤을 왕건이 물리칠 수 있었던 것은 민심을 얻었기 때문이었다.

생각해보면, 삼한에는 신라의 김부(金傅)•가 있었고, 후백제의 견훤, 그리고 태봉(泰封)의 궁예가 있었다. 그들 중에 처음에는 견훤이 가장 큰 세력을 떨쳤다. 그는 중국의 오월, 후당, 거란 등과 통하였고, 한때는 신라를 복속시키기까지 했다. 그러다 궁예에게 밀리기 시작한 것은 나주를 빼앗기면서부터였다. 이후로 궁예가 삼국 중에 가장 강력했다. 그의

• 신라의 마지막 임금 경순왕.

세력은 삼한의 절반 이상을 차지하였으며 관제와 법률도 국가로서 잘 정비되어 있었다.

"그런데 견훤도 아니요, 궁예도 아니요, 나라를 가지고 있지 않던 국태조 왕건에게 삼한이 돌아간 것은 과연 무엇 때문이었을까요?"

서안길의 물음에 도전은 망설이지 않고 답하였다.

"천명(天命)이라……. 백성들의 마음, 곧 민심이 아니었을까요?"

"그렇지요. 바로 민심이었답니다. 하하하!"

서안길이 무릎을 치며 짐짓 큰소리로 웃더니 말을 이었다.

"우리 고을에는 태조 대왕의 고적이 아직 여러 곳에 남아 있지요. 지난날 견훤과 싸우다 패하여 강을 건너려는데, 마침 물이 불어 건널 수 없게 되었지요. 그래 대왕께서 소나무 밑에 누워 잠깐 잠을 청했는데, 꿈에 한 노인이 나타나 말하길, 물이 얕으니 어서 건너가라는 것이었습니다. 꿈에서 깨어보니, 과연 여울이 얕아진지라 얼른 건너고 나자 견훤이 부리나케 쫓아왔는데, 갑자기 물이 불어 따돌릴 수 있었는데, 그때 대왕께서 건너신 나루가 몽탄진(夢灘津)이요, 소나무 아래서 꿈을 꾸었던 마을이 바로 몽송(夢松)*이랍니다. 그뿐입니까? 대왕께서 처음 나주에 왔을 때 장화왕후 오씨를 만나 인연을 맺은 샘이 지금도 고스란히 남아 있구요."

장화왕후 오씨는 태조의 제2왕후이자 2대 임금 혜종의 모후였다.

"그 샘이 완사천(浣紗泉)인데 일명 왕건샘이라 하지요. 또 태자께서 나신 마을이 흥룡동(興龍洞)이요, 그 집터에 절을 세워 흥룡사라 했으니 혜종 임금의 사당이 그 안에 있답니다."

---

* 지금의 나주시 다시면 옥정리.

서안길의 이야기를 들으면서 도전은 마치 전설 속의 고도(古都)에 온 것처럼 감회가 새로웠다. 나주는 태조 왕건의 왕기를 도왔고, 왕건은 이곳 나주에서 새 나라의 꿈을 키웠던 것이다.

그러고 보니 고려의 개국 공신들 중에 나주와 인근 고을 출신들이 유독 많았다. 흑상(黑湘), 강선철(康瑄喆), 공훤(公萱), 김언(金言), 김재원(金材瑗) 등이 모두 나주였고, 최지몽(崔知夢)은 영암, 유금필이 무송(茂松 : 영광)이었다.

뿐만 아니라 송악에서 왕건의 탄생을 예언했다는 풍수의 비조 도선(道詵)이 나주와 이웃해 있는 영암 출신이었다. 도선은 왕건이 나주에 오기 전에 입적했으나 그의 수제자들 중에 선각국사(先覺國師) 회미(迴微)는 강진, 윤다(允多)는 나주, 경보(慶甫)는 영암 출신으로 왕건에게 각별히 존중받았다.

그들 중에 단연 돋보이는 이름이 있었으니 바로 최지몽이었다.

도전은 그 이름을 한참 되뇌었다.

최지몽의 처음 이름은 총진(聰進). 영암 최씨의 호족 출신으로 어렸을 때부터 경사에 능했을 뿐만 아니라 특히 천문과 복술에 정통하였다. 태조가 나주에 있으면서 최지몽의 명성을 듣고 그를 불러다 꿈풀이를 시켰더니 대뜸 하는 말이,

'앞으로 삼한을 통어(統御)하게 되시리라!'

왕건은 그를 신통하게 여겨 지몽이라 이름을 지어주고 시종케 하였다. 그때 그의 나이 겨우 18세였다. 최지몽은 태조부터 성종까지 여섯 임금을 섬기며 창업과 수성(守成)을 동시에 도왔던 인물이었다.

지몽(知夢)······.

이름 그대로 풀이하면 '꿈을 안다'라는 뜻이었다. 그것은 어쩌면 시세(時勢)를 안다는 말이 아니었을까.

서안길의 이야기를 듣다보니 어느새 달은 저물고 희뿌옇게 날이 밝아오고 있었다. 문득 뒷산 대나무숲에서 바람 소리가 들려온다. 저 바람은 500년 전의 일을 알고 있을까. 태조 대왕이 삼한을 열었던 그 아침은 어떠했을까. 여느 날과 똑같은 아침이었으리라. 아니, 천하는 그대로일 뿐. 인간은 다만 머물다 사라질 뿐이었다.

도전은 하룻밤 꿈결과도 같은 삼한의 영웅들을 생각하며 스르르 잠이 들었다.

그날 적객은 무슨 꿈을 꾸었을까.

3. 반야라는 여인

차가운 초승달이 외롭게 걸려 있던 어느 날 밤.

명덕태후 홍씨가 거처하는 궁으로 몰래 스며드는 검은 그림자 하나가 있었다. 그림자는 그러나 어디로 갈 바를 모르는 듯, 선뜻 움직이지 못한 채 사방을 두리번거리기만 했다. 말로만 듣던 구중궁궐이라 담은 겹겹이 둘러쳐져 있고 문마다 숙위하는 군사들이 지키고 있으니 발걸음을 옮길 엄두조차 나지 않았던 것이다. 그래도 서툰 걸음을 이리저리 내딛는데, 몇 걸음 가지 못해 수직장교에게 덜컥 들키고 말았다.

"웬 놈이냐!"

벼락같이 떨어진 수직장교의 한마디에 그림자는 그 자리에 돌부처처럼 딱 굳어버렸다.

"군호를 대라!"

수직장교의 호령이 또다시 떨어졌지만 그림자는 여전히 어둠 속에 붙

박혀 미동도 하지 않았다.

"네 이놈, 당장 그 자리에서 무릎을 꿇어라! 허튼 짓 했다가는 목숨이 온전치 못하리라!"

그 말과 함께 수직장교가 칼을 빼들자 그림자는 겁을 집어먹었는지 입을 열었다.

"제발, 제발, 태후마마를 뵙게 해주소서……!"

기어들어가는 소리였지만 분명히 가냘픈 여인네의 목소리였다.

너무나 뜻밖의 목소리에 수직장교는 머리 끝이 쭈뼛 섰다.

'귀신인가, 사람인가?'

수직장교는 온몸에 끼치는 소름을 떨쳐버리려는 듯, 기합이라도 넣듯이 호통을 내질렀다.

"네 이년! 귀신이면 썩 물러가고 사람이면 당장 무릎을 꿇어라!"

"귀신이 아니라 사람이오. 저는 다만 태후마마를 뵙고자……."

여인이 사뭇 애원조로 말하며 한 걸음 다가서는데, 수직장교는 기겁을 한 나머지 저도 모르게 뒷걸음질치면서 버럭 소리를 질렀다.

"당장, 당장에 거기 서지 못할까!"

그 말에 놀랐는지 여인은 풀썩 주저앉으며 울음을 터뜨렸다.

"저는 다만 태후마마를 뵙고자 할 뿐입니다. 제발 태후마마를 뵙게 해주시오. 태후마마께서도 제가 찾아왔다고 하면 결코 모른 척하지 않을 것이니 제발 태후전으로 저를 데려다주시오!"

그제야 수직장교는 신원(伸寃)을 호소하려 앞뒤 가리지 않고 태후궁으로 뛰어든 아낙쯤으로 알고 경계심을 풀었다. 수직장교가 한결 누그러진 목소리로 물었다.

"어허, 억울한 일이 있으면 밝은 대낮에 순위부나 형부로 찾아가면 될 것이지 이 밤중에 궁을 넘어오면 어쩌자는 것이냐?"

"오로지 태후마마를 뵈어야 할 일이라 이렇게 찾아왔다고 하지 않습니까?"

"허 참! 대체 무슨 까닭으로 네까짓 년이 감히 태후마마를 뵙자는 것이더냐?"

"저는 반야, 반야(般若)라 하옵는데……."

"반야?"

수직장교가 듣도 보도 못한 이름이라 고개를 갸우뚱거리는데, 반야라는 여인은 일순 기운이 나는지 힘을 주어 말했다.

"그렇답니다. 태후마마를 뵙게 해주신다면 그 은혜 백골난망이요, 결코 후회하지 않을 것입니다."

"대체 무슨 사연으로 그러느냐? 무얼 알아야 태후전에 말을 넣든지 말든지 할 것 아니더냐?"

"나는……"

반야는 잠시 머뭇거리더니 작심한 듯 마디마디 힘을 주어 말했다.

"나는 주상전하의 생모(生母)가 되는 사람이오!"

"무어라?"

수직장교는 처음엔 놀랐지만 이내 어처구니가 없었다.

'필시 실성한 여자가 아닌가. 궁중에 몰래 뛰어든 것만도 대역(大逆)으로 다스려야 할 죄이거늘 감히 왕모(王母)를 참칭(僭稱)하다니.'

수직장교는 반야를 완전히 미친 여자쯤으로 여기고 붙잡으려 했다. 그러나 어디에서 그런 힘이 솟았는지 반야는 수직장교의 억센 손아귀를 뿌리쳤다. 그러고는 궁 안쪽을 향해 고래고래 소리를 질러댔다.

"태후마마! 태후마마! 어디 계시옵니까? 반야라 하옵니다! 이 반야를 아실 것입니다. 태후마마! 선왕께서 이 몸이 주상의 생모임을 말씀하시지 않았사옵니까? 마마, 이 반야의 비통한 사연을 모른다 하실 수 없는 일입니다……!"

늦은 밤 궁중을 울리는 여인네의 애타는 절규에 궁궐이 발칵 뒤집혔다. 반야는 조금 전까지 수직장교에게 눈물을 뿌리며 애원하던 연약한 여인네가 아니었다. 감히 범접할 수 없는 독기를 뿜어댔던 것이다. 숙위군 수십 명이 달려왔지만 앙칼지게 저항하는 반야를 어쩌지 못했다.

"네 이놈들! 가까이 다가오지 마라. 내가 감히 누군 줄 아느냐? 주상 전하의 생모라 하지 않느냐, 생모란 말이다! 태후마마를 만나뵈면 다 알게 될 일. 어서 나를 태후마마가 계신 곳으로 안내하거라!"

수직장교는 숫제 반야를 달래었다.

"네가 정히 태후마마를 뵙고 싶다면 날이 밝는 대로 뵙게 해주마. 그러니 소란은 그만 피우고 고분고분 내 말을 따르거라!"

"아니다. 당장 태후마마를 봬야 할 것이야."

"어허! 그렇게 막무가내로 소란을 피우다가는 제 명에 살아나가지 못한데도……!"

"임금을 뵙거나 태후마마를 뵙기 전에는 한 발짝도 움직일 수 없다. 죽더라도 여기서 죽을 것이야!"

"안 되겠다. 저 년을 당장 포박하라!"

반야에게 달려들던 군사들이 한순간 주춤했다. 반야가 품에서 비수를 꺼내 들었던 것이다.

"가까이 오지 마라! 그렇지 않으면 내 이 자리에서 자결하고 말리라! 네놈들도 결코 무사하지는 못할 터. 내가 주상의 생모라고 몇 번을 말해야 알아듣겠느냐?"

수직장교도 더는 어쩔 수 없었다. 왕모이고 아니고를 떠나서 궁중에서 피나 주검을 본다는 것은 금기 중의 금기였다. 궁중에 사는 환관이나 궁녀라도 밤 사이에 급사하면 불경을 저지른 죄인으로 취급받는 터였다. 더욱이 난적(亂賊)이라면 몰라도 민가의 여인이 미쳐 날뛰다 자결했다면 그 죄는 수직장교가 고스란히 뒤집어써야 될 판이었다.

수직장교는 하는 수 없이 태후의 침전으로 달려갔다.

"태후마마, 반야라는 여인이 나타나 스스로 왕모라 참칭하며 오로지 태후마마를 뵙게 해달라고 난리를 피우는데, 신들로서는 어찌할 바를 몰라 이렇게 여쭙고자 하옵니다."

명덕태후 홍씨의 안면이 심하게 경련을 일으켰다. 한참 뒤 태후가 입을 열었다.

"미친 여인네의 헛소리에 궁중이 이토록 소란스럽다니…… 숙위하는 장상(將相)들은 대체 무엇을 하더란 말이냐? 당장 순위부에 가두고 범궐의 죄를 엄히 다스려야 할 일이 아니더냐?"

분노에 찬 윗전의 입에서 큰 소리가 튀어나올 줄 알고 모두들 잔뜩 겁을 먹고 있는데, 뜻밖에 태후의 목소리는 가냘프게 떨렸다.

"예, 마마. 분부대로 거행하겠사옵니다. 심려를 끼쳐드려 황공하옵니다."

깊이 허리를 굽혀 절을 하면서 수직장교는 문득 의아한 생각이 들었다.

'가만, 한밤중에 궁궐 담을 넘은 죄 따위보다는 왕모를 참칭한 죄가 훨씬 더 크지 않은가? 왕모를 참칭한 건 거의 반역죄에 해당하는 중죄 아닌가? 그런데 왜 태후께서는 더 큰 죄는 물으라 하지 않으시는가?'

그러나 궁금하다고 함부로 입 밖에 낼 수도 없는 의문이었다. 자신을 바라보는 태후의 눈초리는 싸늘하기 그지없었고, 굳게 닫힌 입은 더이상의 질문을 감히 허락하지 않겠다는 굳은 의지를 보여주고 있었다.

수직장교는 그냥 입을 다물기로 결심하고, 다시 한 번 깊이 부복했다.

· · ·

순위부에 갇힌 반야는 억울하고 분한 나머지 혀를 깨물고 죽고 싶은 심정이었다. 하지만 그러기에는 여한이 골수에 사무쳤다. 내 배 아파 낳은 자식한테 어머니 소리 한 번 들어보지 못한 채 죽는다면 그 한이 어찌 씻겨질까.

반야의 여윈 두 볼에서는 하염없이 눈물이 흘러내렸다.

처음에는 모든 것이 운명의 기구함이려니 했다. 어엿한 사족의 규수였던 그녀가 무심코 적란에 가담했던 아버지로 인해 하루아침에 집안이 적몰되고 관비로 떨어진 것부터가 모진 운명의 시작이었다.

그런데 나라에서 신돈에게 내렸던 백 수십 명의 노비 가운데 하나였던 그녀가 천비의 몸으로 성상(聖上)을 모시게 될 줄이야. 먼발치에서 그림자조차 감히 바라볼 수 없던 지엄하신 성상이었다. 게다가 회임하여 왕자까지 탄생시켰으니, 스스로도 자신의 운명이 믿어지질 않았다.

그러나 젖도 떼지 않은 아들 모니노(牟尼奴)를 신돈이 빼앗듯이 데리고 가더니, 그가 하루아침에 몰락한 다음에는 공민왕의 손에 끌려 태후전으로 들어갔단 말만 들었을 뿐. 그녀는 아들에게 어미 노릇을 할 기회조차 없었다. 대신에 제법 번듯한 집에 쌀 30석과 수백 필의 포가 내려진 것이 전부였다.

그것도 운명이려니 했다. 언젠가는 공민왕이 자기를 거두어줄 것으로 철석같이 믿었다. 그녀가 원하는 것은 후궁 자리 따위가 아니었다. 다만 왕자의 생모로서 궁궐의 구석진 후원에서 조용히 살아갈 수 있기를 바랐다. 출신이 비천하여 행여 대군의 광영(光榮)을 가린다면 스스로 머리를 깎고 비구니가 되어 세상 밖으로 영영 얼굴을 내밀지 않을 각오도 했었다.

반야는 아침저녁으로 자식이 뛰놀고 있을 태후전을 하염없이 바라보며 오로지 공민왕의 전교를 받아 입궁할 때만을 기다렸다. 그러다 공민왕의 훙거는 그야말로 하늘이 무너지는 일이었다. 비원이 이루어지기는커녕 반야는 완전히 고립무원의 처지가 되고 말았다.

자신의 소생인 강녕대군 우(禑)가 어엿하게 임금의 자리를 이었건만, 그 기쁨을 누릴 사이도 없이 반야는 하루하루를 절망의 한숨 속에 살아야 했다. 궁인 한씨가 왕모로서 왕후로 추증되었던 것이다. 게다가 유모 노릇을 하던, 신돈의 여비 장씨까지 국대부인(國大夫人)에 봉해졌다는 말은 믿기지조차 않았다. 그때쯤, 달마다 왕실에서 나오던 쌀이며 포목도 갑자기 중단되어 버렸다.

반야는 우왕을 직접 만날 생각도 수없이 해보았다. 그러나 왕은 지존의 몸으로 구중심처(九重深處)에 있고, 거동할 때 어가는 감히 눈길조차 줄 수 없는 일. 하루하루 피가 마르고 미칠 것만 같은 나날을 보내던 반야는 마침내 한밤중에 궁궐 담을 넘을 생각을 했던 것이다.

· · ·

이인임은 순위부에 있던 반야를 사헌부로 넘겨 국문토록 했다. 그리고 국문은 철저히 비밀로 부쳤다. 다른 조정 대신들은 물론 우왕도 그런 사실을 몰랐다. 반야의 범궐을 놓고 이인임과 태후 홍씨의 뜻이 모처럼 교묘하게 맞아떨어졌던 것이다.

사실 이인임은 반야라는 이름을 알고 있었다. 신돈이 제거되고 공민왕에게 직접 들은 이야기였다.

"과인이 이미 원자를 얻었으나 그동안 비밀에 부치고 궁중에 들이지 않은 것은 원자를 보호하기 위함이었소. 이제 원자를 태후궁에 들일 참이니 경이 모쪼록 원자의 뒤를 봐주어야겠소!"

밑도 끝도 없이 자신에게 던졌던 공민왕의 말이 아직까지 귓가에 쟁쟁했다. 공민왕은 그때 원자의 생모가 반야라는 여인임을 분명히 말했다. 이인임은 그러나 그런 사실을 결코 발설하지 않았다.

더욱이 이제 와서 반야를 왕모로 인정한다면 이인임이 그동안 했던 말이 모두 거짓으로 드러날 수밖에 없었다. 이인임은 우왕의 즉위와 궁인 한씨를 왕후로 추존한 것은 물론 자신의 집권조차 공민왕의 고명(顧命)이라고 말해 왔던 터였다. 때문에 이인임은 진실이 밝혀지기보다 반야 사건이 조용히 종결되기를 바랐다.

한편 명덕태후 홍씨는 우왕의 출생에 대한 의혹이 이제 와서 새삼 불거질까 두려울 따름이었다. 공민왕이 처음 어린 우왕을 태후궁에 데려왔을 때만 해도 태후는 그를 후사로 받아들이지 않았다. 태후 자신도 우왕의 출생에 의혹을 품었던 것이다.

하지만 우왕이 왕위에 오른 뒤로 태후의 생각은 완전히 달라졌다. 우왕이 장성할수록 공민왕의 용모를 쏙 빼닮은 데다 심성과 예지(叡智)마저 닮아가는 것을 보고 태후는 그로 하여금 후사를 잇게 한 것을 더없는 다행으로 여겼던 것이다.

그런 마당에 우왕이 신돈의 여비였던 반야의 소생이라는 사실이 알려진다면 우왕은 물론 왕실의 권위는 추락할 수밖에 없었다. 게다가 자칫 공론화되었다가는 세간의 의혹만 더 부추길 뿐이라는 것을 누구보다 명덕태후 홍씨가 잘 알고 있었다.*

· · ·

이인임은 반야를 어떻게 처리해야 할 지 묘책이 떠오르질 않았다. 일단 사헌부에 가두기는 했지만 난감하기 이를 데 없었다. 사헌부도 난감하기는 마찬가지였다.

사의(司議) 허시(許時)와 김도(金濤)가 반야를 심문하는데, 미친 여자의 말이라고 하기에는 너무나 앞뒤가 딱딱 맞았던 것이다.

---

* 『고려사』는 우왕의 출생에 대해 이렇게 기록하고 있다. '신우(辛禑)의 아명은 모니노(牟尼奴)인데, 신돈의 비첩 반야의 소생이다. 처음에 반야가 임신하여 만삭이 되자 신돈은 그녀를 자기의 친구인 중 능우(能祐)의 모친 집으로 보내 해산시켰다. 능우의 모친이 그 아이를 길렀다. 그러나 첫돌이 못 되어 아이가 죽고 말았다. 능우는 신돈에게 책망받을 것이 두려워 죽은 아이와 비슷한 아이를 사방으로 찾았다. 그러다 이웃에 사는 병졸의 아이를 훔쳐서 딴 곳에 두고 키웠다. 그리고 신돈에게 말하기를, "아이가 병이 났으니 처소를 옮겨서 키우겠다." 신돈이 승낙하자 능우는 아이를 1년 동안 다른 곳에서 키워가지고 데려왔다. 그리하여 반야조차 자기 아이인 줄로만 알았다. 공민왕이 항상 아들이 없음을 근심하던 차에 하루는 신돈의 집으로 미행(微行)하였다. 그때 신돈이 반야의 아이를 왕에게 보여주면서 말하였다. "원컨대 전하께서는 이 아이를 양자로 삼아 후사를 잇게 하소서!" 그때 공민왕은 곁눈으로 아이를 보고 웃기만 할 뿐 대답하지 않았다. 그러나 마음속으로는 신돈의 말에 동의했던 것이다.'

"지난날 임금이 탄생하셨을 때 처음에는 신돈의 집에 있던 다른 여비를 젖어미로 삼았으나 내가 선왕께 아뢰기를, 귀하신 원자에게 천것의 젖을 물릴 수 없다고 하자, 선왕께선 과연 옳은 말이라 여기고, 한때 인주지사(仁州知事) 전수(田秀)의 처를 유모로 삼은 적이 있소이다. 이래도 내 말이 거짓으로 들린단 말이오?"

반야의 말에 허시가 미간을 찌푸리며 말했다.

"전하의 유모는 국대부인 장씨임을 천하가 다 아는 사실인데 그 무슨 뚱딴지같은 소리인가?"

반야는 고개를 세차게 흔들었다.

"지금 대부인이라고 하는 장씨가 바로 신돈의 집에 있던 여비였음을 어찌 모르시오? 그때의 일은 장씨는 물론 전수의 처에게 물어보면 되는 일. 세상에 천인이 사족의 유모가 된 경우는 있어도 사족이 천인의 자식에게 젖을 먹여줄 리 있겠소? 이것은 모두 선왕께서 세상에 알리지 않고 은밀히 하셨기 때문이오. 하늘이 무너져 땅이 되고 땅이 치솟아 하늘이 된다 한들 어찌 어미가 뒤바뀔 수 있으리오!"

반야는 북받쳐 오르는 설움을 누르며 계속해서 말했다.

"내가 바라는 것은 왕후 자리도 부귀영화도 아니오. 다만 우리 전하를 뵙고 궁인 한씨가 어미가 아니라 생모가 이렇게 시퍼렇게 살아 있음을 밝히려는 것이오. 어미가 자식을 찾겠다는데, 태후마마와 조정 대신들은 무슨 억하심정으로 이리도 모질고 험하게 대한단 말이오? 어서 태후마마를 뵙게 해주시오. 아니면 주상을 뵙게 해주시오. 주상께선 이 어미를 분명 알아볼 것이오!"

허시와 김도는 어찌 대답할 바를 몰라 멀뚱멀뚱 서로를 쳐다볼 뿐이었다. 일체 발설하지 말라는 이인임의 명이 추상과 같았으니 국문을 하고 말 것도 없었다.

· · ·

그렇게 사흘쯤 흘러가고 있을 때, 우왕이 이른 아침부터 이인임을 급하게 찾았다.

"며칠 전 밤에 웬 여인이 태후마마의 궁을 범하였다는데, 경은 그 일을 알고 있습니까?"

이인임은 가슴이 뜨끔했다. 반야의 사건이 다른 곳도 아닌 궁중에서 일어난 일이라 우왕에게 감추려 해도 감출 수는 없었다. 이인임은 다만 며칠 사이를 두었다가 적당히 얼버무릴 생각이었다. 그런데 우왕의 말투로 보아 이미 모든 사실을 알고 있는 듯했다.

이인임은 마지못해 입을 열었다.

"그러하옵니다, 전하."

"그런데 어찌하여 과인에겐 한마디 말도 없었던 것입니까?"

이인임은 대답 대신에 어금니를 지그시 사리물었다. 우왕의 귀에까지 들어간 것을 보면 궁중에 자신을 꺼리는 세력이 있다는 증거였다. 그것은 아직 궁중을 완전히 장악하지 못했다는 반증이기도 했다.

이인임은 우왕을 시립하고 있는 환관 김현을 힐끔 노려보았다. 김현은 그러나 시치미를 뗀 채 눈을 적이 내리깔고 있을 뿐이었다.

우왕이 전에 없이 이인임을 다그쳤다.

"경은 어째서 아무 말이 없습니까?"

이인임은 그러나 짐짓 별일 아니라는 듯이 말했다.

"전하, 태후궁의 숙위를 맡은 자들이 경계를 소홀히 하여 일어났던 소란이오니 너무 심려치 마소서. 다시는 그런 불미스런 일이 일어나지 않도록 숙위를 엄하게 할 것이옵니다."

"그것을 따지는 것이 아닙니다. 경이 어째서 궁중의 일까지 과인에게 감추려 하는지 그걸 몰라서 묻는 말입니다!"

우왕의 말에 불만이 잔뜩 배어 있었다. 그러나 이인임은 어린아이의 투정쯤으로 여기는 듯, 웃는 낯으로 말하였다.

"전하, 신이 무엇을 감추겠사옵니까? 다만 전하께 아뢰지 않은 까닭은 사건이 명백하지 않기 때문이옵니다. 또 효성이 지극하신 전하께서 놀라실까, 태후마마께서도 신에게 각별히 당부하신 일이었음을 유념하여 주소서!"

"그 여인이 과인의 생모라고 했다는데, 혹시 그 때문은 아닙니까?"

순간, 이인임은 고개를 뻣뻣하게 쳐들고 우왕을 정면으로 바라보았다. 그의 눈빛은 마침내 먹이를 발견한 매처럼 날카롭게 번득이고 있었다.

보위에 오른 지 2년째 되면서 말투나 거동이 군왕으로서의 위엄을 제법 갖추어가고 있던 우왕이었다. 이인임은 우왕의 그런 심리를 충분히 읽고 있었다. 그렇지 않아도 무슨 수를 써야겠다고 벼르던 참이었는데, 오늘이 바로 그 기회라고 여긴 이인임은 단호하게 잘라 말했다.

"전하, 그게 어인 말씀이옵니까? 단지 미친 여자의 헛소리에 불과할 뿐, 전하께선 귀담아 들으실 일이 아니옵니다."

"단지 미친 여자라면 순위부에 맡기면 될 일이지 어째 사헌부에서 비밀리에 국문을 하는 겁니까?"

순간, 이인임이 미간을 찌푸렸다. 말투도 금세 달라졌다.

"전하! 신의 마음을 어찌 그리 모르시옵니까? 이 일은 그렇게 드러내 놓고 떠들 일이 아니옵니다!"

이인임의 언성이 갑자기 높아지자 우왕은 놀란 기색이 역력했다. 이인 임은 그 순간을 놓치지 않고 어린 왕을 향하여 퍼붓듯이 말을 이어갔다.

"신이 사헌부에 국문토록 한 것은 그 죄가 단지 범궐에만 그치지 않 기 때문입니다. 불궤를 저지르려는 자들이 어떤 빌미를 삼기 위해 얼마 든지 꾸며낼 수 있는 짓이옵니다. 이 일을 함부로 다루거나 경망스럽게 말을 퍼트렸다가는 자칫 전하의 안위에까지 해가 미칠 수 있음을 전하 께서는 어찌 모르시옵니까?"

말은 신하로서의 예를 갖추고 있었으나, 말투는 할아버지가 어린 손 자를 나무라듯 엄하기 이를 데 없었다. 듣기에 따라서는 협박이나 다 름없었다. 우왕은 자신의 안위를 해칠 수 있다는 이인임의 말에 기가 질려 입을 다물어버렸다. 더욱이 그 자신조차 알 수 없는 출생의 비밀 이 아니던가.

이인임은 다시 한 번 우왕을 향하여 못을 박듯이 말했다.

"전하, 신은 선왕의 고명을 받은 신하이옵니다. 신을 믿지 못하심은 선왕의 유지(遺志)가 그릇되었다, 라고 하심과 같사옵니다. 더욱이 왕모 이신 순정왕후(順靖王后)를 추시(追諡)한 것은 선왕께서 하신 일이옵니다. 그런데 이제 와서 미친 여자의 말을 믿으시겠다면 신더러 어찌하라는 것이옵니까?"

우왕은 아까와는 달리 풀이 죽은 목소리로 말했다.

"경을 믿지 못해서 하는 말이 아니었소. 다만 과인은……."

"하오시면 전하의 귀를 더럽힌 자가 누구이옵니까? 결코 용서해서는 아니 될 것이옵니다."

그렇게 말하는 이인임의 눈초리가 환관 김현의 뒷덜미에 매섭게 꽂혔다.

"경은 그 반야라는 여인을 엄히 추궁하여 모든 의혹을 밝히도록 하시오. 무엇보다 연로하신 태후마마께서 이번 일로 크게 놀라셨다지 않습니까?"

"전하의 효성에 어찌 하늘이 감동하지 않겠사옵니까? 신은 전하의 뜻을 받들어 도성의 경계를 더욱 강화하고 조정 대신들을 따로 모아 긴밀히 의논할 것이옵니다."

"알겠습니다. 그리 하세요……."

이인임이 물러간 뒤, 잔뜩 풀이 죽어 있던 우왕은 후원으로 걸음을 옮겼다. 후원에는 부왕이 기르던 수백 마리의 비둘기들이 새장에서 자라고 있었다. 우왕은 마음이 허전할 때마다 비둘기장을 찾곤 했었다. 비둘기에게 먹이를 주면서 부왕의 체취를 느끼려 했던 것이다. 그런데 오늘따라 새장에 갇혀 있는 비둘기들이 가엽게 보였다.

'어쩌면 나도 저 비둘기들과 같은 신세가 아닐까?'

우왕은 시종하고 있던 환관 김현에게 불현듯 물었다.

"비둘기는 본래 멀리 날지 못하는가?"

"전하, 비둘기도 새이옵니다. 다만 새장에 갇혀 있으니 날지 못할 따름이옵니다."

우왕은 무언가 골똘히 생각하더니 말했다.

"과인이 『주서(周書)』의 「여오편(旅獒篇)」을 읽어보았더니 왕으로서 진기

한 짐승을 애완하는 것도 왕도에는 어긋난다 하거늘, 비둘기도 진귀한 날짐승 아니더냐? 더욱이 하늘을 날아다니는 새가 새장에 갇혀 있으니 오죽 답답하겠느냐? 이 비둘기들을 당장 풀어주도록 하라!"

그때 김현은 우왕의 눈에 눈물이 맺혀 있는 것을 보았다.

'어쩌면 저리도 선왕의 성품을 그대로 닮으셨을까?'

김현은 속으로 그렇게 감탄하였다. 지난날 요양성 평장(平章) 고가노(高家奴)가 5가지 색을 가진 꿩을 공민왕에게 바치자, 꿩이 불쌍하다며 금세 놓아주었던 기억이 새삼 떠올랐던 것이다.

우왕은 또 김현에게 말하였다.

"전수의 처가 과인에게 젖을 먹였다는데, 그 말이 사실이라면 어찌 그 은공을 모른 척할 수 있겠느냐? 쌀 20석과 포 7백 필을 그 집에 보내주도록 하라. 그리고……."

우왕은 잠시 말을 잇지 못했다.

"전하, 말씀하오소서."

"그리고……, 반야라는 여인은 어찌 되겠느냐?"

"전하, 노가 어찌 알겠습니까만 이 일은 태후마마께서 아시고 처분하실 터이오니 그리 마음에 두지 마시옵소서!"

"모른 척 하라? 그래, 나야말로 새장에 갇힌 비둘기와 다를 바가 없구나!"

우왕의 말에 김현은 무어라 대꾸할 말이 없었다.

・ ・ ・

이인임은 대신들과 기로들까지 홍왕사(興王寺)로 불러 모았다. 왕까지 알게 되었으니 반야 문제를 공론에 붙이려는 것이었다. 그러나 그것은 핑계일 뿐, 이인임의 속셈은 다른 곳에 있었다.

반야의 국문을 맡았던 사헌부 사의 허시가 대신들 앞에 자초지종을 설명하였다. 그리고 끝에 덧붙여 말하였다.

"내시부 별감에게 알아보았더니 선왕 대에 여러 차례 쌀과 포목을 지급한 적이 있는데다, 이번 일을 명백히 밝히기 위해서는 국대부인 장씨와 대질을 시키는 것이 어떨까 합니다마는……."

그러자 이인임 옆에서 코를 벌름거리며 듣고 있던 찬성사 지윤이 벌컥 역정을 냈다.

"아니 국대부인을 그런 미친 여자하고 대질시키자니? 사의는 대체 무얼 어쩌자는 것인가? 이거 죄인을 다루라고 국문을 맡겼더니 되려 그 여자의 말에 현혹되어 갈팡질팡하지 않는가? 죄가 명백한 이상 앞뒤 가릴 것 없이 족치다 보면 틀림없이 살려달라고 복죄할 터인데, 여자라고 해서 너무 살살 다루어서야 쓰겠는가?"

허시는 지윤의 말에 이견을 붙이지 못하고 고개를 쏙 집어넣고 말았다. 그때 누군가 지윤의 말에 이의를 달았다.

"그렇게 무작정 덮는다 해서 끝날 일이 아닌 듯하오이다."

삼사우사(三司右使) 김속명이었다. 그는 명덕태후의 인척으로 공민왕에게 고임을 받았지만 누구보다 강직하고 바른 말 잘하기로 정평이 난 인물이었다. 김속명은 좌중을 둘러보며 말했다.

"그렇지 않아도 나라사람들이 모후에 대해서 의혹을 품고 있는 터에, 언제까지 쉬쉬할 수만은 없는 일. 기왕에 일이 터졌으니 지금이라도 반야라는 여인과 대부인을 대질시켜 사실을 명백하게 밝혀야 할 것입니다. 의혹이 더 커지게 전에 말입니다!"

지윤이 대번에 반박하였다.

"이보시오, 김 우사! 전하께서 국대부인을 친어머니처럼 여기시는 줄 모르고 하는 소리요? 그런 터에 미친 여자를 대질시키겠다니, 그럼 대부인의 체면은 고사하고 전하께선 어찌 생각하시겠소?"

"진실을 밝히기 위함인데 체면을 따질 것은 무업니까? 대부인이 지난날 신돈의 집에서 살았다는 것은 나라사람들이라면 다 아는 사실 아닙니까?"

"어허, 내 그렇지 않아도 이번 일이 터지고 나서 대부인께 한번 넌지시 물어보았소. 그랬더니 그런 여자는 당최 모르겠다고 하더이다. 이만하면 되지 않았소?"

"찬성사께서 궁문을 수시로 출입한다는 말을 자주 들었습니다마는, 어느새 대부인을 사사로이 만났더란 말입니까?"

지윤이 장씨와 사통하고 있다는 사실을 김속명이 은근히 꼬집어서 하는 말이었다. 지윤은 얼굴이 벌겋게 달아오르며 변명을 늘어놓았다.

"내가 뭐, 만나고자 해서 들어간 것은 아니고 우연히……."

"어허, 어험!"

그때 이인임이 지윤의 말을 막고자 짐짓 큰소리로 헛기침을 해댔다. 지윤은 입을 다물고 대신에 김속명을 노려보았다. 김속명도 지윤의 눈길을 피하지 않고 같이 쏘아보았다. 경멸이 가득 담긴 눈초리였다.

이인임은 그런 지윤과 김속명을 무시한 채 대사헌 안종원(安宗源)을 보고 말하였다.

"더 들을 것도 없으니, 사헌부는 당장 반야의 족속들을 모조리 잡아들이고, 그들이 범궐을 방조했다면 당연히 그 죄를 물어야 할 것이며, 더 이상 허무맹랑한 소리가 나오지 않도록 입들을 단단히 단속토록 하시오. 아니면 역모로 다스릴 것이니 명심하시오!"

대사헌은 이인임의 말에 기함이 들려 제대로 답을 못했다. 평소 아부를 할 줄 모르고 강직하다는 말을 듣던 안종원이 이인임 앞에서는 그야말로 고양이 앞의 쥐나 마찬가지였다. 그러자 이번에도 김속명이 토를 달았다.

"그렇다면 전하를 한 번 뵙게 하는 것이 어떻겠습니까?"

순간 이인임의 얼굴이 일그러졌다. 그걸 보고 지윤이 다시 나섰다.

"아니, 지금 그걸 말이라고 하는 거요? 뭐하자는 수작입니까? 전하께선 친모의 얼굴조차 뵌 적이 없다는데 어찌 알아본단 말이오? 게다가 미친 여자한테 무슨 해라도 당하면 그때는 어찌할 테요?"

"세상에 아비 없는 자식은 있어도 어미 없는 자식은 없는 법입니다!"

김속명이 그 말을 뱉는 순간, 이인임의 눈꼬리가 가늘게 찢어졌다.

"삼사우사는 말을 삼가라!"

이번에도 이인임 대신 지윤이 벌컥 화를 내며 김속명에게 고함을 쳤다. 그래도 김속명은 눈 하나 깜짝 않았다. 김속명은 지윤을 아예 제쳐놓은 채 이인임을 똑바로 쳐다보며 말하였다.

"나라사람들이 의혹을 품는 일들마다 그저 덮기에 급급하니, 장차 반야라는 여인을 어찌하실 것인지 그 대책이 서야 할 것 아닙니까?"

"무어라?"

지윤이 자리에서 벌떡 일어났다. 씩씩대는 꼴이 당장이라도 김속명에게 덤빌 기세였다. 그러자 이번에도 이인임이 말리고 나섰다.

"자, 그만들 하세요. 그 일은 사헌부에서 알아서 할 것이고, 그보다는……."

이인임은 전혀 엉뚱한 곳으로 말을 돌렸다.

"그보다, 궁중에 있는 환관들을 바로잡아야겠소이다. 사안의 경중을 가리지 않고 전하께 함부로 말을 옮기고, 태후전까지 조정의 일을 믿지 못하니 국사가 혼란스러울 수밖에요……."

이인임이 흥왕사로 대신들을 불러 모은 속셈이 바로 거기에 있었다. 지윤이 재빨리 맞장구를 쳐댔다.

"옳으신 말씀입니다. 지금 궁중의 일을 맡고 있는 자는 김현인데, 그 자가 전하 가까이에서 도리어 심기를 어지럽히니 응당 그 죄를 묻지 않을 수 없소이다!"

지윤이 대번에 환관 김현을 지목한 것은 나름대로 이유가 있었다. 지윤이 국대부인 장씨를 만나러 궁궐을 몰래 출입할 때마다 김현이 나서서 법도를 따지곤 했던 터라, 그가 죽이고 싶도록 미웠던 것이다.

그보다 이인임은 김현과 환관들을 제거하고, 자신의 영향권에 왕을 철저히 묶어두려는 것이었다. 이인임은 다른 대신들의 말은 들어볼 것도 없이 대사헌 안종원을 보고 질책하였다.

"그 김현이란 자가 전하의 총애를 믿고 궁중에서 자못 거만을 떠는 모양인데, 사헌부에선 그자의 죄를 논핵하지 않고 여태까지 무얼 하고 있는지 모르겠소?"

대사헌은 고개를 조아렸다.

"늦었지만 지금이라도 죄상을 낱낱이 고할 것이니, 심려 마십시오!"

흥왕사 회동이 끝나자 지윤이 이인임에게 귓속말을 건넸다.

"아니, 김속명이 저놈을 그냥 두실 작정입니까?"

"그럼 오늘 당장 모가지라도 치란 말인가? 궁중의 환관들을 먼저 정리하고, 그 다음에 쳐도 늦지 않을 터. 그보다 그대는 재상이 되었으면 좀 언행을 가리세요."

"예에……?"

"당분간 궁중 출입도 자제하고……. 거, 사람이 눈치코치가 있어야 말이지."

이인임의 타박에 지윤은 금세 무르춤해지고 말았다. 뒷짐을 진 채, 저만치 앞서가는 이인임의 뒷덜미를 쳐다보던 지윤이 갑자기 가래침을 탁, 내뱉더니 중얼거렸다.

'쳇, 총재랍시고 떠받들었더니……, 뭐, 눈치코치? 저런 우라질 놈을 그냥…….'

지윤이 주먹을 부르르 떨었다.

· · ·

사헌부에서 난데없이 환관 김현을 탄핵하고 나서자 우왕은 적이 당황하였다.

김현은 공민왕 때부터 충성을 다했던 환관이었다. 일찍이 홍건적의 난 때는 호종공신(扈從功臣)으로, 김용의 홍왕사의 난 때는 토적(討賊) 1등 공신이 되어 연성부원군(延城府院君)으로 봉군되었으며, 우왕이 즉위하면서는 태후전까지 궁중의 기무(機務)를 도맡아 하고 있었다.

무엇보다 김현은 우왕의 마음을 잘 헤아렸다. 늘 곁에 있으면서 우왕이 모르는 부왕의 이야기를 들려주기도 하고, 궁중 안팎에서 일어나는 일과 국사에 대해서도 일러주었던 것이다.

우왕은 사헌부의 탄핵에 대해 비답(批答)을 내리지 않았다. 그러자 이 인임이 직접 나서서 우왕을 압박하였다.

"전하, 김현이 궁중의 기무를 맡으면서부터 조정과 사사건건 반목해 왔던 것이 어제 오늘의 일이 아니옵니다. 대신들이 국사를 상주할 때 는 전하께서 미처 어지(御旨)를 내리기도 전에 김현이 먼저 결정을 한다 는 말까지 들리니, 어찌 환관 따위가 그리도 방자하고 무례하더란 말 입니까?"

"모두 과인을 생각하는 마음에서 그런 것인데, 내쫓으란 건 너무 무 정하지 않습니까?"

"전하, 신이 듣기로 언제부턴가 궁중에 여인네들의 청탁이 끊이질 않 는다 하옵는데, 이는 김현이 순전히 전하의 총애를 믿고 용사(用事)를 부 리기 때문이옵니다. 궁중의 문란이 이토록 극에 달하였는데, 어찌 사사 로운 정을 앞세워 그를 보호하시려는 겁니까?"

"그를 보호하려는 것이 아니라……."

이인임은 우왕의 말을 가로막고 위에서 찍어 누르듯이,

"전하, 김현의 죄를 묻고자 하는 것은 조정 대신들의 뜻이오니 유념 하여 주소서!"

대신들의 뜻이 다 그렇다는 바에야 우왕은 어쩔 수 없었다.

결국 김현은 회덕현(懷德縣)*으로 유배되었다. 뿐만 아니라 김사행(金師 幸)과 이득분(李得芬)을 비롯하여 수십 명의 환관들이 김현과 파당을 지 었다는 이유로 궁중에서 쫓겨났다. 환관들이 쫓겨난 자리는 이인임의

---

* 지금의 대전시 대덕구 회덕동.

수족들로 채워졌고, 우왕은 올가미에 걸린 새의 신세가 되었다. 그러는 사이에 반야 문제는 쏙 들어가고 말았다.

김현이 귀양을 가고 환관들이 궁중에서 쫓겨나자 우왕은 마치 수족이 잘린 것처럼 허전하기만 했다. 그럴 때, 유모 장씨가 우왕을 위로하면서 말하였다.

"전하, 환관이나 대신들을 의지하기보다 차라리 외척을 의지하시면 어떨까 하옵니다……."

"내게 외척이 어디 있단 말입니까?"

"왜 없겠습니까? 순정왕후의 형제들이 있사옵니다. 그들 중에는 문과에 급제한 자들도 있으나 벼슬이 그리 높지 못하여 전하를 가까이 뫼실 수 없을 따름이옵니다. 이번 기회에 그들을 가까이 불러 외척들에게 전하의 정의(情誼)를 보이소서."

우왕은 장씨의 말대로 곧 정방에 사람을 보냈다. 순정왕후로 추중된 궁인 한씨의 인척인 한략(韓略)을 대관으로, 한충(韓忠)을 전법(典法)으로 앉혀달라는 것이었다. 우왕은 그 정도쯤은 정방에서 얼마든지 받아주리라 믿었다.

이때 정방제조(政房提調)는 이인임과 경복흥, 지윤, 최영들이었다. 그런데 조정에는 잘 나오지도 않던 경복흥이 우왕에게 달려와 말하였다.

"전하, 관리의 전선(銓選)이 이미 끝났는지라 이제 와서 또 고칠 수는 없는 일이옵니다."

"종이와 먹만 있으면 얼마든지 고친다고 들었습니다……."

우왕의 말에 경복흥은 말문이 막히고 말았다. 어린 임금이었지만 인사 비리를 다 알고 있었던 것이다. 경복흥은 다른 말로 둘러댔다.

"예부터 임금의 외척은 언관(言官)에 제수하지 않는 법이옵니다. 차라리 그들에게 다른 관직을 내리소서."

"경은 사사로이 따지자면 태후마마께서 가까이 하는 외척이요, 부왕의 고굉지신(股肱之臣)인데, 어찌하여 과인의 마음을 그리도 몰라준단 말입니까? 과인을 그림자처럼 따라다니던 김현이 궁중에 없으니 마음이 허전해서 그러는 것이니 총재와 잘 상의해보셨으면 합니다."

하지만 경복흥은 아랑곳하지 않고 끝까지 명을 거두어줄 것을 요구했다. 그럴 때 사헌부에서 삼사우사 김속명을 탄핵하고 나섰다.

"전하, 신하로서 임금을 공경해야 하는 것은 천하 고금의 당연한 법입니다. 만에 하나 신하된 자로서 임금에게 불경을 저지른다면 그보다 더한 죄가 없사옵니다. 그런데 근자에 홍국사에 여러 대신들이 모여 의논할 때에 김속명이 차마 입에 올릴 수 없는 말을 하였으니 그보다 더한 불경은 없을 것이오니, 그의 죄를 물어 처형함이 옳을 줄 아옵니다!"

사헌부 사의 허시와 김도가 연명으로 올린 상소였지만 기실 이인임의 사주였다.

우왕은 상소를 물리쳤다. 김속명의 강직함을 잘 아는 데다, 무엇보다 할마마마인 태후가 아끼는 인물이었다. 하지만 사헌부에서 연일 격렬한 상소가 올라오자 어쩔 수가 없었다. 왕은 다만 국문을 하지 않고 유배형에 처하도록 하였다.

왕명에 따라 김속명은 충청도 문의현(文義縣)*으로 유배되었다. 그러나 오래지 않아 김속명은 귀양지에서 죽고 말았다. 이제 남은 일은 반야를 처리하는 것뿐이었다.

---

* 지금의 충북 청원군.

　　　　　· · ·

달도 없는 캄캄한 밤이었다.

아직 밤바람이 찬데, 강물도 잠든 한밤중의 임진강 나루터가 소리 없이 부산해지기 시작했다. 검은 옷을 입어 어둠에 몸을 숨긴 세 명의 사내가 빠른 걸음으로 걸어오고 있었다.

"여길세!"

앞장서던 사내가 목소리를 낮춰 뒤에 오는 이를 불렀다. 뒤따라오는 두 사내는 몸집이 좋았고, 커다란 보퉁이 같은 것을 둘이서 둘러메고 있었다. 보퉁이 안에 든 것이 바르작거리면서 용을 썼다.

"으음……! 으으, 으으음!!"

입막음을 당했는지 주둥이가 꽁꽁 묶인 보퉁이 안에서 신음소리를 내며 몸부림을 치고 있었다.

그러나 몸집이 좋은 사내 둘은 그 정도 몸부림이야 아무렇지도 않다는 듯 보퉁이를 땅바닥에 털썩 부려놓았다.

"음……! 으으, 으음!!"

"여보슈, 누군 줄은 모르겠지만 그냥 가만히 계시우. 아무리 몸부림을 쳐봤자 오늘이 당신 제삿날이우."

순간, 보퉁이 안에 든 것이 얼어붙은 듯 조용해지나 했더니

"으으……! 으으으!!"

더욱 발버둥을 쳐댔다.

앞장섰던 칼을 찬 호리호리한 사내가 그대로 두었다간 안 되겠다 싶었는지 보퉁이를 툭툭 치더니 목소리를 낮추어 말했다.

"이보시오, 가만히 있지 않으면 지금 여기서 베어버리는 수도 있소이다."

보퉁이 안에 든 것이 잠잠해졌다.

"사공은 왜 이리 늦는 게냐?"

칼을 찬 사내가 몸집이 좋은 두 사내를 채근했다. 심장이 두근거리고 입 안이 바짝 말랐다. 일이 성공하지 못하면 자신의 목이 달아날 판이었다.

'하지만 오늘 일만 성공하면 평생 놀고먹을 수 있을 금붙이와 부쳐먹을 땅이 기다리고 있다.'

사내는 칼자루를 힘껏 움켜잡았다. 며칠 전, 이인임이 은밀히 불러서 자신에게 부탁한 일. 옥에 갇혀 있던 반야라는 여인을 보쌈하여 임진강에 던져 없애버리는 일. 성공의 대가로 이인임이 약조한 것들은 자신이 평생 꿈도 꿀 수 없는 엄청난 것들이었다. 그런 만큼, 오늘밤이 자신에게는 운명의 날이었다. 물론, 저 보퉁이 안에 든 여인에게도 그렇겠지만.

"나으리! 저기 옵니다!"

"서둘러라!"

다시 두 사내가 보퉁이를 둘러매고 강변으로 다가갔다. 어둠 속에서 나룻배 한 척이 물살을 가르며 조용히 다가왔다.

"왜 이리 늦었는가!"

칼을 찬 사내가 매섭게 한마디 했다.

"예예, 송구하구만요. 마누라가 오늘따라 잠을 안 자고 깨어 있어서 그만, 헤헤."

"한 치의 실수도 없으렷다?"

"그렇구만요. 마누라는 깊이 잠들었고, 제가 나온 건 아무도 모릅니다요."

"오늘 일은 무덤까지 가져가야 할 것이야. 자, 어서 서둘러라!"

두 사내가 몸부림을 치고 있는 보퉁이를 나룻배에 실었다. 칼을 찬 사내도 배에 올랐다. 사공은 미리 약조한 대로 보퉁이 안에 든 것에는 일부러 눈길도 주지 않고 배를 강 한가운데로 저어갔다.

"여기쯤이 좋겠네."

그 말에 사공이 조용히 노질을 멈추었다.

"으으으……! 으으!!"

두 사내가 몸부림을 치는 보퉁이를 들어올려 강물에 내던졌다. 한순간 허공으로 떠올랐던 보퉁이는 그대로 '첨벙' 소리와 함께 강물로 떨어졌다.

이로써 또 하나의 진실은 영원히 수장(水葬)되고 말았다.

우왕 2년 3월의 어느 날 밤이었다.•

하늘이 노했던지 그해 가을은 전에 없던 흉년이 들었다. 게다가 왜구의 잦은 침입으로 민심마저 흉흉해지자 우왕은 도당에 교지를 내렸다.

"모든 주에 귀양 간 사람들이 처자와 서로 남북으로 갈라져 있으니 어찌 그리운 생각과 원한이 없으랴? 죄상의 경중을 참작하여 석방할 수

• 『고려사』는 다만 반야의 죽음에 대해 이렇게 기록하고 있을 뿐이다. '반야가 한밤중에 태후궁으로 몰래 들어와 울면서 말했다. "왕을 낳은 사람은 나인데 어째서 한씨를 어머니로 삼는단 말이오?" 이때 태후가 반야를 내쫓자 이인임은 반야를 옥에 가두고 대간과 순위부에서 그녀를 치죄하는데, 반야는 새로 지어진 중문(中門)을 가리키면서 울부짖기를, "하늘이 만약 나의 원통함을 안다면 저 중문이 반드시 허물어질 것이다." 이때 사의 허시가 막 문 안에 들어서는데 그 중문이 저절로 허물어졌다. 허시는 겨우 화를 면하였으나 그것을 본 사람들이 자못 이상하게 여겼다. 마침내 조정에서는 반야를 임진강 물에 던져 죽였고 그의 친족인 판사 용거실도 베었다.'

있는 자는 석방하고, 석방할 수 없는 자는 처자 있는 곳 가까이 옮겨주어 그들이 함께 살도록 하라!"

이인임은 교지에 따라 정몽주와 이숭인 등 신진사대부들을 모두 해배하고, 다만 김구용은 죽주에서 여흥으로 이배시켰다. 그러나 천리 밖으로 유배된 정도전의 이름은 먹으로 지워버렸다. 해배는커녕 처자가 있는 곳으로조차 보내주지 않았다.

· · ·

우왕 2년 11월. 겨울을 앞두고 왜구가 유독 전라도 지방을 분탕질하더니 전주까지 함락되고 말았다. 이인임은 전라도 원수 유영과 전주 병마사 유실(柳實)에게 그 죄를 물어 수졸로 내치고, 지익겸(池益謙)을 원수로 대신하였다.

지익겸은 지윤의 아들로, 상호군에 우왕의 시학(侍學)을 겸하고 있는 자였다. 왜구의 준동과 노략질을 더 이상 방치할 수 없어 군사력을 갖춘 장수를 찾던 중에 이인임이 적임자로 지익겸을 택한 것이었다. 그러자 지윤이 노발대발하였다.

"아니, 이럴 수가 있습니까? 나도 엄연히 정방제조인데, 하필 내가 없는 사이에 내 자식을 사지(死地)에 밀어 넣다니요?"

이인임은 지윤을 달래었다.

"지금 장수들이 여러 도에 나가 있는데다, 쓸 만한 장수나 원수직을 맡을 만한 자가 아무리 봐도 익겸밖에 없으니 어떡하겠소? 이번에 공을 세운다면 익겸의 이름이 누구보다 높아질 것이니 오히려 좋은 기회가 될 것이오."

지윤은 그러나 고개를 외로 틀었다.

"왜구의 세력이 전주를 떨어뜨릴 만큼 만만치 않다는데, 임금의 시학이나 지내는 아이가 전장에 나가 무슨 싸움을 하겠소이까?"

이인임은 쓴웃음을 짓고 말았다. 지익겸이 우왕의 시학을 겸하고 있는 것은 사실이지만, 단지 허명으로만 차고 있을 뿐, 정작 경서가 무언지도 제대로 모르는 자였다. 하지만 이인임도 달리 할 말이 없었다. 왕을 통제하기 위해 지익겸을 시학으로 추천한 것이 바로 자신이었던 것이다.

이인임이 심기가 불편해지면서 입을 꾹 다물어버리자, 지윤은 대뜸 판삼사사(判三司事)를 겸하고 있는 최영에게 말을 던졌다.

"왜구 토벌엔 최 공이 으뜸이니 공이 나서면 어떻겠소이까?"

최영이 단박에 얼굴을 붉혔다.

"나는 이미 경기와 양광도를 맡고 있는데, 한 몸을 가지고 어찌 다른 곳으로 또 가란 말이오?"

무안해진 지윤은 이인임에게 몸을 바짝 붙이더니,

"그렇다면 시중께서 한 번 나가시는 것이 어떻겠소? 전에는 곧잘 군사를 호령한 적도 있지 않소이까?"

이인임은 어처구니가 없었다.

"지금 나더러 싸움터로 나가란 말이오? 그럼 국사는 누가 맡소?"

"수상이 두 분이나 있는데 무슨 걱정입니까?"

경복흥을 두고 하는 말이었다. 경복흥은 조정에 좀체 얼굴을 내밀지 않았지만 명색이 시중과 정방제조를 겸하고 있었던 것이다.

침을 튀겨가면서까지 주절거리던 지윤이 갑자기 엉뚱한 곳으로 이야기를 돌렸다.

"가만, 왜적은 다만 삼남 지방만 소란스럽게 할 뿐이니 뭐, 그다지 근심할 게 있겠소이까? 그보다 명나라 대군이 정료위에 근거를 삼으면 훗날 도모하기가 어려울 텐데, 이번 기회에 원나라와 힘을 합쳐 처버리는 게 어떻겠소? 그깟 왜구보다 명나라와 한판 싸우겠다면 내가 기꺼이 선봉에 서리다!"

이인임이 발끈하였다.

"이보시오. 전주는 나라의 옷깃과 같은 곳이라 입술이 없어지면 이가 시려지는 법인데, 어찌 전주를 구하지 않고 지금 대병을 일으켜 요동을 치자는 말이오?"

"총재의 말씀이 옳기는 하나, 나라를 위한 대계는 아닌 듯 하오이다. 왜구는 노략질을 하다 욕심을 채우면 곧 물러나겠지만, 명나라는 우리나라를 아예 집어삼키려고 하질 않소이까? 마침 원나라가 군사를 일으킨다고 하니 이에 호응하여 명나라를 물리친다면 만세가 편안해지지 않겠소이까?"

다른 사람도 아닌 지윤이 연방 딴죽을 걸자 이인임은 분통을 터뜨리고 말았다.

"그대가 감히 내게 이럴 수 있소? 그대가 나랏일에 그토록 계책을 잘 낸다면 내가 물러나겠소이다. 온 나라에 왜구가 들끓어 백골이 황야에 널려 있다는데 그래, 삼재의 자리에 있는 사람이 그걸 말이라고 하는 소리요? 아니면 내게 항거하는 것이오?"

지윤도 지지 않고 대꾸를 하였다.

"내가 항거하려는 것이 아니라, 총재께서 국사를 공평하게 처리하지 않기 때문이 아니오?"

"대체, 내가 공평하게 처리하지 않은 게 무어요?"

"조정에 다른 장수들도 많은데, 하필 시학으로 있는 아들놈을 전쟁터로 보낸다니까 이러는 거 아닙니까?"

"어허, 장수된 자가 전쟁터에 나가지 않으면 누가 나간단 말이오?"

그 말이 끝나기가 무섭게 지윤이 이인임의 복장을 질렀다.

"익겸은 장수라기보다 시학입니다. 시학이란 말입니다!"

지윤의 어깃장에 이인임은 말문이 막히고 말았다. 이인임은 더 이상 화를 참지 못하겠다는 듯 자리를 박차고 일어섰다.

"내가 오늘로 수상 자릴 내놓을 테니 어디 한 번 잘해 보시오!"

그러자 최영이 이인임을 붙잡았다.

"지금 총재가 그만두면 장차 나랏일이 어찌 되겠소? 그만 총재께서 좀 참으시구려."

그런데도 지윤은 무르춤한 표정으로,

"아니, 화를 낼 건 또 무어요? 언제는 내가 내놓는 계책마다 최고라고 추켜세우더니……."

최영이 듣다못해 지윤을 나무랐다.

"삼재께서 너무 자식을 싸고도는 것 같소이다."

그 말에 지윤이 눈을 한껏 치켜뜨며 짐짓 이인임을 향해 핏대를 세웠다.

"내, 지금까지 총재를 위해서라면 궂은일을 마다하지 않았고, 남들한테 들어먹을 욕도 내가 다 들어왔건만 내게 이럴 수 있소? 나를 하수인 쯤으로 여기는 모양이오만 나도 만만치 않다는 걸 어찌 모르시오? 이거 원, 더러워서 내가 먼저 그만두리다!"

지윤이 자리를 박차고 일어섰다. 그러나 누구 하나 자신을 붙잡지 않자, 이인임과 최영을 매섭게 쏘아보고서는 횡하니 나가버렸다.

그런 지윤의 뒷모습을 보며 이인임은 가슴이 서늘해졌다.

'지금껏 호랑이 새끼를 키우고 있었구나. 무식하고 탐욕스러운 놈으로만 알았더니, 정작 제거할 놈은 경복흥보다 저놈이로다!'

그렇지만 지윤의 세력이 만만치 않았다. 지윤의 지위가 이인임과 경복흥 다음인 3재에 이르고, 조정과 궁궐에는 그의 수하들이 곳곳에 심어져 있었다. 무엇보다 지윤이 사돈을 맺고 있는 동북면의 이성계가 마음에 걸렸다. 정확히 말하자면 북방의 무장에 지나지 않는 이성계가 두려운 것이 아니라, 그의 처족인 신천 강씨 세력을 무시할 수 없었던 것이다.

신천 강씨라면 국태조 왕건의 외척으로 고려 초부터 권문세족을 형성한 집안이었다. 가까이로는 홍왕사의 난이 일어났을 때 강득룡의 사가를 행궁으로 삼을 만큼 공민왕의 고임을 받았다. 그 강득룡이 바로 이성계의 손위 처남이었다. 뿐만 아니라 이성계 휘하의 이두란(李豆蘭)과 조영무(趙英茂)와 이란(李蘭)이 강씨의 조카들에게 장가를 들어 혈연으로 굳게 맺어져 있었다.

그렇다고 눈 밖에 난 지윤을 그대로 놔둘 이인임이 아니었다.

· · ·

며칠 후, 이인임의 집 대문에 한 장의 괴문(怪文)이 붙었다.

지윤의 문객 김윤승 등 7~8명이 문하사인 정목(鄭穆)을 사주하여 이인임을 탄핵하여 내쫓고, 지윤을 시중으로 삼으려는 모의를 하고 있다. 이 글을 쓴 나의 직위는 판사요, 성은 이(李) 가이며 이름자는 11획이다!

소문은 한식경도 되지 않아 도성으로 퍼졌다. 그러나 이인임은 무슨 속셈인지 아무런 반응이 없었다. 그러다 저녁 무렵 불쑥 지윤의 집으로 찾아갔다. 이인임은 대문에 붙어 있던 괴문을 지윤에게 보이며 말하였다.

"항간에 나와 그대를 이간하는 말들이 떠도는 모양인데, 내가 어찌 그런 허망한 말에 넘어가겠소. 앞에 있었던 일은 내가 과했던 듯싶으니 그만 화해하도록 합시다!"

지윤은 감격하여 어쩔 줄을 몰랐다.

"총재께서 이토록 마음을 써주시는데 제가 괜한 오해를 했던가 봅니다. 용서를 구해야 할 사람은 바로 저입니다!"

지윤은 눈물마저 글썽거렸다. 탐욕만 없다면 더없이 순진하고 우직한 사람이었다.

"용서라니요? 그대와 나 사이에 용서하고 말고 할 것이 무어 있겠소? 허허허!"

이인임은 한바탕 너털웃음을 터뜨렸다. 그러나 눈가에는 서늘한 기운이 감돌고 있었다. 지윤은 그런 줄도 모르고 방문을 이리저리 뜯어보더니,

"그런데 방문의 글씨를 보니 내부령(內府令) 김상(金賞)의 필체가 분명하오이다. 이자가 어찌하여 저를 모함했을까요?"

이인임은 한순간 가슴이 덜컥 내려앉았다. 그저 불학무식인 줄로만

알았던 지윤에게 그토록 매서운 눈썰미가 있을 줄이야. 더욱이 지윤이 말한 김상은 바로 이인임의 족질이었다. 이인임은 그러나 시치미를 뚝 떼었다.

"김상과는 성도 다르고 이름에 획수도 틀리지 않소이까?"

"하긴, 그렇긴 하군요."

지윤은 금세 의심을 거두었다. 눈썰미가 날카롭긴 했지만 이인임의 흉계를 간파하기에는 너무 우직하였다. 이인임은 무슨 맹세라도 하듯, 지윤이 보는 앞에서 괴문을 찢고 불에 태워버렸다. 그러나 처음부터 지윤의 마음을 떠보려는 이인임의 수작에 지나지 않았다. 이인임의 올가미는 따로 있었던 것이다.

그로부터 며칠 지나지 않아 대간에서 김윤승을 탄핵하고 나섰다. 당파를 만들고 주색에 빠져 공무를 게을리했다는 것이었다. 김윤승은 곧장 지윤에게 달려가 울분을 터뜨렸다.

"얼토당토 않는 이유로 저를 탄핵하는 것은 분명 공을 제거하려는 음모올시다!"

지윤에게 김윤승은 그야말로 팔과 다리와 같은 존재였다. 지윤은 손을 부르르 떨며 이를 갈았다.

"이인임, 그놈이 겉으로는 웃으면서 속에 칼을 감추고 있었다니!"

김윤승은 당장 제 발등에 떨어진 불을 끄기 위해서라도 지윤을 부추겼다.

"화가 공에게 미치기 전에 이인임을 제거하는 수밖에 없습니다. 그 길만이 공과 우리가 사는 길입니다."

그런데 지윤은 뜻밖에도 고개를 가로저었다.

"어느 점쟁이가 내 운세는 무오년(戊午年)이 되어서야 트인다고 했는데…… 무오년이라면 내년 아닌가?"

김윤승은 그런 지윤을 보고 답답해 미치겠다는 듯이 가슴을 쾅쾅 쳐댔다.

"오늘 당장 죽게 되었는데, 목숨이 붙어 있어야 내년에 운수가 당도하든지 말든지 할 것 아닙니까? 또 운수가 있다면 내년까지 기다릴 것은 또 무어 있습니까?"

김윤승의 말이 아주 틀린 것만도 아니었다. 지윤의 흉중에 오래 전부터 감추고 있던 야심이 꿈틀거리기 시작했다. 이인임만 제거한다면 감히 자신에게 맞설 자가 없을 거라 여겼다. 최영이 꺼림칙하긴 했지만 먼저 궁중을 장악하고 우왕을 조종한다면 그도 꼼짝 못할 것이요, 이번 기회에 경복흥까지 제거하자는 생각이 들었다.

"그럼 거사 날짜를 잡고 군사를 모으도록 하시지요?"

김윤승의 말에 지윤은 또 아까처럼 고개를 가로저었다.

"이인임 따위를 제거하는 데 군마(軍馬)를 일으킬 것까지야 있겠는가? 이인임과 경복흥 정도라면 내, 이 한 손으로 능히 꺾어버릴 수 있는 일. 칼 잘 쓰는 장수들 몇 놈이면 충분한 일일세……."

"그럼 어찌하실 작정입니까?"

김윤승은 아무래도 걱정스런 표정이었다. 그러나 지윤은 주먹을 불끈 쥐어 보이더니, 자신 있게 내뱉었다.

"내게도 다 생각이 있으니 염려일랑 붙들어 매시게!"

지윤은 궁궐로 들어가 우왕만 조종한다면 만사가 뜻대로 이루어질 줄로만 여겼다. 그동안 궁중에 있는 환관과 궁녀들한테 갖은 보물을 쏟아 부은 것도 다 이런 때를 염두에 두었던 것이 아닌가. 지윤은 속으로 흐뭇한 웃음까지 지었다. 그러나 이인임이 촉수처럼 그의 움직임을 감지하고 있으리라고는 꿈에도 생각하지 못했다.

다음날 새벽, 지윤은 아들 익겸을 비롯하여 20여 명의 갑사들을 무장시켜 궁궐로 들어갔다. 지윤은 커다란 칼을 어깨에 둘러멘 채, 우왕에게 다짜고짜 아리었다.

"전하! 신이 두 시중을 제거해야겠사옵니다. 경복흥은 역신 홍륜의 일가요, 이인임은 선왕을 시역한 무리들과 내통한 자이온데, 나라의 권세를 한 손아귀에 쥐고 있으니 이런 천부당만부당한 일이 어디 있습니까? 신이 미욱하여 이제야 알았으니, 오직 전하를 보위하고 나라의 기강을 바로잡기 위해서는 그들을 당장 잡아들일 것이오매, 전하께서는 그들을 은밀히 부르소서!"

지윤은 우왕의 명을 빙자하여 이인임과 경복흥을 궁으로 불러들인 다음 주살할 생각이었다. 그러나 그것은 무모하기 짝이 없는 혼자만의 생각이었다.

지윤의 협박에 사색이 된 우왕이 어쩔 줄 모르고 있던 그 시각.

도당에서는 이인임이 경복흥과 최영을 비롯하여 수십 명의 재추(宰樞)들을 모아놓고 지윤을 체포할 계책을 논하고 있었다. 그 자리에는 변안열(邊安烈), 양백연(楊伯淵), 임견미(林堅味), 조민수(曹敏修) 등 하나같이 내로라하는 무장들이 모여 있었다.

이인임은 그들을 거느리고 당당하게 궁궐로 들어갔다. 합문을 지키고 있던 지익겸과 무리들이 이인임이 나타나자 일제히 칼을 빼들었다. 그러나 이인임의 뒤를 따르는 무장과 재추들을 보고 움찔하여 뒤로 물러서러다 말았다. 뒤미처 다른 군사들이 뒤에서 창을 겨눈 채 에워쌌던 것이다.

이인임은 우왕 앞에 나아가 부복하였다.

"전하, 지윤이 불측한 마음을 품고 있음을 신이 진즉에 알았으나 감히 전하께 고하지 않았던 것은 그가 잘못을 깨닫고 보국진충(報國盡忠)하길 바랐기 때문이었습니다. 하오나 지윤이 마침내 신에게 갑사를 청하였으니, 신은 결국 전하께 죄를 짓고 말았사옵니다. 이제 전하께오서 생각하시기에, 두 사람 중에 죄 있는 자를 이 자리에서 내치소서. 신은 오로지 전하의 뜻에 따를 것이옵니다!"

우두망찰 서 있던 지윤이 무릎을 꿇더니 우왕에게 소리 높여 아뢰었다.

"전하, 저 간사한 이인임을 내치소서! 저자는 오로지 권력을 잡기 위해 선왕을 시역한 무리들과도 내통한 자이온데, 이인임을 미리 치지 못한 신이 죽일 죄인입니다!"

우왕은 어찌할 바를 몰랐다. 왕 앞에는 칼과 창이 번쩍이고 있었다. 어느 한쪽을 편들었다가 피바람이 불어칠 기세였다. 왕은 이인임과 지윤을 번갈아 쳐다보더니, 한참만에야 떨리는 목소리로 말하였다.

"경들은 과인더러 어찌하라는 것입니까? 칼을 거두고 모두들 물러가세요. 모두들 물러가란 말입니다!"

그때 이인임이 임견미를 보고 눈짓을 하였다. 누군가 무릎을 꿇고 있는 지윤의 목에 칼을 겨누었고, 임견미가 지윤의 팔을 꺾은 채 편전 밖으로 끌어냈다. 지윤은 뜻밖에도 순순히 끌려 나가면서 임견미에게 말했다.

"이 자리에서 차라리 나를 죽여라! 내가 죽고, 이인임은 다음 차례로 너는 물론 경복흥과 최영도 죽일 것이다! 저승에서 기다리고 있을 테니 곧 내 뒤를 따라 오거라!"

결국 지윤은 아들 익겸과 그의 당여 20여 명과 함께 반역죄로 참형되고 말았다. 이인임을 제거하려다 칼집에서 칼 한 번 뽑아보지도 못한 채 도리어 죽음을 당한 것이다.

우왕 3년 3월의 일이었다.

· · ·

권신들이 한바탕 세력을 다투는 사이, 일단의 왜구 무리가 강화도로 난입하여 그야말로 쑥대밭을 만들어버렸다. 왜구에게 두려움을 느낀 이인임은 갑자기 천도(遷都)를 주장하고 나섰다.

"개경은 바다가 가까워 왜적의 침입을 당하기 쉬우니, 도읍을 내지(內地)로 옮기는 것이 좋을 듯하옵니다!"

우왕도 불안을 느꼈던지라 대번에 충주를 천도지로 꼽았다. 그러나 최영이 극력 반대했다.

"왜적을 피해 도읍을 옮긴다면 그들은 우리를 더욱 얕잡아 볼 것입니다. 또한 백성들에게는 무어라 할 것이옵니까? 차라리 군사를 더 징발하여 강병으로 훈련시켜 수비를 하는 것이 상책이옵니다."

이인임이 최영을 논박하였다.

"지금은 농사철인데 군사들을 징발하였다가 실농하면 어찌 되겠소? 그 또한 나라를 위해 좋은 방책은 아닌 것 같소이다."

"그렇다면 도읍을 옮기는 일은 사람의 손이 필요치 않다는 말입니까? 신도(新都)를 세우려면 수많은 역부들을 동원해야 할 터인데, 그렇게 되면 선왕대의 영전(影殿) 공사 이상으로 폐해가 일어날 것은 뻔한 일이 아니오?"

"공사는 차차 해도 될 일이외다. 충주는 바다에서 멀고 사방으로 도로가 통하고 있으니 미리 태조의 초상을 옮기고, 개경은 장차 국방의 중심지로 삼고, 나라가 안정되면 다시 돌아와도 될 일 아닙니까?"

"충주로 간다고 칩시다. 그렇다면 임금이 거하는 궁궐과 각사의 자리도 없이 어쩌겠단 말이오?"

"우선은 민가를 쓰면 될 것 아니오?"

"지금 살고 있는 백성들을 쫓아내잔 말이 아닙니까? 가만 보니 지금 도읍을 옮기자는 것은 임금을 걱정해서가 아니라, 대신들의 안녕을 위해서가 아니오? 공이 당국으로 있으면서 오로지 나라를 걱정하는 줄로만 알았더니, 일신의 안녕과 가산을 보호할 생각만 했단 말이오?"

최영의 힐난에 이인임의 얼굴이 일그러졌다. 최영은 우왕에게 아뢰었다.

"전하, 지금 수도를 옮긴다면 해적들은 마음놓고 침구하여 백성들을 괴롭힐 것이요, 나라는 더욱 궁박해질 것이니 이것은 그릇된 생각이옵니다. 다만 태후마마께서 연로하시니 먼저 철원으로 옮기게 하시고, 전하는 오로지 이곳을 지키소서!"

우왕은 최영의 진언을 가납하고, 대신에 원수 휘하의 사병 10명씩을 차출하여 동서강의 군사로 보충하였다. 또한 도당에 교서를 내려,

"근자에 왜구가 준동하고 별자리의 변화조차 심상치 않으니, 과인은 혹시라도 나라에 재변이 일어날까 두렵도다. 그리하여 도형수(徒刑囚)

와 먼 곳으로 유배간 자들을 석방하여 하늘의 견책에 답하는 것이 좋 겠노라!"

전년에 이미 정몽주와 이숭인 등이 해배되었기에 도전도 이때 당연 히 해배될 줄 알았다. 그러나 이인임은 이번에도 정도전의 이름을 먹으 로 지워버렸다.

6월로 접어들면서 온 나라에 가뭄이 극심하였다. 어디라 할 것 없이 산야를 막론하고 곡식들이 새빨갛게 타죽어 갔다. 나라에서는 기우제 를 지내고 사찰마다 기우도량을 열어 용왕운우경(龍王雲雨經)을 밤낮으 로 읊었지만 뙤약볕만 쨍쨍 내리쬘 뿐이었다.

우왕은 이인임과 여러 재상들을 불러다 놓고 탄식했다.

"이렇게 하늘이 비를 내리지 않는 것은 과인이 어리고 덕이 없기 때 문이거나, 아니면 원한과 원망이 나라에 가득하여 하늘이 재변을 내린 것이 분명하오. 허나, 과인은 인심을 위안하기 위해 죄인들에게 여러 차 례 은전을 내렸는데도 재상들이 과인의 명을 즐겨 시행하려 들지 않으 니 어찌 된 일이오? 이제 2죄(참형, 교형) 이하의 죄수들은 모두 사면토록 하시오!"

이번에는 이인임도 어쩔 수 없었다. 2죄 이하의 죄수들은 사면토록 했으니 정도전을 해배시킬 수밖에 없었다. 우왕 3년(1377) 7월이었다.

· · ·

"선비님, 지난 3년이 마치 30년은 더 된 듯하네요. 그래도 이제는 보 내드려야 것지요."

황 노인의 말에 누군가 핀잔을 주듯이 말했다.

"아, 이제 고향으로 돌아가서 그립던 가족들을 만나야지, 언제까지 붙잡고 계실 꺼요?"

그래도 황 노인은 잡은 손을 놓지 못하고 끝내 눈물을 보였다. 도전은 황 노인의 볼에 흐르는 눈물을 닦아주면서 입술을 깨물었다. 황 노인의 눈물이 그대로 도전의 가슴으로 흘러들었다. 황 노인의 친구들이 도전에게 물었다.

"선비님, 여기 소재동하고 우리들을 잊지 않으시겠지요?"

"제가 어찌 여러분을 잊을 수 있겠습니까? 모두들 피붙이처럼 저를 돌봐주고 살펴주셨는데, 여러분의 그 마음 죽는 날까지 잊지 못할 것입니다."

"당연히 우리도 잊지 못할 겁니다. 거, 선비님 아니었으면 왜구들한테 꼼짝없이 잡혀갔을 텐디 말입니다!"

그렇게들 말을 주고받으며 헤어지는 아쉬움을 달래는데, 김성길의 아우 김천이 농을 던졌다.

"선비님, 유자가 확실히 발이 달리긴 확실히 달렸는가 봅니다. 왔다가 가는 것을 보니께 말입니다."

마을사람들이 모두 웃음을 터트리는데, 김천은 짐짓 진지한 낯으로 도전에게 말하였다.

"유자 선비님께서 유배도 풀리고 하셨으니까, 이제 선비님께서 말씀하신 유자의 업을 확실히 이루시고, 나라도 편하고 우리 같이 무지렁이 백성들도 등 따시고 배불리 편하게 살게 해주시것지요?"

도전은 말 대신 웃음으로 답하였다. 도전이 이제 돌아서려는데 소재사 승려 서안길이 다시 한 번 붙잡았다.

"회자정리(會者定離)라 했으니, 선비님께서 여기 나주에 왔다가 가는 것이야 당연한 일이지요. 그런데 거자필반(去者必返)이라 했으니, 오늘 이렇게 우리 고을을 떠나지만 반드시 돌아올 날이 있을까요?"

서안길의 말에 도전은 무어라 답을 않고 고개만 끄덕였다. 만남과 이별이 곧 인간사일 텐데 다시 만날 기약을 따로 할 것은 없었다.

그러나 14년의 세월이 지나 도전이 다시 나주로 유배를 당하고, 목숨마저 위태롭게 될 줄은 꿈엔들 알 수 없었으리라.

그것이 운명이었다.

　　그대는 보지 못했나

　　가의(賈誼)는 글을 써 상수(湘水)에 던지고

　　술에 취한 이백(李白)은 황학루(黃鶴樓)에 시를 써놓은 것을.

　　생전의 곤궁쯤이야 무어 근심할 게 있나

　　빼어난 듯 늠름하게 천추(千秋)에 비끼었으니……

　　또한 보지 못했나 삼 년을 갇혀 병들어버린 대장부

　　돌아오는 길에 금강머리에 다시 온 것을

　　강물은 다만 유유히 흘러가고

　　세월도 머물러주지 않음을 어찌 알 것인가.

　　이 몸은 가을날 구름처럼 떠돌고

　　공명과 부귀 다시 무엇을 구하리요

　　오늘 느낌과 옛 생각에 길게 한 번 탄식하니

　　노래는 격렬한데 바람만 스산하더니

홀연히 흰 갈매기가 쌍쌍이 날아오네.•

고향인 영주(榮州)로 가는 길에 도전은 공주의 금강루(錦江樓)에서 심회의 일단을 그렇게 읊었다. 도전의 시를 읽던 설장수(偰長壽)가 문득 탄식을 내뱉었다.

"선비의 장한 뜻은 용납되지 않고 세월만 무심하게 흘러가버렸구려."

도전이 영주로 가는 길목에서 원주(原州)에 잠시 들른 것은 마침 목사로 있는 설장수가 그를 청했기 때문이었다. 거기에 뜻밖에도 김구용과 하륜이 도전을 기다리고 있었다. 설장수가 마침 교주도(交州道) 안렴사로 나와 있던 하륜과 작년에 해배되어 안동에 머물러 있던 김구용을 함께 부른 것이다.

"세월이 무상하고 인생이 부질없는 듯하나, 가의와 이백이 보여준 천년의 의리를 상기시키니 도리어 삼봉의 기백이 펄펄 살아 있음을 느낄 수 있다오. 그렇지 않소이까, 호정(浩亭)?"

역시 도전의 시를 놓고 김구용이 옆자리에 있는 하륜(河崙)에게 불쑥 동의를 구했다. 하륜은 김구용의 말에 고개를 끄덕였다.

"과연 그렇지요. 헌데, 삼봉 선생의 기상이 너무 곧으시니 자칫 시절을 만나지 못할까, 문득 그게 염려됩니다."

하륜의 말에 도전의 눈빛이 흔들렸다. 언뜻 자신의 앞날에 더 큰 먹구름이 다가서는 듯했던 것이다. 유배에서 풀려나긴 했지만 아직 자유로운 몸이 아니었다. 나라에서 별명이 있을 때까지 거주는 고향으로 제

•　君不見賈傅投書湘水流 翰林醉賦黃鶴樓 生前轗軻無足憂 逸意凜凜橫千秋
　　又不見病夫三年滯炎州 歸來又到錦江頭 但見江水去悠悠 那知歲月亦不留
　　此身已與秋雲浮 功名富貴復何求 感今思古一長吁 歌聲激烈風颼颼 忽有飛來雙白鷗

한되어 있었다. 그것을 복거(卜居)라 하였는데, 대개의 경우 수개월에서 길더라도 1년을 넘지 않았다. 그런 다음에야 종편(從便)*이 떨어졌다. 하지만 순전히 위정자의 마음에 달려 있는 일이었다. 더욱이 이인임의 권세가 여전히 막강하니 그 기간이 얼마나 길어질지 알 수 없는 일이었다.

하륜이 도전을 보고 말했다.

"이제 조정에는 포학을 떨던 지윤과 그 세력들이 다 제거되었으니, 이 시중께서도 능력과 학문을 겸비한 신진사대부들이 조정으로 다시 돌아오길 내심 바라고 있을 것입니다. 지난 일은 비록 생각과 방법이 서로 달랐을 뿐, 모두 임금을 높이 받들고 나라를 위하려는 충심이 아니었겠습니까?"

"암, 그렇지요."

설장수가 짐짓 맞장구를 쳤다. 하륜의 계속해서 말했다.

"듣자 하니 서성군(瑞城君)께서 삼봉 선생을 위해 여러모로 애를 쓴다는데 한 번쯤 생각을 접는 것은 어떠신지요? 너무 곧으면 쉽게 꺾인다는 것을 모르시는 바도 아닐 테고."

서성군은 바로 염흥방이었다. 염흥방은 해배되자마자 바로 종편이 떨어지고, 이례적으로 봉군(封君)이 되더니 이인임에 의해 곧장 삼사좌사로 중용되었던 터였다.

"굳이 서성군이 아니라도 선생께서 허락하신다면 저라도 말씀을 드릴 수 있답니다. 성균관과 후학들을 위해서라도 선생께서 조정으로 돌아오셔야지요."

도전은 하륜이 무슨 뜻으로 그런 말을 하는지 알고 있었다. 내키지

---

* 사는 곳을 마음대로 정할 수 있는 것.

않겠지만 조정을 맡고 있는 이인임에게 적당히 용서를 구하면 불러줄 것이라는 언질이었다. 하륜은 이인임의 조카사위였다. 그는 진주 출신으로 공민왕 14년에 급제하였는데, 지공거를 맡았던 이인임의 가형 이인복(李仁復)이 그를 기특하게 여겨 동생 이인미(李仁美)의 딸과 혼사시켰던 것이다.

설장수가 도전과 김구용이 있는 자리에 굳이 하륜을 초빙한 것도 그 때문이었다. 나라의 권세와 벼슬이 모두 이인임의 손에서 나온다는 판에 하륜이 설마 이들을 모른 척이야 하겠느냐는 마음에서였다. 하륜이 이인임에게 한마디만 잘 건넨다면 염흥방의 말 백 마디보다 힘이 있을 거라고 믿었다.

도전은 그러나 즉답을 피했다.

"이제 겨우 귀양살이에서 풀려난 몸인데, 앞날은 차차 생각하지요."

"하하하! 호정이 조금 힘을 쓰신다면 곧 좋은 시절이 올 것이오. 도은은 벌써 성균사성이 되었고, 포은도 곧 조정의 부름을 받을 텐데, 우리 삼봉을 조정에서 부르지 않는다면 누굴 찾겠소이까?"

설장수의 말에 김구용이 볼멘소리를 했다.

"허어, 어째 날 부른단 이야기는 없소이다?"

"아, 척약재(惕若齋)야 이를 말이요. 벌써 종편이 떨어진 몸 아닙니까? 하하하!"

모두들 덩달아 웃음을 터뜨렸다. 웃음이 걷히고 김구용이 도전에게 물었다.

"어떻소, 삼봉? 나랑 같이 안동에 가서 얼마 동안 쉬도록 하십시다."

도전은 김구용의 우정에 가슴이 뭉클해졌다. 하지만 3년 동안 헤어져 있던 처자식들이 먼저 눈에 밟혔다.

"어쩌죠? 개경에 있는 식구들을 아무래도 영주로 불러와야 할 것 같은데……."

도전은 이인임에게 굽히지 않는 한 종편이 쉽게 떨어지지 않으리라는 것을 예감하고, 개경에 있는 처자식을 내려오게 할 생각이었던 것이다.

"아니, 그러다 내일이라도 종편이 떨어지면 어떡하려구?"

설장수가 아쉬움을 나타내는데, 김구용은 이미 도전의 마음을 읽고 있었다.

"그러고 보니 부인과 자제들 생각은 못했구려. 내 생각이 짧았소."

"영주에 살림이 정리되면 내 곧 안동에 들를 것이니, 영호루(映湖樓)에서 은어 맛이나 보게 해주시구려."

"여부가 있겠습니까? 언제라도 기별만 주시구려."

설장수가 도전에게 물었다.

"그럼, 내일 곧장 영주로 갈 생각이오?"

"아닙니다. 내려가는 길에 치악산에 들러 운곡(耘谷) 선생을 만나고 갈까 합니다."

운곡 원천석(元天錫). 절의(節義)로 이름이 높은 그가 이때 원주 치악산에 살고 있었던 것이다. 그는 도전과 진사시 동년이었다. 나이로 따지자면 원천석이 13년이나 위였다. 그래도 원천석은 도전을 지극한 망년우(忘年友)로 대하였다. 성균관에서 같이 수학하던 2년여를 빼놓고는 두 사람이 만날 기회가 드물었다. 도전은 문과에 급제하여 곧장 벼슬길로 나가고, 벼슬에 뜻을 두지 않던 원천석은 고향으로 돌아갔던 것이다. 그렇지만 길이 다를 뿐 가슴에 품은 뜻은 늘 같았다.

・　・　・

　도전은 아침 일찍 원천석을 찾아 길을 떠났다. 설장수가 기꺼이 말을 내주는 통에 길이 그리 고달플 것은 없었다.

　원주 남쪽으로 병풍처럼 아름답게 둘러쳐진 치악산. 산이 높은 만큼 골짜기도 깊어 사천수(沙川水)를 따라 굽이진 산길은 험하고, 산골짜기를 가르는 바람은 벌써 가을인 듯 마냥 소슬했다. 도전은 그러나 세상을 떠나 숨어 살면서도 지란의 향기처럼 깨끗한 선비를 만나러 간다는 기쁨이 앞섰다.

　원천석의 초가에 이르니 문 밖에 있던 한 소년이 도전이 타고 온 말고삐를 잡아 매주었다. 열두어 살쯤 되었을까. 어린 소년치고는 골격이 굵고, 말 다루는 솜씨가 보통이 아니었다. 까맣게 그은 얼굴은 어딘가 고집스러우면서도 다부졌다.

　도전이 소년에게 물었다.

　"아버님은 안에 계시느냐?"

　말갈기를 어루만지던 소년이 도전에게 되물었다.

　"선생님을 찾아오셨지요?"

　"그렇단다."

　"선생님께선 잠깐 밭에 가시고 아니 계시옵니다."

　"그래? 헌데, 너는 운곡 선생의 자제가 아니었더냐?"

　"예, 저는 선생님 문하에서 잠시 글을 배우고 있습니다."

　"아하, 원주에 사는 모양이로고?"

　"아닙니다. 제가 사는 곳은 함주(함흥)입니다."

"으음? 함주라 했느냐?"

"예, 그렇사옵니다."

"함주라면 동북면인데, 그 먼 곳에서 예가지, 운곡 선생에게 글을 배우러 왔더란 말이냐?"

"아닙니다. 본래는 여기 각림사(覺林寺) 신조대사(神照大師)님께 글을 배우러 왔는데, 대사님께서 절 선생님께 보내셨답니다."

또박또박 대답하던 소년이 도전의 뒤쪽으로 고개를 쑥 빼더니 환성을 지르듯이 말했다.

"저기 선생님이 오십니다!"

도전이 소년의 눈길을 따라 뒤를 돌아보았다. 저만치에서 원천석이 터벅터벅 걸어오고 있었다. 한 손에는 보습을 들고, 망태기를 어깨에 걸친 모습이 영락없는 촌부였다.

뜻밖에 찾아온 손님이 도전임을 알아보고 원천석은 기쁨을 감추지 못하였다.

"삼봉? 정녕 날 찾아온 이가 삼봉이더란 말이오? 이게 대체 얼마 만이오?"

햇수로 따지니 어느덧 8년 만이었다. 도전이 양친 상을 당해 영주에서 상기(喪期)를 지키는 동안 몇 차례 만난 이후 오늘이 처음이었던 것이다. 세월이 흐른 만큼 서로가 얼굴도 조금씩은 변했다. 하지만 마음은 옛날 그대로였다.

원천석은 도전 앞에 통술을 내놓았고, 먼저 술잔을 권하였다.

"내 그렇잖아도 어쩌다 만나는 사람마다 꼭 삼봉 소식을 묻지 않았겠소? 그런데 오늘 뜻밖에 그대가 오다니……. 그래, 남방에서 유배 생활은 얼마나 고달팠을까?"

"한때 불우한 것을 두고 말한들 무엇 하겠습니까? 오히려 귀양살이를 하면서 많은 것을 보고 듣고 배웠지요. 헌데, 군자는 숨어 살아도 세상은 버리지 않는다는데, 운곡 선생께서는 언제까지 이렇게 산 속에 묻혀 계실 작정이십니까?"

"하하하! 내 비록 세상을 피해서 숨어 사나 세상을 아주 잊은 건 아니라오. 선비가 치세(治世)를 만나면 그 소임을 피하지 않고, 난세(亂世)를 만나면 구차하게 살지 않는다 했는데, 지금같이 어지러운 시절에는 차라리 세상을 피해 내 행실을 깨끗이 한 것만 못한 일이라. 다만 강태공의 낚시를 거두게 한 주(周) 무왕(武王)이나, 제갈량의 집을 세 번씩이나 찾았던 한(漢)나라의 유비를 만나지 못했을 뿐이지요."

"과연……. 산 숲에 제세(濟世)의 선비가 숨어 있는 줄을 세상이 알지 못하는구려."

"세상 사람들 모두 이익과 명예를 위해 날뛰는 판에 등불 아래서 이렇게 공맹(孔孟)의 도(道)나 파고 있는 가난한 선비를 누가 알아줄까? 이제는 다 잊었다오."

"무슨 말씀을요. 저 시렁 위에 있는, 천 권이 넘는 책에 손때가 한 번씩 묻을 때마다 세상은 더 밝아지지 않겠습니까? 더욱이 운곡 선생 형제분들은 이곳 고을에서 맑은 선비로 이름 높은데, 다만 세상이 몰라주니 안타까울 따름이지요."

도전의 말에 원천석의 얼굴이 갑자기 그늘졌다.

"가형(家兄)께선 을묘년(乙卯年)에 운명을 달리하셨다오."

도전은 안타까움에 짧은 탄식을 뱉어냈다. 을묘년이라면 우왕 원년으로 자신이 유배를 갔던 해라 도전은 그런 사실을 까맣게 모르고 있었던 것이다.

원천석은 아직도 슬픔이 가시지 않는 듯이 혼잣말처럼 말했다.

"하늘은 어찌하여 내가 사랑하는 사람들만 먼저 데리고 가버리시는지……."

도전은 가형을 생각하며 슬퍼하는 원천석의 마음을 충분히 헤아렸다. 원천석의 가형 또한 그처럼 평생을 꾸밀 줄 모르고 성품이 맑은 사람이었던 것이다. 더욱이 원천석은 10여 년 전에 아내를 병으로 잃고도 여태 재혼하지 않은 채 홀로 두 아들을 키워낼 만큼 정과 사랑이 깊은 사람이었다.

"허, 이거 내가 벗님을 앞에 두고서 웬 주책이던고?"

원천석은 그렇게 말하며 적이 슬픈 빛을 털어냈다. 그러고는 아까처럼 다시 흔연히 웃으며 도전에게 물었다.

"헌데, 영주에서 앞으로 어찌 지내시려오?"

"글 읽는 선비에게 무슨 재주가 있겠습니까? 지난날처럼 선비들을 모아 도학에 몰두할까 합니다만."

"그래야지요. 삼봉은 누구보다 학문이 높으니 문하에 좋은 제자들이 많이 모일 터라, 나는 암만해도 그것이 부럽소이다."

"하하하! 무슨 말씀을. 운곡에게 글을 배우겠노라고 동북면에서 예까지 선생을 찾아올 정도이던데, 이러면 제가 더 운곡을 부러워해야 되는 것 아닙니까?"

도전이 아까 사립문 밖에서 만난 소년을 두고 하는 말이었다. 원천석이 별안간 무릎을 쳤다.

"아, 이 원수(元帥)의 아들 녀석을 두고 하는 말이구려?"

순간, 도전은 귀가 번쩍 뜨였다.

"이 원수라니요?"

"동북면에서 용장으로 이름을 날리는 이 원수 말이외다."

도전은 한편으로 놀라면서도 아무래도 의아스럽다는 듯 다시 한 번
물었다.

"지금 이성계를 두고 하시는 말씀입니까?"

"그렇지요."

"아하! 그렇다면, 아까 그 아이가 바로 이 원수의 아들……?"

"그렇다오. 이 원수의 다섯째 아들인데 방원이라 한다오."

이방원.

훗날 조선의 태종이 되는 그가 이때 13살쯤의 나이로 원주 치악산 아
래에 은거하고 있던 원천석에게 시부(詩賦)를 배우고 있었던 것이다. 도전
은 그러나 그 이름을 무심코 흘려들으며 원천석에게 물었다.

"어쩐지 말을 다루는 솜씨가 보통이 아니다 싶었지요. 헌데, 어떻게
해서 그 아이가 예까지 왔더란 말입니까?"

"이 원수가 여기 각림사를 원찰(願刹)로 삼고 있는데, 주지를 맡고 있는
신조대사의 학문을 믿고 아들을 보낸 거라오. 마침 신조(神照)와 가까이
지내는 터라 그 아이한테 잠시 시부를 가르치기로 했지요."

"신조라……."

도전에게도 결코 낯선 이름이 아니었다. 신조는 공민왕 때 왕사(王師)
를 지낸 나옹(懶翁)의 제자로 무학(無學)과 동렬이었으며, 학승(學僧)으로 공
민왕의 지우(知遇)를 받았다. 그러다 공민왕이 시역되면서 이인임에 의해

궁중에서 쫓겨나고 말았던 것이다.*

도전은 원천석이 붙잡는 통에 사흘을 더 치악산에 머물렀다. 떠나던 날에도 원천석은 헤어짐이 아쉬워 잡은 손을 내내 놓지 않으며 말했다.

"삼봉, 그대가 권신을 용납하지 않는 한 벼슬길은 당최 틀린 것 같은데?"

도전이 이인임과 결코 타협하지 않으리라는 것을 알고서 걱정하는 말이었다. 도전은 짐짓 큰 소리로 웃었다.

"하하하! 어찌 알겠습니까? 원주의 설 목사는 조정에서 내일이라도 당장 저를 부를 것처럼 말하던데요?"

"삼봉의 그 곧은 성품이야 부친께 물려받았으니 그 뜻을 꺾을 리 없을 테고, 권신은 그런 삼봉을 좋아할 리 없을 터. 좋고 나쁜 것을 입에 담지 않는 것이 화를 피하는 길이라오. 삼봉은 부디 굴원을 닮지 마시오!"

"제가 굴원을 닮겠다고 해서 마냥 닮을 수 있겠습니까? 다만 낮에는 밭을 갈고 밤에는 책을 읽다보면 언젠가는 때가 오겠지요."

---

* 신조가 어떻게 해서 이성계의 원찰인 각림사의 주지가 되었는지는 알 길이 없다. 다만 기록은 신조가 항상 이성계를 뒤따르며 지극히 공경했다고 한다. 전쟁터에 나가서는 이성계의 시중을 드는데, 손수 고기를 썰어서 이성계에게 바칠 정도였으며, 조선 개국 후에 봉리군(奉利君)에 진봉되었다.
태종과 원천석의 후일담은 많이 알려져 있다. 태종이 왕자의 난을 일으켜 왕위에 오른 뒤, 스승인 원천석을 예우하여 높은 벼슬을 내리고 여러 차례 조정으로 불렀다. 그러나 원천석은 그의 부름에 나가지 않았다. 어느 해인가는 동쪽을 순행하던 태종이 원주를 지나면서 옛 스승을 찾아 치악산으로 길을 돌렸다. 태종이 자기를 찾아온다고 하자 원천석은 "손님이 와서 나를 찾거든 강물을 따라갔다고 하라!"는 말을 남기고는 치악산의 변암(弁岩)이라는 굴로 몸을 숨겨버렸다. 태종이 원천석의 집 앞에서 7일을 기다렸지만 그는 끝내 모습을 나타내지 않았다.
조선이 개국되자, '성스러운 임금이 나라를 개화(開化)하매/ 신하는 이윤(伊尹) 같고 여상(呂尙) 같도다/ 세상은 다시 복희씨(伏羲氏)와 헌원씨(軒轅氏)의 세상이고/ 백성은 이제 요순(堯舜)의 백성이 되었네'라며 개국과 정도전의 업적을 누구보다 찬양했던 원천석이 굳이 태종을 피한 진짜 이유는 무엇이었을까.
다만 이날, 통술을 앞에 놓고 마음을 털어내니, 삼봉은 노래를 부르고 운곡은 춤을 추면서 세상의 영욕은 이미 잊었노라'는 노래만이 남아 그 심회를 미루어 짐작할 따름이다.

112

"그래야지요. 옛날 순임금도 비천할 적에는 소를 먹이고 밭을 갈았고, 고길 낚으며 질그릇을 만들었다지 않소?"

"하늘의 명을 믿을 따름입니다!"

"하늘의 명이라?"

천명(天命)은 도전이 처해 있는 현실을 극복하고 언젠가는 기필코 재기하겠노라는 의욕과 희망을 다지는 말이었다. 사람이 하늘을 이기는 것 같아도 그것은 잠깐일 뿐. 때가 되면 하늘의 도가 사람의 욕심과 세상의 악을 이길 수밖에 없었다. 그것이 하늘의 이치였다.

4. 삼각산에 숨은 뜻은

"서방님, 아무래도 친정엘 좀 다녀와야겠습니다……."

도전은 부인 우씨의 말에 무어라 대답을 하지 못했다. 손수 전답을 갈아 씨를 뿌리고 거두었지만 해마다 거듭되는 흉작에 살림은 날로 궁색해지니, 어느새 또 양식이 떨어진 모양이었다.

한순간 싸늘한 회한이 가슴을 훑고 지나갔다. 나주에서 해배될 때만 도전은 은연중에 기대가 있었다. 다른 벗들처럼 오래지 않아 종편이 떨어지고, 다시 벼슬살이도 할 수 있으리라 여겼다. 하지만 고향에 안치된 지 벌써 2년이 지났지만 그에게는 종편조차 떨어지지 않았다.

기회가 없는 것은 아니었다. 이인임은 사람을 보내 계속 도전의 마음을 떠보았다. 염흥방이 계속 손을 내밀었고, 불과 보름 전만 해도 하륜이 그를 찾아왔었다. 하륜은 잠시 고향에 내려왔다가 성균대사성에 제배되어 개경으로 올라가는 길이었다. 하륜은 어떻게든 도전의 마음을 돌리려 했다.

"한산군(韓山君 : 이색)께선 전하의 사부가 되셨고, 도은께선 벌써 밀직제학(密直提學)에 올랐으며, 포은께서는 6부의 판서를 두루 거치고 있는데, 이제 삼봉께서도 조정에 올라가셔야 하지 않겠습니까?"

하륜의 말대로 벗들은 조정에서 요직을 두루 거치고 있었다. 정몽주는 일본에 보빙사(報聘使)로 다녀온 뒤에 우산기상시(右散騎常侍)와 전공(典工), 예의(禮儀), 전법(典法), 판도(版圖) 등 5사(司)의 판서를 두루 지냈다. 또 이숭인은 우사의대부(右司議大夫)를 거쳐 밀직제학으로 올랐다. 이숭인의 벼슬길이 정몽주보다 빠른 것은 아무래도 이인임의 인척이기 때문이었다.

"천하의 대의도 좋지만 가족이 굶주리고 있지 않습니까?"

하륜의 말에 도전의 눈빛이 흔들렸다. 가장 아프게 찌르는 말이었다. 하륜은 도전의 결심을 재촉했다.

"제가 마침 대사성에 제수되었으니 성균관에라도 다시 들어오신다면 이 수상도 저를 막지 않을 것입니다. 선생과 뜻을 같이 했던 신진사대부 대부분이 다시 조정에 들어갔으니, 세인의 평에 매달릴 것도 없고요……"

"목구멍이 호랑이보다 무섭구려."

"당연하지요."

"그러나, 한 번 득세하면 세상을 쥐고 마음대로 흔들겠지만 잘못되면 역적의 누명을 쓰고 악인으로 남을 터. 선왕 때 조일신과 김용과 신돈이 그랬고, 지윤이 또 그러지 않았소?"

"그들은 권력을 남용했기에 말로가 비참할 수밖에 없었지만 선생께서는 어려운 현실을 잠시 피하는 겁니다."

하륜의 말도 그르지 않았다. 권력을 탐하는 게 아니라 처자식을 부양하기 위해서라도 잠시 뜻을 접을 수 있는 일이었다. 그러나 가난하고 궁핍함은 도전 혼자만이 아니라 나라와 백성이 처한 현실이었다. 대의를 버릴 수 없는 이유가 거기에 있었다.

"호정, 그대가 나를 염려해주는 마음은 참으로 고맙소. 그러나 나라를 어지럽히고 있는 간신에게 내가 무엇을 바라겠소?"

도전이 이인임을 가리켜 서슴없이 간신이라고 하자, 하륜도 더 이상 말을 꺼내지 못했다.

문득 들려오는 산새 소리, 한쪽으로 기울어진 사립문에는 찾아오는 이조차 없어 적막감이 감돌았다. 벗들도 이제는 그를 잊었는지 한 장의 서신조차 없었다. 때로는 고독이 처절하리만치 가슴을 파고들었다. 현실이 두렵기도 했다.

그러나 두려움은 안개와 같은 것이었다. 지금 도전의 현실을 막고 있는 이인임은 거대한 절벽이 아니라 한낱 안개에 지나지 않았다. 절벽이라면 애초에 무릎을 꿇거나 타고 넘어야 했지만 안개는 아무리 짙어도 때가 되면 걷히기 마련이었다.

도전은 잠시 덮어두었던 병법서를 다시 펼쳤다. 언제부터인가 도전은 경서(經書)보다 병법서를 손에서 놓지 않고 있었다. 왜구의 침입이 끊이지 않고, 원나라는 북방에 인접해 있는 데다 명나라는 요동 지역에 군사를 집결시켜 놓고 호시탐탐 고려의 사정을 엿보고 있는 판이라 장차 무슨 전란이 어떻게 닥쳐올지 몰라 읽기 시작한 병법서였다.

도전은 늘 '문(文)이 곧 무(武)요, 무가 곧 문이다'라는 생각을 가지고 있었다. 예로부터 나라를 위하는 자는 문으로써 다스림을 이루고 무로써 난리를 평정했으니, 문과 무는 사람의 양어깨와 같은 것이었다. 병법에는 단지 군사와 전술만 있는 것이 아니었다. 천하의 의(義)를 밝히는 경세제민의 책략과 다양한 군상(群像)을 만날 수 있었다.

태공망(太公望)의 『육도(六韜)』와 사마양저의 『사마법(司馬法)』, 장량(張良)의 『삼략(三略)』이 모두 그런 책이었다. 그리고 오자(吳子)는 인의를 문무에 겸비할 것을 가르치고 있었다.

윤리와 도덕을 부르짖는 사대부라면 당연히 무를 다룰 수 있어야 했다. 그것은 옛 역사를 상고해 보면 알 수 있는 일이었다.

중국의 송나라는 문치(文治)로 망한 나라였다. 문만을 숭상하고 무를 억제하여 변방의 이민족 요(遼)와 금(金)에게 굴욕을 당하고, 끝내는 원나라에게 나라를 넘겨주고 말았었다.

고려는 또 어떠했던가. 수많은 전란을 겪으면서도 무(武)를 천대했다. 무신들을 업신여긴 나머지 심지어는 환관짜리까지 장수들의 수염을 함부로 휘어잡고 흔들어대다가 결국에는 무신들에게 변란을 당하고 말았었다.

무신들은 또 정권을 잡았으면 부국강병에 힘을 써야 할 텐데도, 나라의 군사를 사병(私兵)으로 전락시킨 채 오로지 권력 싸움에 여일이 없다가, 나중에 몽골이 쳐들어왔을 때는 나라에 단 1여*의 군사조차 없게 만들어버렸다.

생각하면 한탄스러운 일이었다.

---

* 旅, 1여의 군사는 5백 명.

도전은 처음에는 무경7서(武經七書)*를 탐독했다. 그러나 도전은 7서에 없는 제갈공명의 병법을 더 높이 쳤다. 군사를 다루면서 인의(仁義)를 강조하고, 전술은 절제(節制)와 임기응변이 능했던 것이다.

도전은 병법을 탐구하는 데 그치지 않고 실전을 가상하여 진법을 창안하고 군제의 편성, 장수의 요건과 용병술, 공격하고 물러나는 법, 무기의 사용 등 세세한 부분까지 깊이 연구했다. 당장이라도 군사가 주어진다면 전술을 구사할 만큼 병법에 익숙해 있었다. 하지만 아무리 뜻이 높고 기묘한 전술을 창안해냈다 한들 지금은 쓰일 길이 없었다.

그즈음 조정은 명나라 홍무제의 한마디에 벌벌 떨면서 한심하게 장수들끼리 세력이 다투고 있었다.

짐이 이르노니, 지금 고려는 왕이 시해당하면서 간신이 권력을 쥔 채 장차 우리와 원수를 맺으려 하고 있다. 춘추(春秋)의 법으로 논한다면 난신과 적자는 누구라도 벨 수 있으니 무슨 말을 더 하겠는가. 너희는 고려에 돌아가거든 짐의 말을 간신에게 전하도록 하라. 죄 없는 사자를 죽인 사건에 대해서는 집정대신이 직접 들어와 해명토록 하라. 또한 금년 안으로 말 1천 필을 바치고, 명년에는 금 1백 근, 은 1만 냥, 말 1백 필, 세포(細布) 1만 필을 바치도록 하라!

우왕 5년 3월에 당도한 명나라 홍무제의 조서는 이인임의 입조(入朝)를 요구하고 있었다. 말이 입조이지 간신 운운한 것을 보면 이인임의 목

---

* 북송(北宋) 때 원풍(元豊)이 정한 것으로 『육도』, 『삼략』, 『손자(孫子)』, 『오자(吳子)』, 『사마법』, 『울료자(蔚繚子)』, 『이위공문대(李衛公問對)』를 말한다.

을 내놓으라는 소리나 다름없었다. 그 때문인지 도당에 모인 60여 명의 대신들은 조서를 앞에 놓고 이인임의 눈치만 살피느라 하나같이 묵묵부답이었다.

그럴 때 찬성사상의로 왕의 사부를 겸하고 있는 홍중선(洪仲宣)이 무겁게 입을 열었다.

"나라에 3년분의 비축이 없으면 지탱할 수 없는 테에, 지금은 국고조차 비었으니 무엇으로 조공을 감당할지……. 수상께서 어찌하실 생각이십니까?"

이인임은 대답 대신 홍중선을 힐끔 노려볼 뿐이었다. 그러자 도길부(都吉敷)가 대뜸 홍중선을 힐난하였다.

"그렇다면 수상이 입조라도 하란 말이오?"

홍중선은 무어라 대꾸를 하지 않고 고개를 딴 곳으로 돌려버렸다. 이인임의 사돈이라고 해서 내재추(內宰樞)*로 행세하는 꼴이 못마땅했던 것이다. 그러자 역시 이인임의 사돈으로 내재추를 맡고 있는 임견미가 도길부를 거들고 나섰다.

"거, 무슨 당치도 않은 소립니까? 수상이 입조하면 장차 국사는 누가 맡는단 말이오?"

그때 누군가가 큰소리로 헛기침을 해댔다.

"어, 어험!"

찬성사 양백연(楊伯淵)이었다. 양백연은 속에서,

'너희 사돈네들끼리 궁짝이 잘도 맞는구나!'

• 내재추는 궁중에 살면서 왕명의 보고와 전달을 맡았는데, 이인임이 정권을 잡으면서 국사가 모두 이들의 손을 거쳐야 할 만큼 권세를 떨치는 자리였다.

라는 비아냥이 목구멍까지 올라왔으나 눌러 삼키느라 헛기침을 했던 것이다.

"찬성사께서 무슨 하실 말씀이 있으신가본데……."

임견미가 시비조로 던지는 말에 양백연은 시치미를 뚝 떼었다.

"아니올시다. 내가 무슨 할 말이 있겠소이까? 수상이 계시고, 이렇게 내재추들도 계시는데……."

"북방에는 아직 원나라가 건재하고 있으니 명나라가 함부로 군사를 일으키지는 못할 것이올시다. 그러니 괜히 겁먹지 말고 조공이나 때에 잘 맞추도록 하십시다."

안일하기 그지없는 도길부의 말에 홍중선이 발끈했다.

"지금 원나라는 소종이 폐위되고, 권신들의 다툼으로 국력이 극도로 피폐해졌다는데, 언제까지 원나라 타령만 하고 있을 겁니까?"

북원은 작년 4월에 권신들이 소종을 폐하고 새 황제를 옹립하여 연호를 '천원(天元)'으로 개칭한 터였다.

"아무리 그렇기로서니 제국의 위세는 여전한데……."

도길부가 말끝을 얼버무리자, 내내 굳게 입을 다물고 있던 이인임이 홍중선에게 말을 던졌다.

"그럼, 홍 찬성사는 어찌하자는 말이오?"

"명나라가 의심을 품고 있는 부분에 대해 잘못된 것은 정중히 사과하고, 지금 우리나라의 형편과 처지를 설명한다면 조공도 늦추어지지 않겠소이까?"

"명나라 황제는 지금 집정대신, 곧 나의 입조를 요구하고 있소이다!"

"그 또한 피할 수 없는 일이라……."

홍중선의 말에 도당은 순간 찬물을 끼얹은 듯이 조용해졌다. 그러나 홍중선은 차마 이인임의 입조까지 말할 뱃심은 없었다.

"수상이 아니라면 다른 재상이라도 명나라에 들어가 변명을 해야겠지요."

그러자 이인임이 홍중선의 말꼬리를 잡아챘다.

"그렇다면 지금 재상 중에 홍 재상만한 분이 없는 것 같소이다! 더욱이 홍 재상은 임금의 사부까지 겸하고 있으니 명나라도 무시하지 못할 것 아니오?"

좌중은 숨을 죽였다. 지금 명나라로 가는 것은 목숨을 내놓는 일이나 마찬가지였다. 그런데 마다할 줄 알았던 홍중선이 선뜻 답하였다.

"좋소이다. 내가 가겠소이다! 나라의 존망이 걸려 있는데, 일국의 재상 된 자가 무얼 두려워하고 망설인단 말이오? 내가 가겠소이다!"

홍중선이 뒤에 한 말은 이인임을 두고 하는 말이었다. 이인임은 그런 줄 알면서도 짐짓 호탕하게 웃어젖혔다.

"하하하! 역시 홍 재상은 대인이요, 과연 충신이요!"

하지만 속으로는 홍중선을 향해 곱씹고 있었다.

'어디 큰소리친 대로 잘되나 보자. 설사 네놈이 살아서 돌아오더라도 그때는 나한테 온전하게 배기질 못할 터!'

홍중선은 비장한 각오를 다지고 남경으로 향했다. 그러나 요동에서 길이 막혀 명나라로 들어갈 수가 없었다. 요동 도사(都司)에서 명나라 입국을 막았던 것이다.

"최근 고려가 호주(胡主 : 북원의 황제)의 사신과 행례하면서도 우리와 통하려는 것은 무슨 간사한 술책이 있기 때문이다!"

홍중선이 어쩔 수 없이 회정하자, 이인임은 기다렸다는 듯이 그를 탄핵하여 의령(宜寧)으로 내쳐버렸다. 그것은 단지 시작일 뿐이었다. 며칠 지나지 않아, 사헌부에서 양백연을 탄핵하고 나섰다.

"양백연은 색정에 눈이 어두워 처제와 간통하였고, 또한 전 판서 이인수(李仁壽)의 첩을 빼앗았으며, 죽은 밀직 성대용(成大庸)의 어머니 집을 포위하여 이미 여승이 된 성대용의 별실을 강제로 간음하였다 하온데, 그러고도 어찌 재상이라 할 수 있겠습니까? 그의 죄를 마땅히 다스려야 할 것이옵니다!"

양백연은 공민왕 때 김용의 반란을 평정하는 데 1등 공신이 되고, 이성계와 함께 동녕부(東寧府) 공벌에 공을 세워 벼슬이 누차 높아졌다. 우왕이 즉위하면서는 왜구를 토벌하는 데 여러 번 공을 세워 찬성사로서 정방제조까지 된 자였다.

이인임은 그러나 양백연의 세력이 더 커지는 것을 원하지 않았다. 지윤처럼 뒤통수를 맞기 전에 미리 제거하려는 것이었다. 최영도 양백연을 제거하는 데 한몫 거들었다.

"전하, 상호군 전천길(全天吉)이 신에게 말하기를, 양백연이 수상을 해치고 스스로 시중이 되려고 했다 하옵는데, 속히 양백연과 그 도당을 잡아들여 국문케 하소서!"

이렇게 하여 양백연의 옥사가 일어났다. 양백연의 동생 중연(仲淵), 계연(季淵), 자연(子淵) 형제와 전 밀직제학 김도(金濤), 동지밀직 성석린 등 11명의 중신과 환관들이 연루되고, 이미 유배중인 홍중선까지 관련지어졌다.

결국 양백연과 홍중선은 유배지에서 죽음을 당하였고, 김도와 양

계연 등 7명은 효수되었으며 나머지는 수졸로 떨어지거나 멀리 유배되었다.

· · ·

양백연의 옥사로 조정이 술렁거렸다. 정당문학 허완(許完)과 동지밀직 윤방안(尹邦晏)은 유모 장씨를 통해 홍중선과 양백연의 억울한 죽음을 우왕에게 알렸다.

우왕은 더 이상 어리지만은 않았다. 어린 티를 벗고 사리를 분별할 수 있는 15살이었다. 4월(우왕 5년)에는 판개성부사(判開城府使) 이림(李琳)의 딸을 근비(謹妃)로 맞이하였고, 한 나라의 군주로서 위엄과 지혜를 갖추어가고 있었다. 왕은 지난날 부왕의 상을 마치고 처음으로 조회하던 날, 염제신이 했던 말을 늘 기억하고 있었다.

"임금 노릇하기도 어렵고, 신하 노릇도 쉬운 일이 아니옵니다. 다만 전하께오서 장차 현명한 사람을 가까이하고, 아첨하고 간사한 자들을 멀리하신다면 선왕의 유업을 길이 빛낼 수 있을 것이옵니다!"

왕은 양백연의 옥사가 무함(誣陷)이라는 사실을 알고 크게 분노하였다. 당장 이인임을 불러 사실을 따지고 싶었다. 그러나 이인임의 권력을 누를만한 힘이 없었다. 왕은 대신에 이인임의 하수인으로 내재추로 있던 임견미와 도길부를 궁중에서 쫓아내버렸다. 이인임에 대한 무언의 견책이었다.

임견미와 도길부는 곧장 이인임에게 달려갔다.

"우리를 궁중에서 내쫓은 걸보면 전하께서 수상을 꺼린다는 말 아니겠소이까? 사단은 유모 장씨이니 당장 무슨 수를 쓸 수밖에 없습니다!"

이인임의 흉중이 요동을 쳤다. 그렇지 않아도 궁중에 있는 장씨를 제거해 버릴 생각이었는데, 마침내 빌미를 잡았던 것이다. 이인임은 즉시 백관과 원로들을 홍국사로 소집하였다.

홍국사에 모인 백관들은 기함이 들리고 말았다. 최영 휘하의 군사들이 시위라도 하듯 회의장을 둘러싸고 있었던 것이다. 이인임은 그 자리에서 유모 장씨의 국문을 청하는 연명서에 서명토록 했다. 백관들 중에 누구도 감히 반기를 드는 사람은 없었다.

연명서가 올라오자 우왕은 망연자실하였다. 왕은 유모 장씨를 어머니 이상으로 여기고 있었다. 장씨를 국대부인으로 봉하면서 왕은 약속했었다.

"과인의 어머니가 일찍 세상을 떠나고, 장씨가 어리고 몸이 잔약한 과인을 잘 보살펴주어, 오늘날이 있게 하였으니, 국대부인은 비록 죄를 범하여도 열 번에 이르기 전에는 다 용서하리라!"

그런데 난데없이 장씨를 국문하라니 우왕은 강하게 고개를 가로저었다.

"있을 수 없는 일입니다. 당장 연명서를 돌려보내도록 하시오!"

그러나 최영이 군사를 동원하여 궁궐 밖에서 시위하고 있다는 말에 아연실색하고 말았다. 왕에 대한 노골적인 협박이었다. 왕은 이인임을 궁으로 불러들였다. 이인임은 그러나 입궁을 거부하였다.

"전하께서 신에게 한마디 논의도 없이 간사한 자들의 말만 믿고 내재추를 가택에 안치시키셨으니, 조정의 신하들은 물론 백성들이 하나같이 실망하고 있사옵니다. 간신 허완과 윤방안은 물론 장씨를 먼저 내치신 다음에야 신은 입궐하겠나이다!"

우왕은 이번에는 최영에게 사람을 보냈다.

"과인이 임견미와 도길부를 내쫓은 것은 그들이 궁중에 있으면서 함부로 용사(用事)하였기 때문인데, 과인이 임금으로 궁중의 일조차 마음대로 할 수 없고, 대신들이 오히려 과인에게 허물을 물으니 과인이 어찌하면 좋을지 경이 말해주면 좋겠소."

그러나 최영은 이미 이인임과 한통속이었다. 최영은 답 대신에 양부의 재추, 대간들과 함께 대궐 앞에서 장씨의 출궁을 거듭 요구할 따름이었다.

우왕은 어찌할 바를 몰랐다. 왕은 다시 이인임에게 사람을 보내 아예 하소연을 했다.

"장씨는 과인의 친어머니나 다름없는데, 어머니의 흠은 바로 자식의 흠이 아니겠소? 어머니에게 흠이 조금 있다 하여 내쫓는다면 그 어찌 자식이라 할 수 있겠소? 그러니 이번 일은 과인을 심경을 헤아려주시고, 이제 군사도 물러나도록 해주시오!"

이인임은 그러나 한 치도 물러서지 않았다. 임금이라 해도 자신의 권력을 무시하는 것은 용납할 수 없었다.

"장씨는 본래 천예(賤隸)에 지나지 않은 여인으로 어쩌다 전하의 은덕을 입어 궁중에 있게 되었사온데, 간신배들과 짜고 전하와 대신들을 이간질하여 나라를 망치고 있사옵니다. 전하께서는 속히 장씨를 내치소서. 이는 조정의 백관들과 원로대신들이 원하는 바입니다!"

애원도 하소연도 소용없자 우왕도 완강하게 버티었다.

"자식이 어찌 사지인 줄 알면서 어머니를 내보낼 수 있겠소? 과인은 차마 그리할 수 없소이다!"

그러자 이인임은 장씨의 인척들을 잡아들여 순위부에 가두었다.

．．．

우왕은 안 되겠다 싶어 경복흥을 불렀다. 비록 이인임에게 눌려 지내지만 명색이 시중이었던 것이다.

"경은 태후마마의 외척으로 부왕을 위해 신명을 다했던 분이 아닙니까? 그런데 군사를 이끌고 와서 과인을 이토록 겁박하는데, 경마저 저들의 편에서 과인을 핍박할 수 있단 말입니까?"

왕의 말은 경복흥의 가슴에 그대로 저미었다. 그러나 일찌감치 이인임 앞에 꼬리를 내려버린 그가 할 수 있는 말은 하나밖에 없었다.

"전하, 지금은 어찌할 방도가 없사오니, 훗날을 기약하시고 백관들의 뜻에 따르소서!"

"경이 어찌할 수 없다면 가서 이 시중에게 전하세요. 순위부에 가둔 자들을 즉시 석방하라고 말이오. 그래도 죄를 따지겠다고 한다면 차라리 과인에게 물으라 하시오!"

우왕이 말에는 서릿발과 같은 한이 서려 있었다. 여리기만 하던 지난날의 유주(幼主)가 아니었다.

경복흥이 궁에서 나와 이인임과 최영에게 우왕의 말을 전했다. 그러나 두 사람은 눈 하나 깜짝하지 않았다. 이인임은 유모 장씨가 목표가 아니었다. 이번 기회에 임금의 기를 완전히 꺾을 심산이었다.

"지금에 와서 장씨의 족당을 석방해 버린다면 앞으로 장씨의 출궁을 요구할 수도 없고, 게다가 우리들 체면은 또 뭐가 되겠소이까? 그럴 수는 없소이다!"

이인임이 장씨의 인척들을 석방하지 않자, 우왕은 평소에 이인임과 가까이 지냈던 환관 정난봉(鄭鸞鳳)을 궁중의 옥에 가두고, 최영에게 다시 사람을 보내 당장 군사를 파할 것을 명하였다.

"경은 과인이 불러도 오지 않고 군사를 이끌고 시위하고 있는데, 이는 과인을 위협하는 것이 아닙니까? 경은 스스로 여러 대의 충신이라고 했는데, 이것이 과연 임금에 대한 충성입니까? 경은 즉시 군사를 파하고 여러 대신들과 들어와 과인에게 잘잘못을 고하도록 하십시오. 과인이 아직 어리긴 하나 어찌 옳고 그름을 가릴 줄 모르겠습니까!"

최영은 그러나 우왕에게 해괴한 말로 아뢰었다.

"신이 만일 전하께 나아간다면 군사들이 반드시 저를 따를 것이옵니다. 군사를 끌고 대궐에 들어가는 것은 죽을 죄를 짓는 것인데, 그리 되면 마땅히 신의 목을 베어야 할 것이옵니다. 신이 전하 앞에서 죽는 것은 두렵지 않사오나, 신이 죽는 것을 전하께서 바라시는 바가 아님을 아는데, 신이 어찌 함부로 몸을 움직일 수 있겠사옵니까? 신의 몸은 비록 보잘것없사오나, 만일 신이 간악한 자의 손에 죽게 된다면 나라가 위태할 것임은 불보듯 자명한 사실이오니 통촉하여 주소서!"

우왕은 좌절을 곱씹으며, 마지막으로 명덕태후 홍씨에게 도움을 청하였다.

"할마마마, 옛날에도 잘못을 저질렀다고 해서 유모를 궁중에서 쫓아낸 일이 있습니까?"

우왕의 말에 태후는 깊은 한숨부터 내쉬었다. 기력이 부쩍 쇠진해진 태후에게서 옛날의 모습을 찾기 어려웠다. 우왕은 금방이라도 눈물이 쏟아질 것만 같았다.

태후는 우왕이 그저 안쓰럽기만 한 듯 손을 쓰다듬으며 말을 꺼냈다.

"고금의 예를 찾을 것 없이, 죄를 지었으면 누구라도 당연히 벌을 받아야 하는 법이라오. 상감이 장씨를 보호하려다 자칫 나라를 실망시킬까 걱정스러우니, 백관들의 뜻에 따랐으면 하는 게 이 늙은 할미의 생각이오."

우왕은 태후에게 차마 아니라고 말할 수가 없었다. 태후에 대한 효심이 깊었던지라 실망을 안겨드리고 싶지 않았던 것이다. 정전으로 돌아온 우왕은 허완과 윤방안 등을 먼저 궁궐 밖으로 내보내면서 장씨를 내놓겠다는 뜻을 전했다.

그제야 이인임은 경복흥과 함께 우왕 앞으로 나가 부복하였다.

"전하, 신들의 고충을 이제라도 가납하여 주시니 황공할 따름이옵니다!"

우왕은 이인임을 외면한 채 물었다.

"그대들이 과인을 임금으로 삼았는데, 임금이 되어 유모 하나를 구할 수 없다는 말이오?"

며칠 사이에 해쓱해진 왕의 어린 뺨에서는 눈물이 쏟아졌다.

"장씨를 궁에서 내보내더라도 국대부인의 작위만을 삭탈할 것이니 결코 국문하지 말 것이며, 이 시중의 사가에라도 거처할 수 있도록 해주세요!"

어떻게든 장씨를 살리려는 우왕의 마지막 부탁이었다. 이인임은 우왕에게 맹세를 하듯이 말했다.

"신이 전하의 지극하신 분부를 어찌 어기겠사옵니까?"

장씨가 울며불며 궁궐에서 나오자 최영은 그제야 군사를 풀고 우왕에게 나아갔다.

"전하께서 이제 간사한 자를 물리치시고 신을 의심하지 않으시니 어찌 기쁘지 않겠사옵니까?"

그 말을 옆에서 듣고 있던 문하평리 김유(金庾)가 최영을 힐책하였다.

"신하로서 임금에게 항거하는 것부터 옳은 일이 아닌 터에 무엇이 그리 기쁘단 말이오?"

그 한마디에 김유는 장형을 맞고 합포(合浦)로 유배되는 신세로 전락하였다. 뒤이어 장씨의 인척과 족당으로 몰린 자들과 장씨의 양녀 사위인 상호군 손원미(孫元美) 등은 주살되었다. 또 장씨의 명도 오래가지 못했다. 해가 다 가기 전, 사헌부에서는 장씨의 죄를 물어 참형시킬 것을 우왕에게 청하였다.

"장씨는 지난날 지윤과 한통속이 되어 반란을 도모했으며, 양백연과 홍중선 등과 더불어 악행을 일삼았습니다. 결국은 모두 죽었으나 장씨만은 요행히 살아남았습니다. 하오나 그의 심복들이 언제 또 화를 일으킬지 모를 일이오니, 이제 장씨를 죽여 화근을 없애소서!"

이듬해(우왕 6년) 정월, 장씨는 끝내 참살되고 말았다. 우왕은 무기력과 상심에 빠질 수밖에 없었다. 그런데 뒤이어 비통한 소식이 전해졌다. 명덕태후 홍씨가 위급하다는 것이었다.

· · ·

우왕 6년 봄 정월 무술일.

태후는 우왕의 손을 꼭 붙잡고서 가쁜 숨을 몰아쉬었다. 숨쉬기조차 힘이 드는지 바싹 마른 손에 가늘게 힘이 들어갔다. 태후는 마른 입술을 열어 우왕에게 띄엄띄엄 말하였다.

"태조 대왕께서 하늘의 명을 받아, 대대로 전하여 온 지 5백 년⋯⋯. 하지만 대저 임금들이 신하의 말을 경청하지 않은 이가 많아 나라가 곤경에 처한 적이 얼마이던가?"

태후의 눈에는 어느덧 눈물이 어룽어룽 어리기 시작하였다. 어린 손자를 좀 더 일찍 받아들이지 못하고 왕의 치도를 가르쳐주지 못한 회한이었다.

태후의 주름진 얼굴 위로 번지는 눈물을 닦아주면서 우왕도 뺨에서도 주루룩 눈물이 흘렀다. 우왕은 태후의 손을 놓지 않고 애끓는 소리로 말하였다.

"할마마마, 돌아가시면 아니 되옵니다. 할마마마가 아니 계시면 이제 누가 소자를 돌보아 주겠습니까? 부디 기운을 차리시고 제가 장성하는 것을 지켜봐주소서, 할마마마!"

태후는 혼신의 힘을 다해 우왕에게 말하였다.

"상감, 나라의 대의를 논하거나 결정할 때는 반드시 두 시중과 판삼사사를 비롯하여 여러 재상들에게 자문토록 하세요. 국사를 다루는 데는 결코 사사로운 감정에 따르지 마시고⋯⋯, 임금의 거둥은 반드시 역사의 기록에 남는 법이니 어찌 근신하지 않으리오. 상감⋯⋯."

"말씀하오소서, 할마마마!"

"부왕은 누구보다 훌륭하신 제왕이었다오. 부디 부왕의 유업을 계승하여 만세의 복을 누려야 하오. 천지신명과 열성조께서 지켜보실 것이오!"

"명심, 또 명심하겠사오니, 할마마마는 어서 힘을 차리십시오!"

우왕은 절규하듯이 말했다. 그러나 태후는 한순간 우왕의 손을 꼬옥 쥐더니, 곧 그대로 놓아버렸다. 맺히고 서린 한이 깊을 수밖에 없었던 생애에 비해 명덕태후 홍씨의 마지막은 너무나 평온하였다.

태후의 훙거로 이제 마음조차 붙일 데 없게 된 우왕은 경복흥을 은밀히 불렀다.

"지금은 나라의 정사를 한 사람이 차지하고 있는데, 이제 과인이 누굴 의지하겠습니까? 과인에겐 경밖에 없으니 부디 잘 인도해주셔야 합니다!"

그러나 우왕의 부름은 경복흥의 명을 재촉할 뿐이었다. 궁궐 안에는 이인임의 눈과 귀가 되어 움직이는 내재추와 환관, 궁인들이 수두룩했다. 한식경도 지나지 않아 경복흥에게 했던 말이 이인임의 귀에 들어갔다.

사실 경복흥은 이인임의 눈엣가시 같은 존재였다. 그동안 그를 숙청하기 위해 여러 차례 기회를 보아왔지만 태후의 조카사위이기에 망설여 왔을 뿐이었다. 그러나 이제 어느 누구의 눈치를 볼 것도 없었다. 명덕태후 홍씨가 훙한 지 한 달도 지나지 않아, 사헌부와 대간에서 경복흥을 대대적으로 탄핵하고 나섰다.

"전하, 경복흥은 시중의 자리에 있으면서 국사가 막중한데도 매일같이 술에 취하여 있으니 그 죄가 심히 무겁사옵니다. 한데 근자에는 그 도당들과 어울려 은밀히 역모를 꾸미고 있다 하옵는 바, 그 죄를 묻지 않을 수가 없사옵니다!"

이인임은 경복흥의 도당으로 문하평리 설사덕(薛師德), 밀직부사 표덕린(表德麟) 등 10여 명을 꼽았다. 모두 경복흥의 술친구들이었다.

우왕은 모든 것을 포기해버린 듯 이인임에게 내뱉었다.

"경이 이미 계책을 세웠는데, 과인에게 물을 것까지 무어 있겠소? 알아서 하실 일입니다."

이인임은 지체하지 않고 경복흥을 청주로 유배시켜 버렸다.

일국의 수상 자리에 있다가 하루아침에 적소로 떨어진 경복흥. 그는 지난날 그에게 고언(苦言)을 퍼부었던 정도전이라는 사대부를 떠올리며 몸을 부르르 떨어야 했다. 정도전이 그에게 퍼부었던 말들이 귀에 쟁쟁하였다.

> "머지않아 이인임은 시중 대감도 가만두지 않을 것이오. 오로지 권력
> 욕에 사로잡혀 있는 이인임이올시다. 그들이 시중 대감과 태후전을 걸
> 림돌로 여기고 있음을 대감은 어찌 모르신단 말이오? 지금 나라의 대
> 계를 바로잡지 않으시면 시중 대감의 앞날 또한 예측할 수 없을 것이
> 옵니다."
>
> "그러면, 나더러 이인임을 제거라도 하란 말이던가?"
>
> "일국의 수상 된 분이 눈앞에 불의를 뻔히 보고서도 모른 척해서야 되
> 겠습니까?"
>
> "무어라? 가만 보니 그대는 지금 나를 생각하는 척하면서 실제로는 능
> 멸하고자 함이 아니던가?"
>
> "시중 대감, 충정에서 드리는 말씀이옵니다. 이인임의 제거는 시중 대감
> 을 위해서가 아니라, 이 나라 만백성과 종사를 위해섭니다!"

정도전의 말이 이제 와서 하나도 틀림이 없었다. 그런데도 자신은 정

도전을 미워하여 남방으로 쫓아내버리지 않았던가. 후회가 비수처럼 가슴을 찔렀다. 비분이 뼈에 사무쳤던가. 경복흥은 유배된 지 두 달 만인 그해 9월에 죽고 말았다.

이제는 완전히 이인임의 세상이었다. 궁궐은 마치 사람이 살고 있지 않은 것처럼 을씨년스럽기까지 하였다. 그러나 이인임과 그 인척들의 가택은 나로 호사를 더해갔다.

우왕은 이제 완전히 날개가 꺾인 채, 이인임의 손아귀에서 파득거리는 한 마리 새에 지나지 않았다. 우왕은 고독과 슬픔을 이겨내기 위해 점차 유락에 빠져들었다. 이인임의 조카 이존성(李存性)과 임견미의 아들 임치, 그리고 임견미의 사위 반복해(潘福海)가 우왕 곁에 바짝 붙어 다니면서 유희에 함몰시켰던 것이다. 그것은 이인임의 술수이자 기대하는 바였다.

그래도 임금에게 바른말을 고하는 신하는 최영뿐이었다.

"원컨대 전하께서는 매사에 조심하고 백성들을 공경하고 두려워하소서. 백성이 평안하거나 위태한 것은 모두 임금의 마음에 달려 있사옵니다!"

우왕은 최영이 못마땅했지만 달리 의지할 만한 사람이 없었다. 그러나 최영은 조정에 있을 때보다 전장에 나가 있을 때가 더 많았다. 날이 갈수록 왜구의 침략이 극에 달했던 것이다.•

• 우왕 때 왜구의 침입이 급증한 것은 일본의 정세 변화 때문이었다. 그때 일본은 막부의 교체로 황실이 남북조로 갈라지면서 극도로 혼란에 빠져 있었다. 게다가 흉년까지 겹치면서 일본 서부의 규슈와 쓰시마 등의 백성들이 무사(武士), 상인들과 함께 해적으로 돌변해 버렸다. 이들은 고려와 중국 연안(沿岸)에까지 침입하여 약탈과 파괴를 일삼았다. 실제 왜구의 침입 횟수를 보면 충정왕 때 10회, 공민왕 재위 23년 동안 74회였던 것이 우왕이 재위하던 14년 동안 무려 389회나 되었다.

· · ·

우왕 6년(1380) 8월.

진포(鎭浦)* 앞바다에 한 무리의 왜선이 나타났다. 기겁을 한 수졸이 급보를 알리기 위해 부리나케 달렸다. 그러다 한순간 걸음을 멈추고 딱 벌린 입을 다물지 못했다. 어디서 나타났는지, 왜선들이 바다를 시커멓게 메우고 있었던 것이다.

왜선은 무려 5백여 척이나 되었다. 그것은 도적의 출몰이 아니라 일대 전란이었다. 진포를 지키고 있던 아군은 싸울 엄두조차 내지 못하고, 봉화만 올린 채 줄행랑을 쳐버렸다.

왜구는 아무런 저항도 받지 않고, 말 그대로 무인지경의 진포를 삼켰다. 그런 뒤에 대오를 나누어 곧장 다른 주군으로 치고 들어갔다. 그들이 가는 곳마다 약탈과 방화와 살육이 자행되었다. 약탈한 곡식을 진포로 옮기는데, 길바닥에 흘린 쌀의 두께가 한 자나 될 정도였다.

조정에서는 부랴부랴 나세(羅世), 심덕부, 최무선을 출정시켰다. 이들이 전함을 이끌고 진포로 향한 지 불과 며칠 만에 뜻밖의 승전보가 올라왔다. 최무선이 제조한 화약과 화통(火筒)에 의해 진포에 정박해 있던 왜선 5백여 척을 순식간에 격멸시켜버린 것이다. 이른바 진포대첩**이었다.

승전보를 접한 우왕은 감격에 겨워 나세와 최무선 등이 개경으로 돌아올 때 가무를 갖추어 맞이하도록 하고, 장수들에게는 금 50냥씩, 비장들에게는 은 50냥씩을 하사하였다.

---

* 지금의 충남 서천 장항읍으로 금강 입구.
** 우왕 3년(1377) 화통도감이 설치되었고, 최무선이 개발한 화약과 화통이 이때 처음 사용되었다.

그런데 정작 큰 화는 그때부터였다. 진포에서 배를 잃어버린 통에 퇴로가 막힌 왜구가 발광의 무리로 돌변해 버린 것이다.

무려 1만이 넘은 왜구들은 내륙 깊숙이 쳐들어가 경상도까지 유린하였다. 왜구가 한번 휩쓸고 간 자리는 사람이 다시 살 수 없을 정도로 폐허가 되어버렸고, 산야는 시체로 뒤덮였다. 왜란이 있은 이후로 이때처럼 참혹한 경우는 없었다.

그들의 천인공노할 행위는 차마 입에 담을 수 없을 지경이었다. 왜구는 상주에 진을 치면서 2~3세 된 여자아이의 머리를 깎고, 배를 갈라 죽인 뒤에 물에 씻어서 쌀과 술을 차려놓고 하늘에 제사를 지내기도 했다. 하늘도 차마 그 광경을 볼 수 없었던지, 갑자기 뇌성이 일어나자 왜구들은 질겁하였다. 왜구는 곧 상주를 버리고 선주(善州 : 경북 선산)로 들어갔다가 다시 경산부(京山府 : 경북 성주)를 침략하였다.

이러니 양광, 경상, 전라 3도의 연해 주군이 일시에 소연해졌다. 마을과 길은 인적이 끊기고 스산한 바람만 너무 처연하여 귀곡성처럼 들릴 따름이었다.

그런데도 이인임은 조정에 들어앉은 채 뾰족한 대책을 내놓지 못했다. 그도 그럴 것이 장수들이 서로 싸움터에 나가기를 회피했던 것이다. 우왕은 발을 동동 굴렀다.

"백성들이 다 죽고 나라의 존망이 위태롭게 되었는데 나가서 싸울 장수가 없다니, 이게 대체 무슨 말인지요? 그렇다면 과인이 나가 싸우리다!"

그럴 때 최영이 자청하였다.

"전하, 이제라도 신이 출정하여 왜적들을 쳐버릴 것이오니, 신을 보내주소서!"

우왕은 그러나 최영을 붙잡았다.

"경은 개경과 양광도를 맡고 있는데 어찌 이곳을 비운단 말입니까? 왜구들이 도성으로 쳐들어올지 모르니 경은 이곳을 지켜야지요!"

최영이 거듭 출전을 청했으나 우왕은 허락하지 않았다. 수족이 다 잘린 임금으로서는 이인임이 두려워 최영이라도 옆에 붙들어놓고 싶었던 것이다.

도당으로 돌아온 최영은 재추들을 향해 분통을 터뜨렸다.

"왜적의 침노로 나라가 이토록 위태로운데, 싸움터에 나가기를 꺼리고 구경만 하고 있으니 이 무슨 해괴한 소리요? 지금 재추로 있는 자만 60명이 넘고, 원수의 자리를 차지한 자들이 백을 넘는데, 당신들은 구경만 하고 있으니 과연 누구더러 나가서 싸우란 말이오?"

그러나 재추들은 슬슬 눈길만 피할 뿐이었다. 이인임도 깐에는 화가 치미는지 목소리가 높아졌다.

"허어, 여기 있는 재추들 대부분이 내가 추천한 자들인데, 그렇게 나설 자가 없단 말인가? 오늘 보니 내가 모두 사람을 잘못 뽑았소이다!"

그러자 임견미가 겨우 입을 열어 한다는 말이,

"정지(鄭地) 장군이라면 충분히 해볼 수 있지 않을까 싶소이다만……."

속고치 출신의 정지는 공민왕 말년부터 왜구 토벌에 공이 많았다. 공민왕 23년에는 '강력한 수군을 조련한다면 해도(海盜)를 5년 안에 격멸시킬 수 있다'며 쓰시마 정벌을 주장할 정도로 지략을 갖춘 자였다.

최영이 단번에 쏘아붙였다.

"정지가 아무리 용맹하다손 치더라도 그 많은 도적을 어찌 한 사람의 장수더러 막으란 말인가?"

그때 이인임이 불쑥 말을 내던졌다.

"참, 마땅한 사람이 있소이다!"

최영과 재추들의 눈이 일제히 이인임에게 쏠렸다. 이인임은 득의에 찬 표정으로 말했다.

"동북면의 이성계는 어떻겠소?"

재추들은 너무 뜻밖의 인물이라 멀뚱멀뚱 서로를 쳐다볼 뿐이었다. 이때 이성계는 지위가 찬성사에 이르렀지만 지윤이 제거된 뒤로 동북면에서 숨을 죽이고 있던 터였다.

"이 원수는 동북면을 맡고 있는데, 어찌 변방의 장수를 함부로 끌어온단 말이오?"

최영이 반대했지만 이인임은 나름대로 속셈이 도사리고 있었다. 동북면의 군사력은 여느 지역보다 막강했다. 왜구를 물리치지 못한다면 그 죄를 물을 것이고, 그게 아니라도 이성계의 군사력에 타격을 입힐 수 있는 절호의 기회였다.

이인임은 곧 우왕의 명을 빌어 이성계를 양광·전라·경상도의 도순찰사(都巡察使)로 삼고, 찬성사 변안열을 도체찰사(都體察使)로, 우인열, 도길부, 임성미, 이원계 등을 원수로 삼아 토벌의 명을 내렸다.

원수들 틈에 뜻밖의 인물이 끼어 있었다. 정몽주를 조전원수로 내보낸 것이다. 전년에 일본에 보빙사로 건너가 막부(幕府)로부터 왜구의 금지를 약속받았던 정몽주였다. 비록 막부의 지배력이 약해 약속은 이행되지 않았으나 그때의 경험을 살려 이성계의 조전원수가 된 것이다.

이때 왜구의 주력은 사근내역(沙斤乃驛 : 경남 함양군 소재)에 진을 치다가,

경상도에 주둔하고 있던 배극렴, 지용기 등 10여 명의 원수가 이끄는 아군을 무너뜨리고, 전라도 내륙으로 치고 들어갔다. 그들은 남원을 목표로 세를 한 군데로 결집할 태세였다.

· · ·

왜구가 영주까지 쳐들어오자 도전은 가족을 이끌고 피난길에 올랐다. 도전은 처음에는 안동으로 가려고 했다. 그러나 발길을 돌릴 수밖에 없었다.

"말도 마시오. 안동은 이미 길이 끊겼고, 간다해도 왜구들이 무서워 다들 피난을 가고 고을은 텅 비었을 게요."

안동에서 오히려 영주 쪽으로 피난 오는 사람들이 하는 말이었다. 그래도 도전은 일말의 기대를 안고 물었다.

"우리 군사들은 어찌 되었답니까?"

"허, 거 물으나마나 하는 소리. 사방에서 출몰하는 왜구들을 고것들이 무슨 수로 이긴단 말이오? 최영 장군이나 온다면 모를까? 하긴 아군이나 왜놈들이나 백성들 것 뺏어가기는 마찬가진데 뭘."

숫제 '고것들'이라고 말할 정도로 백성들은 아군을 불신하고 있었다. 장수들은 왜구들과의 싸움은 뒷전인 채, 백성들 것을 수탈하여 사욕을 채우는 데에만 혈안이 되어 있었다. 군사를 점고(點考)할 때마다 소모되는 양식과 포목을 대느라 백성들은 허리가 휠 지경이었다. 오죽하면 백성들 입에서 '왜구보다 우리 군사들이 더 무섭다'는 원망이 터져 나왔을까. 생각하면 분통이 터지는 일이었다. 장수란 자들이 외적으로부터 백성들의 재산과 생명을 지켜주기는커녕 오히려 백성들 등껍질마저 벗겨갔던 것이다.

도전은 이제 어디로 가야 할 지 막막했다. 안동과 봉화 쪽은 벌써 길이 막혔으니, 갈 곳은 예천 아니면 풍기뿐이었다. 도전은 진외가가 있는 풍기 쪽으로 길을 잡았다. 그런데 아이들이 더는 못 걷겠다는 듯, 길바닥에 풀썩 주저앉고 말았다.

"아버지, 배가 너무 고파요."

막내놈이 울먹이며 하는 소리에 도전은 가슴이 미어졌다. 아침에 죽 몇 수저 떠먹은 것 말고는 하루 내내 끼니를 굶었던 것이다. 도전은 아내를 바라보았다. 아내는 짐짓 고개를 돌린 채 눈물을 훔치고 있었다.

날이 저물어 길은 어둑어둑해지는데, 비마저 추적추적 뿌리기 시작했다. 가시덤불을 헤치며 산길을 걷는 도전의 행색은 여느 유민들과 다를 것이 없었다.

그러나 풍기로 피난한 도전은 며칠 사이에 다시 짐을 꾸릴 수밖에 없었다. 영주가 왜구에 의해 쑥대밭이 돼버리고 순흥까지 왜구들이 출몰했던 것이다. 도전은 가족들을 다시 이끌고 단양으로 올라갔다. 그러나 단양도 안전하지 못해 제천으로, 제천에서 다시 원주로 피난한 도전은 원천석을 찾아가 몸을 기대었다.

"어쩌다 이렇게까지 왜구가 창궐하게 되었는지……."

"나라가 온통 도적의 무리에게 짓밟히고 있는데, 재상이니 추상이니 하는 자들은 도당에 들어앉아 대체 무얼 하더란 말이오?"

도전과 원천석이 마주 앉아 나오느니 탄식이었다.

"동북면의 이 원수가 3도의 도순찰사가 되어 왜구 토벌에 나섰다고 합니다."

원천석의 말에 도전은 놀라서 물었다.

"아니, 북변이 항시 위태로운 터에 그곳의 군사를 끌어오면 어찌한단 말입니까? 최영 장군이 나서지 않구요?"

"그렇지 않아도 최 장군이 나서려 했으나, 전하께서 말리셨답니다."

"참으로 어처구니가 없는 일입니다. 나라에 장수라 칭하는 자들이 수백 명이 넘을 터인데 싸움에 나갈 자가 없다니요."

"그러게 말이오. 그나저나 왜구의 무리가 무려 1만을 헤아린다는데, 장차 저들을 어찌 물리칠지 걱정이오."

원천석의 말에 도전은 무언가 골똘히 생각하더니,

"왜구가 모두 남원을 향해 내려갔다면 틀림없이 지리산 일대의 험한 산세를 의지하려는 것입니다. 용맹이 특출한 이 원수가 지략을 겸비하였다면 틀림없이 '태공수조(太公垂釣)'와 함께 '오운산병(烏雲散兵)'을 취해야 할 터인데, 어찌할지 모르겠습니다."

유학에만 능한 줄 알았던 도전의 입에서 병법이 거침없이 흘러나오자 원천석은 무척 놀란 표정이었다. 몽골의 침입 이후로 문반과 무반의 구별이 없어지다시피 했지만 무를 천시하는 풍조는 여전했다. 때문에 원천석은 도전이 병법을 연구한다는 사실이 언뜻 믿기지 않았던 것이다.

·　·　·

이성계가 휘하의 친병 2천여 기와 함께 남원에 이르렀을 때는 가을비가 겨울을 재촉하고 있었다. 이성계의 좌우에는 이두란과 처명(處明), 그리고 이성계의 둘째 아들인 방과(芳果)가 편장(偏將)으로 호위하고 있었다.

이두란은 여진족 출신으로 본성은 퉁(佟), 이름은 고륜두란첩목아(古

倫豆蘭帖木兒)였다. 그는 원나라의 금패천호(金牌千戶)로 있다가 고려에 귀부하여 이성계와 형제의 의를 맺고 그 휘하에 있었다. 그리고 처명은 이성계가 동녕부를 공벌할 때 귀부한 장수로 이성계를 그림자처럼 따라다녔다.

이때 왜구는 남원산성을 차지하려다 여의치 않자 운봉현(雲峰縣)을 분탕질하고, 인월역(引月驛 : 전북 남원 소재)으로 빠져 그곳에서 호언을 서슴지 않았다.

"장차 광주와 금성(金城 : 전남 담양)에서 말을 먹이고 북으로 치고 올라가겠다!"

그 말에 민심은 더욱 흉흉해지고 우왕과 이인임은 몰래 천도를 준비하기까지 했다.

이성계는 장수들을 소집하여 작전을 논의했다. 그런데 대부분의 원수들은 적과의 격돌을 회피했다.

"적들이 지세가 험한 곳에 은폐하고 있으니, 다만 적이 나오기를 기다리는 것이 상책일 듯합니다."

"당연하지요. 더구나 저들은 승승장구하여 기세도 만만치 않은데 섣불리 덤볐다가 낭패를 당하기 마련입니다."

이성계는 장수들에게 분노가 치밀었다. 남원까지 내려오는 동안 왜구들의 만행에 치를 떨며 잠을 이루지 못했던 이성계였다. 고을마다 불에 타지 않은 곳이 없고, 산야에는 시체들이 흩어져 까마귀 떼들이 파먹고 있었던 것이다.

이성계는 백성들이 당하고 있는 고통을 생각하면 밥이 목으로 넘어가질 않았다. 그런데 가만히 앉아서 지키고나 있자니……

이성계는 장수들을 향해 큰 소리로 꾸짖었다.

"왜적들을 좀 더 일찍 만나지 못한 것을 오히려 한스럽게 여겨야 할 것인데, 무엇이 두려워 왜구를 피한단 말이오!"

이성계는 곧 각 도의 원수들에게 작전을 지시했다.

"경상도 원수는 개선골로 군사를 이동시키도록 하시오. 그리고 전라도 원수는 배말을 지키시오. 내가 양광도 원수와 함께 인월역으로 치고 들어가면 적은 틀림없이 양쪽으로 퇴로를 잡을 것이니, 요충지에 매복하고 있다가 적들이 도망쳐 나올 때 한 놈도 놓치지 말고 섬멸토록 하시오. 만에 하나 적에게 퇴로를 열어준 자는 나, 삼도 도순찰사 이성계가 결코 용서하지 않을 것이오!"

이성계의 명령에 장수들은 전에 없이 전의를 돋우었다. 장수들이 모두 흩어지고 난 뒤에 조전원수 정몽주가 이성계에게 물었다.

"장군, 적이 한 군데 몰려 있으니 사방에서 한꺼번에 공격하면 될 터인데, 왜 군이 군사들을 분산시키는지요?"

"싸움이란 지리와 군사의 형세에 따라 그때그때 달라지는데, 이번에는 태공수조를 쓸 작정입니다."

"태공수조라?"

"강태공이 물목에 앉아 낚시를 드리우고서 대어를 낚는 것처럼 적의 퇴로를 미리 지키고 있다가 도주하는 적을 치는 것입니다. 지금 적은 산세가 험한 곳에 웅거하고 있으니 대병력을 한꺼번에 움직이기가 어렵지요. 하지만 적진을 흩뜨려놓으면 놈들은 뒤에는 지리산이 있는지라 분명히 남원과 함양으로 빠지려 들 것입니다."

"하지만 산세가 험하니 아군이 공격하는 데도 여간 만만치가 않을 것 아닙니까?"

"그러기에 오운산병의 진을 친 겁니다. 산이 높고 험한 곳에서 적을 공격할 때는 까마귀 떼나 구름이 홀연히 나타났다가 홀연히 흩어지는 것처럼 깃발과 나팔, 북소리에 따라 순간순간 공격을 변형한다면 적은 분명 혼이 빠지고 말 것입니다."

도전이 예견한 대로였다.

병사들을 하루 동안 쉬게 한 이성계는 운봉을 넘어 황산(荒山)으로 나아갔다. 선봉에 선 이성계가 황산 서북쪽 정산봉(鼎山峰)에 오르자 적들이 모습을 나타냈다. 적은 가파르고 좁은 골짜기 사이에 목책(木柵)을 치고 웅거하고 있었던 것이다.

다음날 새벽, 아군의 북소리가 어둠이 채 가시지 않은 골짜기를 따라 무겁게 울려 퍼지면서 이성계가 대우전(大羽箭) 한 발을 적진을 향해 날렸다. 그것을 신호로 아군의 궁수들도 일제히 화살을 쏘기 시작했다.

목책 안에 있던 왜구들은 바위에 엄폐한 채 아군을 비웃었다.

"겁쟁이 같은 놈들. 우리들이 무서워서 감히 쳐들어오지는 못하고 멀리서 화살이나 날리다니. 어디 백날을 날려봐라, 새 한 마리 떨어뜨리지 못할 걸. 헤헤헤!"

그러나 왜구들은 웃음이 채 그치기도 전에 오금이 저리고 말았다. 비 오듯 쏟아지던 화살이 한순간에 뚝 그치는가 싶더니 바로 코앞에서 우레와 같은 함성 소리가 떨어졌던 것이다.

궁수들이 적진을 향해 화살을 쏘는 사이 또 다른 군사들이 목책 밑으로 파고들어가, 신호에 따라 한순간에 목책을 무너뜨렸던 것이다. 목책이 무너지면서 적진은 순식간에 혼란에 빠져들었다.

그러나 아군의 공격도 쉽지 않았다. 골짜기가 워낙 좁은 데다가 비가 내린 뒤끝이라 땅이 온통 진흙탕이었다.

이성계는 나팔을 불어 공격을 중단시켰다. 아군이 일시에 공격을 멈추자 골짜기에는 적막감마저 감돌았다. 한식경이 지나 이성계는 다시 군사들에게 명하였다.

"적은 이미 기세가 꺾였다. 이번에 공격 신호가 떨어지면 일제히 절벽을 타고 올라가서 적을 쳐라!"

이윽고 공격 나팔 소리와 함께 아군은 가파른 절벽을 개미떼처럼 기어 올라가기 시작했다. 적의 화살이 머리 위로 비오듯이 쏟아졌다. 그러나 누구도 뒤로 물러서지 않았다. 바로 이성계가 앞장서서 화살을 뚫고 적진을 향해 나가고 있었던 것이다. 이성계는 타고 있던 말이 적의 화살에 거꾸러지면 곧 다른 말로 바꿔 타면서까지 선두에서 병사들을 독려했다.

일대의 혼전 속에서 한순간, 이성계의 왼편 다리에 화살이 박혔다. 이성계는 그러나 잠깐 이맛살을 찌푸릴 뿐, 말고삐를 잡고 있던 처명에게 큰소리로 명하였다.

"너는 말이 넘어지지 않도록 말고삐를 단단히 잡도록 하라!"

"장군, 다리에 화살이 꽂혔습니다!"

"괜찮다, 어서 진격하라!"

병사들은 이성계의 그런 모습을 보자 죽기를 각오하고 적진을 향해 기어 올라갔다. 왜구들은 아군의 기세에 눌려, 겁에 질린 소리로 말하였다.

"최 만호가 왔다!"

"맞다. 백발의 장수가 온 모양이다!"

선두에 선 장수를 최영이라고 여겼던 것이다.

드디어 적진을 파고들어간 아군이 적과 엎치락뒤치락하기를 세 차례. 그러나 쓰러진 것은 적이요, 들리는 것은 적의 비명 소리뿐이었다. 왜구들은 완전히 기세가 꺾여 산속 깊숙이 들어간 채, 더 이상 움직이려 하지 않았다. 새벽에 시작된 전투가 해가 떨어져서야 멎었다.

이틀 동안 군사를 재정비한 이성계는 이두란과 아들 이방과를 불러 말했다.

"왜구들은 더 이상 밀릴 곳이 없으니, 오늘 우리가 공격을 시작하면 분명 필사적으로 밀고 내려올 것이다. 내가 저놈들을 유인해낼 터이니 너희 둘은 매복해 있다가 놈들의 후위를 치도록 하라!"

이성계의 예상대로 아군이 공격을 시작하자, 적은 기다렸다는 듯이 마치 급류를 타듯 골짜기로 밀고 내려왔다. 퇴로를 뚫으려는 것이었다.

그런데 적장 하나에게 아군은 뜻밖의 낭패를 맛보았다. 백마를 탄 적장이 아군 진영을 휘젓고 다니면서 창을 마음대로 휘두르는데, 어찌나 사납던지 누구도 감히 대적을 못하는 것이었다. 적장은 뜻밖에도 15~16세의 소년에 지나지 않았다. 아군의 병사들은 그를 가리켜 아기발도(阿其拔都)라고 불렀다.

왜구들은 아기발도의 용맹스러운 모습을 보고 사기가 올라, 거세게 치고 내려왔다. 아기발도는 아군을 향해 떡 버티고 서더니 소리를 질렀다.

"길을 비켜라! 그렇지 않으면 내 창이 용서치 않으리라!"

이성계는 아기발도를 노려보며 활과 화살을 찾았다. 그런데 아기발도는 갑옷과 투구로 몸과 얼굴을 감싸고 있어서 좀체 틈새가 보이질 않았다. 이성계는 편장 이두란을 불렀다.

"내가 화살로 저자의 투구를 벗길 테니 자네는 저놈의 머리를 날려 버리도록 하게!"

이성계는 적진을 향해 말을 치고 달리면서 동개에서 대우전 하나를 뽑아 아기발도의 머리를 향해 날렸다. 화살은 정확하게 아기발도의 투구를 맞추었다. 하지만 정자의 끈이 떨어지면서 투구가 조금 벗겨졌을 뿐이었다.

이성계는 그러나 침착하게 다시 한 발을 쏘아 투구를 떨어뜨렸다. 그 순간 이두란의 화살이 아기발도의 머리에 꽂혔다. 두 사람의 활 솜씨는 가히 신기(神技)라 할 수밖에 없었다.

아기발도가 거꾸러지자 왜구들의 사기는 순식간에 땅에 떨어지고 말았다.

이성계는 그 틈을 놓치지 않고 다시 한 번 총공격을 명하였다. 사기가 오를 대로 오른 아군은 적진을 향해 분격해 들어갔다. 아군의 함성이 황산 골짜기를 뒤흔들었다. 왜구들은 혼비백산하며 마치 만 마리의 소가 우는 것같이 괴상한 비명을 지르며 쓰러져갔다. 함성과 비명에 사면이 다 무너져 내리는 것만 같았다. 황산을 빠져나간 자들도 길목을 미리 지키고 있던 아군에 의해 완전히 궤멸되었다.

처음에 1만을 헤아리던 왜구들 중에 겨우 살아서 돌아간 자는 70여 명. 이때 흘린 피가 골짜기를 적시고, 6~7일간이나 물빛이 변하지 않아 물을 마실 수가 없을 정도였으니, 가히 전투의 참상을 헤아리고도 남을 일이었다. 이성계의 황산대첩이었다.

전투가 끝나자 이성계는 군악(軍樂)과 나희(儺戱)를 벌여 군사들을 크게 위로하였다.

　"이제 적을 격멸시켜 나라가 모두 편안케 된 것은 모든 장병들이 신명을 다해 싸웠기 때문이다!"

　군사들은 기뻐하며 환호성을 질렀다. 지금까지 군공을 병사들에게까지 돌린 장수는 없었던 것이다. 이성계는 그러나 들떠 있는 군사들에게 엄명을 내렸다.

　"나, 삼도 도순찰사 이성계는 지엄하신 전하의 명을 받들어 군령을 말하니, 어느 누구라도 민가는 털끝만큼도 범하지 말라! 만에 하나 백성들 것을 함부로 빼앗는 자는 군율에 따라 엄벌에 처할 것이니라!"

　이성계의 말에 군사들은 환호로 답하였다.

　이성계와 여러 원수들이 개선을 하자 우왕은 도당으로 하여금 백관을 인솔하여 나가 맞이하도록 했다. 그러나 가장 앞에서 맞이해야 할 이인임은 정작 모습을 나타내지 않고 최영이 앞장을 섰다.

　최영은 거리에다 채붕을 가설하고 각종 유희를 준비하여 놓고 천수사(天壽寺) 문까지 나와서 이성계와 군사들을 영접하였다. 이성계가 말에서 내려 먼저 최영에게 재배하니, 최영 역시 재배하면서 이성계의 손을 잡았다. 그의 눈에서는 눈물이 흘러내리고 있었다.

　"나라의 통한을 씻어주었으니 고맙고 고맙소! 장군이 아니었다면 어찌 황산대첩을 이루어낼 수 있었으리오!"

　최영의 말에 이성계는 겸손하게 말했다.

　"여러 원수들과 병사들이 목숨을 다해 싸운 결과 승전을 거둔 것이지요!"

"아니오. 삼한의 운명이 실로 이번 싸움에 달렸었는데, 공은 위태로운 나라의 운명을 되살린 것이니, 이보다 더 큰 공이 어디 있겠소!"

우왕은 이성계와 변안열에게 금 50냥, 원수들에게는 은 50냥씩을 하사하였다. 그리고 도당에 직첩과 공에 따라 포상을 내리도록 하였다. 그러나 이성계는 포상을 정중하게 사양하였다.

"장수가 싸움터에 나가 적을 격멸하는 것이 그 책무요, 백성들이 아직 극심한 고통을 겪고 있는 터에 어찌 상을 받겠나이까?"

이성계의 말이 알려지자 다른 장수들도 대부분 포상을 사양하였다. 논공행상을 주관하며 한몫 챙기려던 임견미와 이인임의 하수인들만 무색해지고, 그 일로 이성계의 위명은 더욱 높아졌다. 이성계는 그러나 미련 없이 휘하의 군사들과 함께 동북면으로 길을 돌렸다.

· · ·

우왕 7년(1381) 여름.

도전은 가족들을 이끌고 삼각산 아래에 있는 옛집으로 돌아왔다. 비록 거주지가 개경 바깥으로 한정되었지만 그나마 종편이 허락되었던 것이다. 이른바 '경외종편(京外從便)'이었다.

도전은 완전한 종편을 허용하지 않은 이인임의 치졸한 처사에 오히려 쓴웃음이 났다. 그러나 이인임을 비난하거나 원망하지 않았다. 곤궁할수록 정한 금(金)과 훌륭한 옥(玉)처럼 뜻을 굳게 할 따름이었다. 봉황은 주리면 대나무 열매를 먹고, 목이 마르면 천지(天池)의 물을 마신다고 하지 않는가.

삼각산.

도전은 비로소 고향으로 돌아온 것만 같았다. 유배로 외롭게 떠돌며 지친 나그네에게 삼각산은 어머니 품처럼 따뜻했다. 삼각산 높은 마루를 바라다보면 봉우리마다 곧게곧게 하늘에 솟고, 주봉인 백운대를 중심으로 인수봉과 만경봉이 뿔을 깎아 세운 것처럼 3각을 이루며, 좌우로 흰 바위산의 자락을 펼쳐가고 있었다.

도전이 삼각산에 처음 자리를 잡았던 것은 공민왕 14년 때였다. 영주에서 5년간 양친 상을 치르고 복직을 기다리면서, 삼각산 아래에 초막을 짓고 살았던 것이다.

그때 벗들은 도전을 가리켜, 삼각산의 백운대와 인수봉과 만경봉의 세 봉우리 아래에 숨어 있는 사람이라고 하여 '삼봉은자(三峯隱者)'라 불렀다. 도전이 '삼봉'이란 호를 취한 것이 바로 그때였다.

도전은 집 둘레에 소나무와 대나무를 심고, 밭을 일구면서 약초도 손수 가꾸었다. 때로 산바람을 맞으며 도연명의 시를 읽고 있노라면 마음은 그렇게 고요할 수가 없었다. 저녁 무렵이면 먼 데 절에서 종소리가 은은하게 들려오고, 숲 너머에 있는 방앗간의 불빛은 산골에 사는 그윽한 맛을 알게 하였다. 비록 가난하고 지난 몇 년 동안 몸도 쇠약해졌지만 비로소 모든 게 제자리를 찾은 것만 같았다.

바람에 실려 희끗희끗 눈이 듣고 있었다. 첫눈이었다. 예년 같았으면 11월쯤이면 어김없이 서설(瑞雪)이 내리곤 했었는데, 올해는 동짓달 느지막이 찾아온 것이다.

도전은 반가운 마음에 팔을 벌리고 하늘을 올려다보았다. 티끌처럼 푸득거리는 눈이 뺨에 닿으면서 부드럽게 녹아 내렸다. 하늘이 낮게 드리운 품이 제법 눈발깨나 날릴 기세였다.

첫눈은 늘 가슴을 설레게 한다. 바람에 성긴 눈발이 난분분 내려 쌓이더니 어느새 설경을 이루었다. 이런 날이면 반가운 손님이라도 찾아올 것만 같다. 하지만 막연한 기다림뿐이다.

삼각산까지 멀다하지 않고 때때로 벗들이 찾아오는 것은 도전에게 커다란 기쁨이었다. 밤새 등불을 밝히고 무릎을 맞대고서 이야기를 나누다, 벗님은 언제나 새벽같이 길을 떠나곤 했다. 도전은 그럴 때마다 아쉬운 마음을 달래려, 높은 데까지 올라가 그림자가 마저 사라질 때까지 전송하곤 하였다.

그런데 눈으로 길이 막혀서일까. 며칠 동안 지나가는 길손조차 없다. 그래도 누군가 찾아올 것만 같아 도전은 고개를 자주 동천(侗天) 밖으로 내밀었다.

아니나 다를까. 눈 덮인 험한 산길을 말 타고 오는 이가 있어, 내내 지켜보았더니 바로 둔촌 이집(遁村 李集)이었다. 도전은 반가운 마음에 한걸음에 달려가 이집의 손을 덥석 잡았다.

"며칠째 사람들이 몹시 그립더니 이렇게 둔촌이 오려고 했던가 보오."

"반나절이면 닿을 길을 이제야 찾아왔구려. 미안하오."

"무슨 말씀을. 내 죽지 않고 이렇게 시퍼렇게 살아있지 않소이까."

"그래야지요. 크고 장대한 꿈을 꼭 이루어야지요."

이집은 충숙왕 대에 급제하여 벼슬길에 올랐는데, 본래 이름은 원령(原齡)이었다. 신돈 집권 때에 미움을 받아 죽을 고비를 넘긴 뒤로 이름을 '집'으로, 자(字)를 호연(浩然)으로 고쳤다. 그때 이숭인이 '명자설(名字說)'을 쓰고, 도전이 '명자후설(名字後說)'을 쓸 만큼 교분이 두터운 사이였다. 이집은 공민왕 때 판전교시사를 끝으로 벼슬을 버리고, 여주(驪州)와 양주에 농장을 일구며 은거하고 있던 터였다.

"며칠 전 첫눈이 내리던 날이었다오. 모처럼 송도에서 척약재하고 포은, 도은하며, 여러 사람이 등잔불에 둘러앉았는데, 유주지탄(遺珠之嘆)이라, 마땅히 그 자리에 있어야 할 삼봉이 빠져 있으니 모두들 탄식이 절로 나왔다오. 그래서 내 이렇게 여러 벗들을 대신해서 찾아왔다오."

이집의 이야기를 들으며 도전은 가슴이 뭉클해졌다. 그 또한 첫눈이 내리던 그날, 벗들을 그리워하며 가슴 아파하지 않았던가. 그때 벗들은 눈이 가득한 송도에서 밤새 등불을 돋우어가며, 눈과 달을 관상할 적에 그들 역시 도전을 떠올리고 있었던 것이다.

더구나 벗들은 이집 편에 안부를 묻는 서신과 시까지 보내왔다. 도전은 한자 한자 읽어 내려가며 감회에 젖어들었다. 그중에서도,

'남으로 화산(華山)을 바라보니 터럭만치 작은데, 그 산 밑 아늑한 집은 낮에도 사립문을 닫았으리, 그대 마음이사 어찌 세상을 피하려 했으리오……'

라는 이숭인의 시는 도전의 심사를 그대로 나타내고 있었다. 이숭인은 또 지난날 개경에 살면서 첫눈 내리던 날 함께 밤을 지새웠던 이야기까지 몇 자 덧붙였다.

도전은 문득 성균관 시절 이숭인과의 추억들이 되살아났다. 성균관에서 경학(經學)을 가르칠 때 이숭인과 권근(權近) 셋이서 함께 매일같이 모여 밤을 지새우다시피 했던 것이다. 한 번은 도전이 성균관에서 며칠째 밤을 새고 나서 조랑말을 타고 집으로 돌아가는데, 깜빡 조는 사이 말이 저 혼자서 이숭인의 집 앞에 멈출 정도였다.

세 사람의 집이 골목을 사이에 두고 연접해 있었기에 한밤중에라도

생각나면 불쑥 찾아가기 예사였다. 눈이라도 내리는 날이면 약속이나 한 듯이 서로에게 달려가곤 했었다. 언젠가 첫눈이 내리던 날 세 사람이 나누었던 한담(閑談)이 선명하게 떠올랐다.

도전은 이집에게 그때의 이야기를 들려주었다.

"그때도 셋이서 도연명의 시를 감상하고 있었는데, 문득 밖을 보니 백설이 내리지 뭡니까? 그러자 도은이 그러더군요, 이렇게 첫눈이 내리는 날은 평생에 가장 즐거운 것이 있을 터인데 그게 과연 무엇일까, 라고 말입니다."

"첫눈 내리는 날에 가장 즐거운 일이라? 어디 한 번 들어보지요."

"먼저 도은이 그 즐거움을 말했지요."

그때 이숭인은 '눈이 내려 설산을 이루면 절간은 어느 때보다 더욱 깊어지니, 절간 아늑한 방에서 세속을 떠난 스님과 마주 앉아, 탁자에는 향을 피우고 차를 다리며 옛사람들의 시를 찾아 감상하는 것이 무엇보다 큰 즐거움'이라 했다.

그러자 권근은 '첫눈이 내려 백설이 마당에 가득할 때, 병풍을 두른 온돌방으로 붉은 해가 창을 비추고, 책을 들고 화로 옆에 드러누울라치면 옆에 아름다운 여인이 보드라운 손길로 수를 놓다가, 이따금 바느질을 멈추고 화로에 밤을 익혀 주니, 그 먹는 재미가 그만이라' 하였다.

도전이 계속해서 말했다.

"그러자 도은이 양촌(陽村)을 놀려댔지요, 미인을 보랴, 밤이 익었는지 보랴, 마음만 설렐 텐데 책이 눈에 들어오겠냐구요."

"하하하! 도은은 역시 고아한 멋을 지녔고, 권근은 낭만을 즐기려 했던 게지요. 그렇다면 우리 삼봉은 어디서 즐거움을 찾겠노라 하셨습니까?"

"저는 좀 다른 곳에서 즐거움을 찾고자 했답니다. 음, 저는 담비옷에 준마를 타고 누런 개와 푸른 매를 데리고 삭풍에 눈이 휘날리는 북방의 황야를 달리며 사냥을 하는 즐거움은 어떨까, 하였지요."

이집이 감탄을 토해냈다.

"오호라, 삼봉의 기상은 역시 다릅니다. 지금도 그처럼 백설이 휘날리는 북방을 달리고 싶으십니까?"

도전이 준마를 타고서 눈보라 휘날리는 황야를 거침없이 달리고 싶다고 말한 속내에는 한 번 장수가 되어 휘하의 용맹한 군사들과 함께 지축을 흔들며 달리고 싶은 야망이 꿈틀거렸던 것이다. 그러나 마음만 뜨거울 뿐이었다.

"생각뿐이지요. 온 세상이 담박(淡泊)함을 싫어하고, 대아(大雅) 소리는 끝내 묻히고 마는데, 지금처럼 미천하고 곤한 몸이 무얼 어찌하겠습니까?"

"포은이나 도은의 이야기로는 여러 가지로 힘을 쓰고 있다 하니 아마도 곧 좋은 소식이 올 것 같소이다."

"고맙소, 둔촌. 하지만 마음을 같이하는 벗들이 있다는 것만으로도 내게는 큰 힘이 된다오."

"삼봉, 나야 벼슬에 뜻을 두지 않고 자연에 묻혀 산다지만 삼봉은 결코 세상을 피할 사람이 아니오. 삼봉은 제발 굴원을 닮지 마시오. 삼봉 같은 재사(才士)라면 모름지기 크게 쓰임을 받아야 하지 않겠소?"

사람들은 어째서 굴원을 닮지 말라고 하는 것일까. 강수(江水)에서 만난 어부가 굴원에게 했던 말처럼, 시세를 따라 처세도 곧잘 하며 찌꺼기 술이라도 빨라는 말인가. 도전은 고개를 저으며 이집에게 말했다.

"둔촌, 그보다 이곳에서 유생들을 모아 적막강산이 되어버린 우리의 도학(道學)을 다시 일으켜보고 싶은 생각이오."

"삼봉은 역시 뜻이 달라도 크게 다르구려. 내, 도울 일이 있으면 힘껏 도우리다."

"고맙소, 둔촌!"

가물거리는 등불의 심지를 돋우자 방 안이 좀 더 환해졌다. 두 사람은 밤이 새도록 이야기를 나누었다.

· · ·

도전은 마침내 삼각산에 서재를 열고 삼봉재(三峯齋)라 이름하였다.

성균관의 박사를 지낼 때부터 거벽(巨擘)이라는 말을 들었고, 태상박사(太常博士)로서 궁중 제례의 절차와 예악을 만들었으며, 지난 7년 동안 초야에 묻혀 있으면서 제세(濟世)의 사상을 체득한 도전의 학문은 가위 당대의 동렬에서 따를 자가 없었다.

그의 명망을 듣고 젊은 선비들이 찾아오기 시작했다. 벗들도 제자들을 추천하여 보냈다. 도전은 그러나 무작정 문하로 받아들이지 않았다. 학문을 기껏 출세의 발판으로 삼으려는 자들은 거두지 않았던 것이다. 도전은 진정한 유자의 상을 이렇게 말하였다.

"유자라면 당연히 성리학자여야 하며, 윤리·도덕가여야 한다. 물론 후학을 가르치는 교육자여야 하고, 춘추필법의 역사가이자 의리를 위해서는 목숨을 바치는 지사(志士)여야 한다. 또한 방국(邦國)을 이루는 병법가이자 무인이어야 하며, 천문과 지리, 의학, 복무(卜巫), 산술 등에도 능해야 한다!"

그것은 곧 도전 자신이 추구하는 유자상이었다. 주자의 성리학만을 고집하지 않고 경세제민과 부국강병을 위해 모든 실용적인 학문과 지식을 수용했던 것이다.

　그는 시 한편에서도 도를 가르쳤고 실천궁행을 강조했다. 제자들은 때로 도전에게 물었다.

　"선생님은 소동파(蘇東坡)를 모르십니까?"

　"소동파를 어찌 모르겠는가."

　"그런데 선생님은 어찌 저희들에게 소동파는 가르치지 않으시는 겁니까?"

　"그것은 소동파를 몰라서가 아니라 너무 잘 알기 때문이다. 어려서부터 문선(文選)만 줄줄 외고 다니니 문장의 잘잘못을 따질 줄 아나, 정작 글은 음풍농월(吟風弄月)에 지나지 않을 뿐이다. 그러나 글이란 도(道)를 담는 그릇이어야 한다. 더욱이 선비란 옛글을 통해 도를 알았으면 반드시 도를 실행해야 한다. 만약 글에서 도를 버린다면 한낱 말예(末藝)에 지나지 않는데, 말예를 취한다면 장차 정사에 임했을 때 능히 다스릴 수가 없다."

　글이란 이른바 '재도지기(載道之器)'였다. 도전은 이 '재도지기'를 수레의 바퀴와 비유하기도 했다.

　"시문에 도가 있어야 함은 수레에 바퀴가 있어야 함과 같다. 바퀴를 장식만 하고 쓰지 않는다면 무슨 소용이 있겠는가. 바퀴는 수레에 달려 있으면서 굴러야 임금을 태우기도 하고, 백성들을 태울 수 있다. 때문에 시문에 도가 없다면, 그것은 쓸모없는 수레에 같을 뿐이니라."

　그런가 하면 도연명에 대해서는 이렇게 말했다.

"어떤 이들은 도연명의 시를 두고 말 밖에 뜻이 있으며 그의 시야말로 시문의 이상적인 경지라고 말한다. 하지만 아무리 도연명을 흉내 낸들 시대의 문제를 해결하고 백성을 구할 방도가 없다면 아무 짝에도 쓸모없는 것이다."

"그런데도 사람들이 도연명을 연모하는 까닭은 무엇입니까?"

"도연명은 세속과는 아무래도 타협할 수 없어 스스로 세상과 인연을 끊고 전원에서 글을 통해 높은 지조를 빛낸 분이다. 내가 도연명을 상우로 존경하는 것도 바로 그 때문이다. 아무리 어렵고 힘든 현실이라도 끝끝내 극복하려는 의지를 읽을 수 있다. 그런데 요즘 은둔자로 자처하는 이들은 도연명을 입에 올리면서도 세상의 불의는 정작 못 본 척하니 안타까울 따름이다. 자로(子路)가 공자께 군자됨을 물었을 때 무어라고 하셨더냐?"

"스스로 몸을 닦되 경건해야 하고, 수신한 다음에는 남을 편케 하며, 몸을 닦아 만백성을 편하게 할지니 이것은 요순(堯舜) 임금도 실현하기 어려웠다, 라고 하셨습니다."

"그렇다. 군자의 길이란 모름지기 도를 탐구하는 것이 으뜸일진대, 군자가 말만 앞세우고 실천이 뒤따르지 않는다면 그것을 부끄러워할 줄 알아야 함을 공자는 말씀하셨던 것이다."

문무의 조화 또한 도학자에게는 저울의 양추와 같은 것이었다. 도전은 경세의 한 방법으로 제자들과 함께 병법을 논하고 군사 제도의 허실을 따지기도 하였다. 또 부국을 이루기 위해 토지와 인구를 잘 다스리는 방도를 구하기도 하였다.

나라의 빈부강약은 오로지 백성이 많고 적은 데에 달려 있는 법이었다. 대저 임금은 나라에 의존하고 나라는 백성에 의존하는 법이었다. 곧 백성이 나라의 근본이며 임금의 하늘인 것이다. 그래서 『주례(周禮)』에서는 인구수를 조사한 판적(版籍)을 임금에게 바칠 때 임금은 절을 하면서 받았던 것이다. 그것은 백성을 귀하게 여기고 하늘처럼 존중한다는 표시였다.

옛날에는 나라에서 백성들의 숫자에 따라 토지를 공평하게 나누어 주었으며, 천하의 백성으로서 토지를 받지 않은 자가 없었다. 나라는 또 토지의 소출을 균등하게 나누어 부세를 거두니 나라도 역시 부유해졌다. 토지와 백성은 말할 나위 없이 국부(國富)의 원천이었다.

그러나 지금은 토지제도가 무너지고 호강자(豪强者)들이 남의 토지를 겸병하여 부자는 밭두둑이 잇닿고 산천(山川)을 경계로 할 만큼 토지가 많았으나, 가난한 백성들은 송곳 하나 꽂을 땅도 없는 것이 현실이었다.

도전은 민본정치의 중요성을 이렇게 일깨웠다.

"대저 민(民)은 나라의 근본이다. 천자가 관작을 설치하고 녹봉을 지급한 것은 신하를 위해서가 아니라 민을 위한 것이었다. 맹자는 '백성이 가장 귀하고, 사직(社稷)이 다음이며, 임금은 경(輕)하다'라고 하였다. 군주는 다만 국가에 의존할 뿐이요, 국가는 바로 백성에게 의존하는 법이다. 따라서 백성은 국가의 근본인 동시에 군주의 하늘인 것이다."

도전은 천도(天道)에 어긋나는 권력이나 왕조는 '하늘의 뜻을 대리하여' 얼마든지 뒤바꿀 수 있다고 말했다.

"인군(人君)의 지위는 존귀한 것이다. 그러나 만일 천하만민의 민심을 얻지 못하면 크게 우려할 만한 일이 생긴다. 민심을 얻으면 민은 군주에게 복종하지만, 민심을 얻지 못하면 민은 군주를 버린다!"

도전의 사상과 주장은 실로 놀라운 것이었다. 그는 맹자를 뛰어넘고 있었다. 도전의 삼봉재와 강론은 자연 개경에까지 알려졌고, 이인임의 귀까지 들어갔다.

이인임은 처음엔 염흥방을 통해 도전을 은근히 회유하였다. 그러나 도전은 염흥방이 보낸 사람을 만나주지조차 않았다. 지난날의 염흥방이 아니었기 때문이다. 도연명을 따르고 대의를 논하던 염흥방은 이제 이인임의 충견이 되어 갖은 탐학을 저지르고 있었다. 그러자 이인임의 하수인을 자처하는 우 재상이 직접 도전을 찾아왔다.

"오랜 세월 풍상을 겪었으면 모난 구석이 좀 닳았을 법도 한데, 삼봉, 조정에 다시 들어올 뜻이 정녕 없소이까?"

"왜요? 수상이 저를 찾기라도 하더이까?"

"찾다마다요. 수상께선 누구보다 삼봉 선생의 재주를 아까워하시더이다. 이번 기회에 수상을 한번 찾아뵙는 것이 어떻겠소?"

"일개 유생이 감히 공경대신을, 그것도 나라를 맡고 있는 집정대신을 만나다니요? 가당치 않은 일입니다."

"거참, 한 번만 고개를 좀 숙이면 될 것을, 무어 그리 어렵게 생각하시오? 도학도 좋고 젊은 선비들과 강론도 좋지만 벼슬길에서 영 멀어지는 것보다 낫지 않겠소이까?"

"벼슬이란 위로는 임금을 섬기고 아래로는 백성을 섬기는 일인데, 정작 임금과 백성을 위해 쓰임을 받지 못한 줄 뻔히 알면서 제 한 몸 편하자고 불의한 권력에 기대라는 말씀 아닙니까? 아마도 그럴 일은 없을 것입니다."

우 재상은 회유를 해도 먹히지 않자 숫제 겁을 주었다.

"듣자하니, 민본이 어쩌고 맹자가 어쩌고 하면서 불온한 말을 퍼뜨리고 조정을 비방하면서 젊은 선비들을 현혹한다는데, 그 죄가 얼마나 큰 줄 모르시오? 그냥 두고 보지만 않을 것이니, 언설을 조심하시오!"

그냥 두고 보지 않겠다는 우 재상의 말은 헛말이 아니었다. 며칠 지나지 않아 우 재상의 노비 10여 명이 새벽같이 들이닥쳐 삼봉재를 헐어 버렸던 것이다.

5. 고뇌 속으로 가다

"어찌 이럴 수가 있단 말이오!"

마른하늘에 날벼락 격인 새벽의 참사에 도전은 망연자실했다. 참담할 뿐이었다.

"그러게 내 미리 경고하지 않았던가? 조심하라고 말일세."

뒷짐을 지고 뻣뻣하게 선 우 재상이 수염을 쓰다듬으며 거만하게 말했다. 도전은 분노에 찬 눈으로 그를 노려보았다.

"어허, 이놈들, 무얼 그리 꾸물거리는 것이냐! 서둘러 끝내지 못할까!"

우 재상은 타는 듯한 도전의 눈길을 애써 무시하며 애꿎은 노복들을 재촉했다.

도전은 그 자리에 털썩 주저앉았다. 새벽부터 시끄러운 소리가 들려오자 이웃 사람들이 하나둘 모여들었으나 산천초목도 두려워하는 막강한 권력자 이인임이 배후에 있음을 아는 사람들은 아무도 감히 나서서 도전의 편을 들어주지 않았다.

삼봉재가 헐렸으니 삼각산에는 더 머물 데가 없었다. 우 재상은 노골적으로 도전을 겁박했다.

"이곳에 더 있다가는 당장 역모로 잡혀 들어갈 터이니 순순히 떠나도록 하시게!"

도전은 헛웃음을 쳤다.

"허, 역모라? 그래, 살기 위해서 날더러 권세가의 발뒤꿈치나 쫓고 간신의 똥구멍이라도 핥으라는 말인가?"

"이제야 말귀를 알아들으시네. 어떠신가, 지금이라도 이인임 대감께 무릎을 꿇는 것이?"

"가당치 않은 일……. 가서 이 대감한테 전하시오. 권력이란 바로 인(仁)에서 나오고 인이 아니고서는 다스림도 없다 했거늘, 인이 아닌 권력은 비참하게 무너지고 말 것이요. 하늘이 용서치 않을 것이란 말이오!"

"허허, 아직 입이 살아 있네. 허나, 목숨이나마 부지하려거든 언설을 조심하시게. 인이니 정의니 함부로 나불거리지 말고 지금은 이 대감의 천하임을 똑바로 알란 말일세. 글깨나 아는 선비가 어찌 그리 사리분별이 없단 말인가. 그럼, 다시 만나는 일이 없도록 잘 가시게나. 얘들아, 다 끝냈으면 이만 가자!"

주저앉은 채 땅바닥을 주먹으로 쾅쾅 치고 싶었다. 발을 구르며 산천이 떠나가라 울부짖고 싶었다. 이 억울함과 분함을 세상에 호소하고 싶었다. 움켜쥔 주먹이 부르르 떨었다. 그러나 허망하게 무너진 삼봉재처럼 무기력만 더할 따름이었다. 우 재상의 말대로 지금은 이인임의 천하이니 갈 곳조차 없었다.

다행히 부평부사로 있는 정의(鄭義)가 도전을 불러주었다.

"남들은 뇌물을 바치고 연줄을 잡아 출세하려고 안달인데, 삼봉은 어찌 그리 곧은 것만 내세우시오? 염흥방이 손을 내밀 때 눈 딱 감고 이인임한테 고개 한 번 숙이면 될 것을."

염흥방이 누차 사람을 보내 도전을 천거하고자 했던 일을 두고 하는 말이었다. 그러나 도전은 고개를 가로저었다. 나주에서 유배를 살 때만 해도 염흥방과는 마음을 터놓고 담론을 나누던 막역한 사이였다. 염흥방이 한때 호를 어은(漁隱)으로 바꾸자 이색이 기꺼이 기문(記文)을 써주기를,

"염흥방은 옛일을 좋아하고 몸을 닦으며 마음을 바로잡아, 재물을 취하고 백성을 해치는 자들을 개나 돼지만큼도 여기지 않더니 이제 물고기까지 감화시키려고 그 호를 어은이라고 한다!"

라고 할 만큼 그의 사람됨은 유자로서 흠잡을 데가 없었다. 더욱이 염제신의 아들이었다.

그런 염흥방이 갑자기 절을 찾아다니고, 임견미와 사돈을 맺은 뒤부터는 사람이 아주 달라져버렸다. 삼사좌사와 내재추(內宰樞)를 겸하면서 벼슬자리를 사사로이 팔고 남의 전민(田民)을 함부로 강탈했으며, 궁중에 들어가서는 도당에서 올린 정안(定案)을 임금에게 올리지도 않고 독단으로 처리해 버렸다. 또 우왕을 유락에 빠뜨리는 데 골몰했으니 이인임과 임견미 못지않은 패악을 저지르고 있었다. 인의(仁義)를 말하고 도연명의 초연한 절개를 추앙하던 지난날의 염흥방이 아니었다.

그렇다 해도 못 이기는 척 염흥방의 천거를 받아 조정에 나갔더라면 지금처럼 떠돌지는 않았을 것이다. 그러나 아무리 목이 마르다 한들 도

천(盜泉)의 물을 마실 수는 없었다. 도전은 나주 유배 시절 염흥방에게 '총리(寵利)란 칼 끝에 발린 꿀과 같은 것이니 원컨대 내 말을 새겨들으라'며 불나방처럼 권력을 좇지 말라던 자신의 말이 틀리지 않았음을 새삼 확인할 따름이었다.

도전은 씁쓸하게 웃으며 말했다.

"벼슬은 애당초 틀린 것 같고, 산야에 숨어 고금의 일이나 경세를 가르치면서 나는 다만 문중자(文中子)*처럼 살고 싶었을 뿐인데, 어째 현실이 나를 용납하지 않는구려."

"답답해서 하는 말입니다. 사실 이놈의 벼슬자리도 못해먹겠소. 백성들은 주리는데 수령이란 작자는 권신들 이 눈치 저 눈치나 보고 있으니 말이오. 모쪼록 부평에 있으면서 탈이나 없어야 할 텐데……."

정의는 남촌(南村)이라는 곳에 작은 초가를 마련해주었다. 그러나 두 달도 채 지나지 않아 도전은 다시 부평을 떠나야 했다. 왕족 출신의 왕재상이 갑자기 별장을 짓는다며 초가를 헐어버렸던 것이다. 별장은 평계일 뿐 이인임의 손길이 그곳까지 뻗치고 있었다.

게다가 정의마저 군정(軍丁)을 점검하다 권신의 가노들에게 수모를 당하였다. 4도(四道) 도지휘사 최영이 군사를 징발하자 부사는 고을마다 아전을 보내 군정을 점검하였다. 그러나 며칠이 지나도 점검이 제대로 이루어지지 않았다. 부평에는 염흥방과 판밀직사사 최염(崔廉)의 농장이 널려 있었는데, 농장을 관리하는 장두(狀頭 : 노비의 우두머리)가 군정을 놓아주질 않았던 것이다. 아전은 최영의 군령이 엄한지라 재촉을 했지만 도

• 　수나라 말기의 학자 왕통(王通). 일찍이 수나라의 쇠망을 염려하여 태평에 관한 12책을 올렸지만 오히려 죄를 쓰고 물러나 초야에서 제자들을 가르쳤다. 그의 제자들 중에 두여회, 방현령, 위징 등은 당나라 건국공신이 되었고 명재상으로 정관의 치를 이루었다.

리어 가노들에게 몰매를 맞고 돌아왔다.

부평부사는 크게 노하여 도지휘사 최영의 발군첩(發軍牒)을 직접 들고 쫓아갔다. 그러나 그 또한 입도 떼기 전에 매질을 당하고 말았다. 한 고을을 다스리는 수령관이라도 권신의 가노들에겐 안중에도 없었던 것이다. 염흥방의 뒤에는 이인임과 임견미가 있고, 최염은 우왕의 장인 이림의 사위였으니 정의도 감히 어쩌지를 못했다.

가노들의 패악질은 말 그대로 눈뜨고 못 볼 지경이었다. 도전은 자신이 수모를 당한 것만 같아 낯이 뜨거웠다. 그러나 정의에게 위로의 말조차 제대로 건네지 못한 채 서둘러 부평을 떠났다. 자칫 호의를 베풀어 준 정의에게 더 큰 화가 미칠 수 있기 때문이었다.

· · ·

가을비가 추적추적 내리는데 아무리 생각해도 갈 곳이 마땅치 않았다. 쓸쓸한 마음을 애써 추스르고 눈을 들어보니 소리 없이 지는 잎들로 산길은 적막하고, 해가 서산으로 기울어지면서 추위와 배고픔이 승냥이처럼 덤벼들었다. 도전은 그러나 낙심하지 않았다. 천지가 능히 용납해주는데 무엇이 두려울 것인가. 발길 닿은 대로 표표히 맡겨둘 뿐이었다.

김포로 길을 잡았다. 김포는 예부터 물산이 풍부한 곳이었다. 그러나 고을마다 집은 쓰러질 듯 기울어져 있고 인적은 풀섶에 묻혀 길조차 희미했다. 풍요롭던 고을이 도깨비라도 튀어나올 것처럼 을씨년스럽기 그지없었다.

도전은 그나마 연기가 피어오르고 있는 집을 찾아 하룻밤 유숙을 청하며 물었다.

"고을이 어찌 이리 적막한지요?"

촌부는 대뜸 구들장이 꺼져라 한숨부터 내쉬었다.

"말도 마시오. 좀 괜찮다싶은 전답은 권세가들이 모조리 빼앗아가고, 부세 독촉에 왜구들까지, 이제는 사람 살 곳이 못된답니다."

"나라에 법이 엄연한데 어찌 그리 빼앗아간단 말이오?"

"아이고, 법보다 더 무서운 게 있는 줄 진정 모르신단 말이오? 수정목 공문(水精木公文) 말이오. 세신대족의 가노들이 달려들어 수정목으로 족 치는 데는 야차(夜叉)보다 더 무섭지요. 손발을 매달아 놓고 사뭇 내려치 니, 죽지 않으려면 땅을 내놓을 수밖에요……."

수정목은 물푸레나무로 만든 몽둥이를 말했다. 이인임은 물론이고 임견미와 염흥방의 종들까지 전국을 돌아다니며 쓸 만한 전답이면 덮 어놓고 강탈해 가는데, 땅주인이 말을 듣지 않으면 수정목으로 매질을 가했던 것이다.

땅을 빼앗긴 주인이 공가문권(公家文券)을 들고 송사를 벌이지만 관에 서는 모른 척하였다. 수령들 대부분이 권세가에게 의탁하고 있거나, 후 환이 두려워 송사를 제대로 다룰 수 없었다. 그리하여 공가문권보다 가 노들이 들고 다니며 휘두르는 몽둥이가 더 큰 위력을 발휘한다고 하여 '수정목공문'이라고 하였다.

백성들 땅뿐이 아니었다. 군사들을 먹이는 둔전(屯田)과 왕실의 창고 는 물론이요, 주현(州縣)의 나루와 역(驛)에서 붙여먹는 밭뙈기까지도 수 정목을 휘둘러가며 강탈하였다. 토지를 잃은 백성들은 유망하거나 권 세가들의 노예로 전락해버리니, 수령이 부임하여도 다스릴 백성이 없는 고을까지 생겼다.

나라의 형법에는 공사전(公私田)을 불문하고 남의 토지를 불법으로 빼앗는 자는 엄벌에 처하도록 하였다. 특히 공민왕 7년의 법령은 남의 토지를 빼앗거나 양민을 노예로 삼는 자는 죄가 아무리 가벼워도 장형에 유배요, 무거운 자는 거열형(車裂刑)에 처하도록 하였다.

그러나 제아무리 법이 엄하다 한들 권력 앞에선 아무 소용이 없었다. 권신의 한마디가 곧 법이요, 사람을 죽이고 살리니, 삼한 이래 이토록 무도한 탐학과 횡포가 자행된 적은 없었다.

"부역은 또 얼마나 심한지, 갑자기 성을 쌓는 군사가 되었다가 길을 만들고 쇠를 다루는 일꾼이 되었다가, 하루 걸러 사나흘씩은 불러내니 바람서리에 그나마 남은 밭뙈기마저 농사는 그르치고 처자는 누더기옷에 굶주리기 다반사라 견딜 수가 있어야지요."

"그래, 그 억울함을 어찌 감당하시오?"

"열에 아홉은 억울하고 원통한 사람들뿐이니, 굶어 죽고, 매 맞아 죽고 살아 있어도 처자식이 노비로 팔려가, 아니면 왜구에게 잡혀가, 고을마다 천지가 그렇게 억울해서 죽은 귀신들뿐 아니겠소이까?"

촌부의 말은 가시처럼 도전의 가슴을 아프게 찔렀다. 불을 끄고 잠자리에 누웠어도 도전은 뒤척이며 잠을 이루지 못했다. 자신의 처지와 백성들의 삶이 하나도 다를 바가 없었다.

어렸을 때부터 경학에 뜻을 두고 공부한 것은 위로는 임금을 받들고 아래로는 백성을 섬기고자 함이었다. 그러나 지금 도전이 할 수 있는 일은 아무것도 없었다.

나라의 대계를 바루려 했던 말은 오히려 광언(狂言)이 되어 급기야 남방으로 쫓겨났고, 겨우 경외종편이 떨어진 뒤에는 전야에 숨어 제생들에게 옛 성현의 도리와 경세를 가르치고자 했다. 하지만 이인임은 그를 내버려 두지 않았다. 10년 풍진 세월에 전쟁은 끊이질 않고 유생들은 떨어져 구름같이 흩어지고 말았다.

제 한 몸조차 가누지 못하는데 나에게 도학은 무엇인가. 병법에 뜻을 두어 태공망과 제갈량을 배우고 손자와 오자를 익히며 부국강병의 책략을 세웠으나 그 또한 쓸모가 없었다. 이제 병법마저 폐해버린 책상에는 먼지만 켜켜이 쌓일 뿐이었다.

아무리 뜻이 높아도 때와 지기를 만나지 못하면 결국 무용지물이었다. 경세도 병법도 이루지 못한 채 남은 것은 분노와 환멸뿐. 모든 것을 포기하고 고향으로 돌아간다고 해도 길러먹을 전답이 있는 것도 아니었다. 전답이 있다한들 해마다 찾아드는 한해와 수재는 다스릴 길이 없고, 또 권세가들의 수탈은 어찌 견딜 것인가.

머리가 하얗게 되도록 늙음만 한탄하게 될 줄이야. 임금을 선도할 지혜는 있으나 실천할 방도가 없으니 백성에게 무슨 은택을 베풀 것인가. 도전 앞에 놓인 것은 어둡고 답답한 현실뿐이었다.

· · ·

도전은 경서와 병법서 따위를 모조리 덮었다.

김포에서 산골의 작은 마을에 자리를 잡고서 직접 띠집을 지었다. 집이라고는 하나 띠로 지붕을 이어 겨우 비바람이나 가릴 정도였다. 끼니를 해결하기 위해 땅을 빌려 농사를 지었다. 허름한 옷에 짚신을 신고 여느 농부들처럼 흙과 파고 사니 완전히 촌부였다. 처음에는 마을 사람들조차 그가 벼슬을 지낸 사람인 줄 몰랐다. 그들처럼 베 이불을 덮고 떨어진 자리에 앉아 지냈으며, 끼니가 떨어지면 아침저녁으로 그냥 끼니를 걸렀던 것이다.

그러나 아무리 해와 달을 구슬로 삼고 청풍명월을 제물로 삼았다지만 제사를 지낼 쌀도 없을 정도로 생활은 궁핍했다. 게다가 몸마저 병이 들어 그를 괴롭혔다. 때로 쓰라린 눈물이 볼을 적시고 회의와 절망이 물밀듯이 밀려들었다.

천하는 분명 천하 사람들의 천하라고 하였다. 그러나 고려는 백성의 나라도 아니요 그렇다고 임금의 나라도 아니었다. 가히 이인임의 족당만국(族黨滿國)이었다.

양부의 재추에서부터 번진(藩鎭)의 수령에 이르기까지 그의 인척이나 당여(黨與)가 아니면 자리를 차지할 수 없었다. 심지어 코흘리개까지도 이인임의 사친(私親)이라면 벼슬이 주어졌으니 사람들은 연호정(煙戶政)*이라고 비웃었다.

뿐만 아니라 전장에서 도망친 자라도 뇌물을 갖다 바치면 죄를 묻지 않았고, 뇌물의 많고 적음에 따라 마음대로 직첩을 내렸다. 그러니 부잣집 늙은이가 뇌물로 봉군(封君)이 되고, 장사치와 천민들까지 직첩을 사들여 가만히 앉아서 국록을 타먹었다. 하지만 정작 전쟁터에 나가 목숨을 걸고 싸우는 군사들은 몇 말의 좁쌀조차 얻어먹지 못하였다. 국고에는 단 열흘분의 비축도 없었던 것이다.

그래도 이인임의 농장은 산천을 경계로 각 도에 널려 있었으며, 수십 채에 이르는 집마다 금은과 폐백이 가득하였다. 남의 전민을 강탈한 것

---

* 한 굴뚝에서만 연기가 나듯, 조정의 중요 벼슬자리마다 이인임 집안 사람이 차지한다는 뜻.

은 부지기수였다. 오죽하면 사람들이 이인임을 가리켜 '제조노비(提調奴婢)'라고까지 하였을까.

뇌물에 따라 국사를 사사로이 처단하는 일이 비일비재했다.

남원부사 노성달(盧成達)이란 자가 있었다. 노성달은 부임하면서부터 주색을 일삼다, 왜구가 침략하자 오히려 때를 기다렸다는 듯이 창고에 불을 질렀다. 백미 130석과 종이 200권을 훔치기 위한 수작이었다. 나중에 사헌부에서 알고 처벌하려고 했지만 노성달은 재빨리 이인임을 찾아가 뇌물을 바치고 죄를 면하였다.

또 배중륜(裵中倫)이란 자가 있었다. 그는 이인임의 첩에게 노비 5명을 바치고 전객시승(典客寺丞)이 된 자였다. 배중륜이 판사 김윤견(金允堅)과 노비를 놓고 송사를 벌이면서 이인임을 믿고 뻗대었다. 김윤견이 그것을 알고 이인임에게 노비 10명을 갖다 바쳐 송사에 이겼다. 그러자 배중륜은 이인임에게 더 많은 뇌물을 주고서 하루아침에 송사를 뒤집어버렸다.

송사를 제기하는 데도 이인임에게 전민이나 금백을 먼저 먹여야만 그나마 심리가 이뤄졌다. 대간의 탄핵도, 송사의 판결도 미리 이인임의 재가를 얻어야만 가능했다.

재상의 녹봉은 불과 수십 말(斗)이었고, 7품 이하 관원들은 다만 삼베를 주었을 뿐이었다. 왜구의 잦은 출몰로 세곡선을 운반하는 뱃길이 막혀 나라의 창고가 비게 되면서 관리들에게 녹봉을 제때에 지급하지 못한 탓이었다.

정치 기강의 문란은 사회질서와 윤리까지 무너뜨렸다. 물욕에 눈이 어두워 부자 형제간에 재산을 놓고 다투는 일은 비일비재였다.

당대의 세족이었던 권고(權皐)라는 자는 아들과 재산을 다투다 임신한 며느리를 발로 차서 낙태시켰는가 하면, 연산부(延山府)에 사는 임가물(任加物)이란 자는 재산을 빼앗을 욕심으로 형과 형수를 살해하기도 하였다.

또한 문란해진 풍기는 낮이 뜨거웠고, 불교의 사찰과 무당의 주술은 사회의 병리를 조장하고 있었다. 나라에서조차 천재지변이 일어나면 산천에 제사를 지내고 굿을 벌여 재앙을 막으려 하였다.

무당들은 병을 고치고 길흉화복을 점치면서 임금과 조정 대신들로부터 보호를 받았다. 그들의 생활은 유명한 사찰의 주지 못지않게 호화스러웠으며, 명산에는 무당이 세운 사당들이 빽빽이 들어차 있었다.

그러니 백성들은 병이 들면 약보다는 산으로 들어가 절과 사당에서 기도를 하고, 귀신을 찾고 섬기며 저주하고 염승(念僧)했다. 향등(香燈)이 켜져 있는 곳마다 사람들이 들끓었다. 장구와 북과 피리 소리 나는 곳마다 굿판이 벌어졌다.

사찰은 이미 세속의 권력과 결탁하여 갖은 비행을 저질렀다. 왕실과 권부들이 바친 토지만으로도 엄청난 부를 누리던 사찰마다 사사로이 농장을 경영하였다. 절에서 술과 누룩, 소금, 채소, 목축, 기름과 꿀을 생산했다.

또 거느리고 있는 사원노비들을 이용하여 지물(紙物)과 유리, 기와, 포(布)까지 생산했는데, 당시에 비구니들이 만드는 백저포(白苧布)는 가늘기가 매미 날개와 같고 바탕이 고와서 화문(花紋)이 어른거릴 정도로 고가의 사치품이었다. 그러니 '어깨에 걸치는 가사(袈裟)는 술항아리 덮개가 되고, 범패를 부르는 마당은 마늘밭, 파밭이 되었다'는 탄식이 절로 나올 만했다.

잦은 변란과 흉년으로 국고는 텅 비어 백성들을 구휼할 양식이 없고, 관리들에게 녹을 지급하지 못할 때가 있어도 사원은 시량(柴糧)에 아무 걱정이 없었다. 그러면서도 도탄에 빠진 백성들은 돌보지 않았다. 도리어 가난한 백성들에게 장리(長利)를 놓아 제때에 갚지 않으면 전답을 빼앗아 가버렸다.

더욱이 우왕 7년과 8년 사이의 극심한 흉년으로 전국적으로 굶어 죽는 자가 속출하였다. 믿고 의지할 데가 없는 백성들은 미륵의 환생을 꿈꾸었다. 그러나 미륵 신앙은 백성들에게 소망을 안겨주기보다 말세론으로 전락하여 세상의 혼란을 더 부추겼다.

우왕 7년 5월에는 개경에 한 여승이 나타나 하생한 미륵불이라 행세하였고, 우왕 8년 2월에는 사노 무적(無敵)이란 자가 미륵불을 자처하는데 백성들은 물론 고관대작들까지 나서서 떠받들었다. 그즈음 고성 땅에서는 이금(伊金)이란 중이 곧 종말이 다가온다며 떠들었다.

"나는 도력으로 석가불을 강림하게 할 수 있는 자로 어리석은 중생들에게 말한다. 이제 곧 3월이 되면 해와 달이 빛을 잃고 마침내 종말이 올 것이니, 다른 귀신에게 기도하고 제사 지내는 자, 마소의 고기를 먹는 자, 재물을 남에게 나누어주지 않는 자는 영원히 지옥 불에 떨어질 것이다!"

그뿐인가. 이금은 자기가 한 번 술법을 부리면 죽은 나무와 풀에서는 푸른 꽃이 피고 나무에서 곡식이 열리는데, 그 곡식과 열매를 먹으면 평생 배가 고프지 않고 몸이 아프지도 않으며 자기를 따르는 자는 죽지 않고 영생을 이룬다며 설법하였다.

이금의 말에 사람들이 구름떼처럼 몰려들었다. 배가 터지게 먹어보고 죽는 것이 소원이던 백성들은 말할 것도 없었다. 비단옷에 기름진 음식으로 살이 피둥피둥한 부자들까지 고성 땅으로 달려와 금은을 보시(布施)하고 계율에 따라 고기를 먹지 않았다. 종말이 오기 전에 보시를 하지 않으면 지옥 불에 떨어진다는 이금의 말이 두려웠던 것이다.

고성군수는 물론 인근 고을의 수령들까지 헌신한 미륵불로 하늘처럼 떠받들었다. 이금이 가는 곳마다 수령들이 영접하며 상사(上舍)에 유숙시킬 정도였다. 이금은 수령들에게 큰소리를 쳤다.

"내가 명령하여 산천 귀신을 모두 일본으로 보내면 왜적을 단숨에 제압할 수 있다. 내가 지팡이를 들어 쾅, 내리치면 누가 능히 내 도력 앞에서 힘을 쓰겠는가? 다만 내가 신통을 부리지 않는 것은 아직 때가 되지 않았기 때문이니라!"

하지만 이금의 말은 때가 지나면서 거짓으로 드러날 수밖에 없었다. 종말이 온다던 3월이 지나고 4월이 다 지나도록 세상은 여전히 아수라장이었다. 나라에서 이금을 잡아들여 처형했지만 흉흉해진 민심은 가라앉질 않았다.

우왕 8년의 일이었다.

· · ·

해가 바뀌어 계해년(우왕 9년), 도전의 나이 어느덧 42세가 되었다.

현실은 여전히 암담했다. 제대로 섭생을 못하니 몸은 쇠약해지고 병까지 괴롭혔다. 하얗게 세어버린 머리는 늙었음을 스스로 한탄케 하였다. 가난과 고독, 절망과 한숨이 순간순간 그를 벼랑 끝으로 내몰았다. 그럴 때마다 권력이 유혹의 손길을 내밀었다.

도전이 왕사 찬영(粲英)을 만난 것도 그 즈음이었다.

찬영은 나옹선사의 제자로 국사(國師) 혼수(混修)와 함께 우왕이 각별하게 받드는 승려였다. 화원에 나갈 때면 두 사람이 있는 내원당을 향하여 절을 할 정도였다. 광주에 있던 이집이 찬영과 각별한 터에 마침 그해 3월 왕사로 봉해지자 도전과의 만남을 주선했던 것이다.

"목은 선생은 일찍부터 참선하기를 좋아하시고, 설법 하면 능엄경(楞嚴經)과 묘법연화경(妙法蓮華經)이라 하시더이다. 요즘은 포은까지 능엄경에 푹 빠져 있는데, 여기 찬영 대사가 바로 능엄경의 대가라오."

이집이 왕사 찬영에게 도전을 소개하며 하는 말이었다. 임금이 받드는 왕사요 유학자들도 존경하는 승려니 기회로 삼으라는 뜻이었다. 도전은 그러나 왕사 앞에 굽실거릴 생각이 전혀 없었다.

"왕사께서는 지난해 있었던 이금의 일을 어찌 생각하시는지요?"

대뜸 던지는 도전의 말에 찬영은 짐짓 무거운 표정으로 답했다.

"황당하기 짝이 없는 일이지요. 일월이 빛을 잃고 세상의 종말이 닥친다니, 또 그런 허망한 말을 믿는 중생들의 어리석음이란……."

도전은 찬영의 말을 중간에서 잘랐다.

"중생들의 어리석음 탓할 건 없지요. 저는 이금의 말이나 석가의 말이나 조금도 다를 바 없다고 생각합니다."

찬영은 뜨악한 눈으로 도전을 바라보았다.

"아니, 지금 그게 무슨 말이오?"

옆에 있던 이집이 슬며시 도전의 옆구리를 찔렀다. 도전은 그러나 거리끼지 않고 말했다.

"이금은 몇 달 후면 들통이 날 거짓말을 했기에 그 허망함이 곧 드러났지만, 석가는 타생사(他生事)를 말했기 때문에 사람들이 그 허망함을 알지 못하고 있는 것 아니겠습니까?"

"불도가 허망하고 의롭지 못하다면 어찌하여 유생들이 종유(宗儒)라고 일컫는 이까지 우리 도를 믿는단 말이오? 지위와 학덕이 그대보다 높다는 분이 그처럼 부처를 칭송하는데 그대가 도리어 불도를 그르게 여기다니, 그렇다면 그대가 목은 대감보다 낫다는 말이오?"

"지위가 공경(公卿)에 이르러도 도를 배우지 못할 수 있고, 대유(大儒)니 종유라 해도 학문이 바르지 못할 수 있는 일. 다만 본심(本心)에서 판단하여 사특하고 정직함을 분별할 따름이지 어찌 모공(某公)의 때문에 덮어놓고 그것이 옳다, 그르다 하겠소이까?"

도전은 차마 이색의 이름을 입에 올리고 싶지 않아 '모공'이라 하였다. 찬영은 불쾌한 빛을 감추지 않았다.

"어허, 그대는 목은 대감이 대장경(大藏經)을 인성(印成)할 만큼 불심이 깊다는 것을 모르는가? 가만 보니 목은 대감의 불심까지 욕되게 함이 아닌가! 학덕이 높은 자라 하더니 감히 유종을 비방하고 나를 어지럽히니, 나는 이만 물러가겠소이다!"

찬영은 그렇게 말하고는 훌쩍 자리를 떠버렸다. 이집이 쫓아가 붙잡으라고 했지만 도전은 마다하였다. 도전이 그렇게 찬영에게 날을 세운 것은 유종으로 일컫는 이색 때문이다.

찬영이 말한 이색의 불심이란 대장경을 인성하여 여주 신륵사(神勒寺)에 봉안한 일을 두고 하는 말이었다. 이색이 대장경 인성에 착수한 것은 우왕 6년부터의 일이었다. 그리고 2년 만에 나옹의 7년 기회(忌會)를 맞이하여 봉안하였던 것이다.

그 일을 두고 유자들 중에 이색을 비난하는 목소리가 높았다.

"유종이란 자가 부처에게 절을 하고 기복을 하다니, 완전히 불교에 미친 자로세. 게다가 불경의 인성이 선친의 뜻이라니, 선친까지 이단에 빠트리는 짓이요, 그 막대한 인성 비용은 어디서 나오는 것인가?"

이색이 비록 많은 농장을 소유하고 있다고는 해도 대장경 인성에는 막대한 인적, 물적 자원이 필요했다. 더욱이 극심한 흉년으로 백성들이 굶어죽는 판에 대장경을 인성하여 부처에게 복을 빌었다는 것은 도학자로서 받아들일 수가 없었다. 그러나 이색은 자신을 비난하는 자들에게 말했다.

"공민왕은 나의 임금이고, 나옹은 나의 스승이었다. 선왕의 신하로서 선왕의 스승의 명(銘)을 쓰게 되었는데, 신하로서 어찌 왕명을 거부하겠는가. 그리고 부모의 명복을 비는 일인데, 그것을 두고 나를 비난하는 것은 소유(小儒)의 소치이다!"

그 말을 듣고 도전은 이색에 대한 실망감을 감추지 못했다. 도전은 이색이 불교에 빠졌으니 마땅히 유종의 자리를 내놓아야 한다고 여겼다. 그러자 지난날 성균관에서 도학을 논했던 친구들까지 도전을 은근히 외면하였다. 그들 중에 이색과 사제 관계를 맺고 있는 자들이 많았던 것이다.

장마가 닥치면서 이미 허물어진 울 밑으로 꽃잎이 맥없이 떨어지고, 돌멩이가 뒹구는 뜰은 푸른 이끼만 무성한 것이 꼭 자신의 심정과도 같았다. 외로움과 소외감이 다시 덮쳤다. 벼슬에 나가지 못해서가 아니었다. 뜻을 같이했던 친구들의 외면이 더 괴로웠다. 의리로써 맺어지지 못하고 세력으로 맺어지는 현실을 다시 한 번 뼈저리게 느껴야 했다.

골짜기에 드러누워 있는 천년의 나무.

그 나뭇가지에 다시 봄이 올 리가 없지. 다만 푸른 이끼가 껍질을 칭칭 감고 있으니 마치 용의 비늘과 흡사한가. 아니면 재목(材木)이 너무 커서 용납하기 어려운가. 대들보 기둥감이 어찌 없겠는가마는 만우(萬牛)는 오래 기다리고 있었다.

거문고를 안고 있으면서도 선뜻 줄을 타지 않는 것은 한 가락을 아껴서가 아니었다. 그 음(音)을 알아주는 이가 없기 때문인데, 뜻은 산수(山水) 밖에 있으니 백아(伯牙)의 음을 알아주었던 종자기(種子期)도 아득할 수밖에 없었다.

도전은 자신에게 끊임없이 묻고 또 물었다.

내게 하늘의 명(命)은 무엇인가. 하늘은 내게 어쩌자고 이리도 모진 시련을 주는가. 생(生)도 구하는 바요, 의(義)도 구하는 바이나 두 가지를 다 구할 수 없다면 당연히 생을 버리고 의를 구하련만 그 의는 과연 내게 무엇인가.

옛사람의 책을 펼치니 태공망은 문왕에게 말하고 있었다.

"지금 저 상(商)나라 백성들은 말이 많아 서로의 마음을 흩뜨리고, 매우 어지러우며 행실이 문란하기가 그지없습니다. 이는 곧 나라가 망할 징조입니다. 제가 상나라의 들판을 보건대 잡초가 곡식보다 더 우거져 있고, 제가 그 백성들의 사는 모습을 보건대 바르지 못한 자가 정직한 자를 누르고 있으며, 제가 나라를 다스리는 자들을 보건대 법과 형벌을 어지럽히고 백성을 괴롭히나 누구 하나 이를 깨닫지 못하니, 이것은 분명 나라가 망할 때가 다 되었음을 말합니다!"

도전은 몸을 떨었다. 한 나라의 흥망에는 필부(匹夫)에게도 반드시 그 책임이 있다는데, 썩을 대로 썩어 툭 치며 매운 먼지나 일으키며 쓰러지고 말 것만 같은 나라. 도탄에 허덕이며 비참하게 죽어가는 백성들을 두고만 볼 것인가. 세월은 사람을 기다려주지 않았다.

．．．

도전은 모처럼 목욕재계하고 정갈한 옷으로 갈아입었다. 마음을 가다듬고 탁자 앞에 무릎을 꿇고 앉았다. 눈앞에는 먹과 벼루, 그리고 종이가 놓여 있었다. 한동안 지그시 눈을 감고 상념에 잠겼던 도전은 마침내 천천히 눈을 떴다. 손을 들어 먹을 잡았다. 오래오래 먹을 갈았다. 그리고 돌에라도 새기려는 듯 힘을 주어 두 글자를 써내려갔다.

혁명(革命).

자신이 써놓은 두 글자를 뚫어지게 바라보았다. 이마는 서늘한데 등허리에는 식은땀이 맺혔다. 자신도 모르는 새에 꽉 그러쥐고 있는 주먹은 아까부터 가늘게 떨고 있었다. 도전은 자신에게 되뇌었다.

'썩어빠진 세상을 부숴버리고 새로운 세상을 만들어야 한다!'

자신의 한 몸을 구하려는 것이 아니었다. 억조창생을 위하고 천년의 업을 이루려 함이었다. 그러나 초야에 묻혀 있는 힘 없는 선비가 무엇을 어떻게 할 것인가.

불현듯 도전의 귀에 북방의 세찬 바람 소리가 들려왔다. 그리고 바람을 가르며 황야를 달리는 한 장수의 모습이 홀연히 떠올랐다. 아니 오래전부터 마음에 담고 있었는지도 몰랐다. 도전의 혁명 의지를 함께 불태울 수 있는 야심만만한 무장.

이성계.

나라에 훌륭한 장수가 어찌 이성계 한 사람뿐이겠는가. 장수다운 장수가 누구냐고 묻는다면 사람들 열에 아홉은 출장입상(出將入相)으로 나라를 떠받치고 있는 최영의 이름을 들 것이었다.

용의 얼굴에다 봉의 눈, 범의 걸음걸이를 지녔다는 최영. 그는 전쟁에 나가서는 한 번도 패한 적이 없는 불세출의 무장이요, 조정에 들어와서는 원칙과 소신을 지키는 강직한 재상이었다.

더욱이 그는 백성들의 재물이라곤 털끝만큼도 취하지 않을 만큼 청렴했으며, 아무리 가까운 인척이라도 재주가 없는 자는 쓰질 않았고 공사가 공명정대하였다. 그러나 최영은 도전이 서슴없이 국적(國賊)이라고 말하는 이인임과 손을 잡고 있었다. 이인임은 자신의 권력을 유지하는 데 최영을 필요로 했고, 최영은 이인임의 비호를 받으며 나라의 군권을 장악했던 것이다.

반면에 이성계는 변방에 처박혀 있는 한 무장에 지나지 않았다. 아무리 독자적인 군사를 거느리고 있다고는 해도 세력으로나 권력으로나 최영과는 감히 비교가 되지 않았다.

"나는 이성계를 찾아가련다!"

그러나 도전은 굳이 이성계를 택했다.

무엇보다 이성계는 동북면에서 인심을 얻고 있었다. 쌍성총관부를 회복한 이후로 선조 때부터 동북면에 기반도 탄탄했다. 요동 지역에 잔존하며 고려를 넘보던 부원 세력을 격퇴시켰고, 홍건적의 난과 왜구를 토벌하는 데 수많은 전공을 세워 무장으로서 위명을 떨쳤다.

그러나 이성계는 결코 교만하지 않았다. 북변을 장악하고 있는 천호니, 백호니 하는 따위들이 툭하면 중앙 정부에 반발하여 말썽을 일으켰지만 이성계는 순진하리만치 고분고분했다. 나라에서 부르면 어디든 달려가서 외적을 물리쳤고 전란이 없을 때는 묵묵히 변방을 지킬 따름이었다. 이미 우왕 3년에 문하찬성사(정2품)를 제수받았지만 지위만 가지고 있을 뿐, 중앙에는 좀체 눈길을 돌리지 않았다.

그런 이성계를 끌어들이는 것은 도전의 몫이었다. 그러기 위해서는 먼저 꼭 만나야 할 사람이 있었다.

바로 정몽주였다.

도전과 뜻을 같이 했던 젊은 날의 벗들은 벼슬이 올라가면서 대부분 현실에 안주하고 있었다. 그러나 정몽주는 달랐다. 출사부터 순탄치 않았다. 도전과 같이 이인임에 반대하여 유배를 당했고, 다시 조정에 들어간 뒤로 각 사의 판서와 밀직사를 두루 거쳤다고는 하나 명나라와 일본에 사신으로 다녀오면서 죽을 고비를 여러 차례 넘겨야했고, 남들이 꺼리는 전쟁터에 조전원수로 나가기도 하였다. 그만큼 이인임과 권신들이 정몽주를 노골적으로 배제하고 있었다.

그러나 원나라 유장 호발도(胡拔都)가 침입했을 때 정몽주는 이성계의 조전원수로 나가 공을 세우고 정당문학에 제수되었다. 이성계와 다리를 놓아줄 수 있는 기회를 정몽주가 만들어줄 수 있을 것이다.

비록 10년을 떨어져 만나보지 못했지만 도전은 정몽주가 처음에 간직한 호기와 뜻을 결코 저버리지 않았으리라 믿었다. 도전은 정몽주를 처음 만났을 때 가슴에서 토해내던 이상과 호기를 지금껏 생생하게 기억하고 있었다. 무엇보다 두 사람의 호기는 서로 닮은 데가 있었다. 풍성의 칼을 가슴에 품고 있는 도전과 반평생 호기를 풀지 못해 말을 타고 압록강 둑을 거듭 달렸던 정몽주였다. 지난날 유배지에서 서로 '지란은 불탈수록 향기 더하고, 좋은 쇠는 갈수록 더 빛이 나리니, 굳고 곧은 지조를 함께 지키며 서로를 잊지 말자'고 맹세하지 않았던가.

망설일 것이 없었다. 도전은 붓을 들어 정몽주에게 장문의 편지를 썼다.

나의 벗 포은에게.

이단(異端)이 날로 성하고 우리의 도는 날로 쇠잔해지니, 백성들을 금수와 같은 지경에 몰아넣고 또 도탄에 빠뜨리고 말았소이다. 온 천하가 그 풍조에 휘말려 끝이 없으니 아, 실로 통탄할 일인데, 그 누가 이를 바루리이까? 반드시 학술이 바르게 닦이고 덕과 위(位)가 뛰어나 사람들이 능히 복종할 만한 자만이 바룰 수 있을 것입니다.

옛날 맹자는 비록 궁하여 평민의 자리에 있었지만 끝내 공자를 높였는데, 천하가 그를 따를 수 있었던 것은 대개 덕이 뛰어나 그 덕이 족히 천하를 믿고 복종하게 만들었으니, 나의 벗 포은이야말로 참으로 그 적격자라 할 것입니다. 하늘이 포은을 내신 것은 참으로 우리 도의 복입니다.

그런데 요즘 오고가는 말을 듣자하니, '포은이 능엄경을 보더니 현혹된 것 같다'라고 합니다. 그 말을 듣고 나는 '포은이 능엄경을 보는 것은 불설(佛說)의 사특함을 알려는 것이다'라고 하였으나, 한편으로 염려되어 붓을 들지 않을 수 없었으니 포은은 부디 나의 말을 깊게 생각해주길 바랍니다!

도전의 서신을 받은 정몽주는 한동안 가슴이 먹먹했다. 온갖 신고를 겪고 있는 벗을 살피기는커녕 잊고 살았던 자신이 원망스럽기까지 했다. 서신 끝에는 하시라도 빨리 만나고 싶다는 말이 간절하게 덧붙여 있었다.

정몽주는 만사 제쳐놓고 도전과 만날 날을 잡았다. 도전이 아직은 개경으로 들어올 수 없으니 사흘 후에 조강(祖江)* 나루에서 만나기로 하였다.

조강에서 도전을 만났을 때 정몽주는 자신의 눈을 의심했다. 성긴 수염에 수척하게 그을린 얼굴은 촌부의 모습 그대로였다. 그동안 도전이 겪었던 풍상이 얼마나 심했는지를 말해주었다. 반면에 비단 두건에 좋은 옷을 입고 있는 정몽주는 제법 살이 올라 배까지 나와 있었다.

"삼봉, 그동안 내가 너무 무심했구려."

도전의 손을 맞잡으며, 그렇게 말하는 정몽주의 눈가가 축축해졌다. 도전은 환하게 웃었다.

"어찌 사형을 무심하다 할 수 있겠습니까? 그저 세월이 무심할 따름이었지요."

도전의 말마따나 검게 빛나던 두 사람의 귀밑머리는 어느덧 희끗희끗하여 세월의 무상함을 절로 느끼게 하였다. 그러니까 도전이 유배를 당한 뒤로는 어쩌다 서신만 주고받았을 뿐, 이렇게 다시 만나기까지는 실로 10여 년의 세월이 가로놓여 있었다.

"사형, 이렇게 사형을 만나니, 지난날이 주마등처럼 스쳐지나갑니다. 도은이며 양촌이며 다들 잘 있겠지요?"

주막을 찾아 자리에 앉자 도전은 벗들의 안부부터 물었다.

---

* 개경과 김포의 뱃길을 이어주던 한강과 임진강이 만나는 나루.

"잘들 있지요. 도은은 밀직제학으로, 양촌은 성균대사성으로……. 하지만 서로 엇갈려 좀체 만나지는 못했다오. 나도 그동안 조정보다는 사행이며 또 전장에 나가 있는 시간이 많았답니다."

"멀리서 듣고 있었습니다. 일본과 명나라에 다녀오신 일이며, 또 황산대첩과 호발도의 침입 때 조전원수로 나가셨다니, 사형은 참으로 대단하십니다."

"죽을 고비도 여러 차례 넘겼지요. 그래도 삼봉만큼이나 고생을 했겠소? 내, 삼봉이 보내주신 서신은 잘 읽었소. 삼봉, 이제라도 조정으로 들어오세요. 내가 직접 힘을 쓰리다. 그래서 간신들을 물리치고 조정을 바로잡도록 합시다."

"사형, 나 같은 사람이 이제 조정에 들어간다고 해서 뭐가 달라지겠습니까? 지난날 간신 이인임에게 맞섰던 것은 나라를 돕고 세상을 바로잡으려던 것이었습니다. 그러나 지금 나라꼴이 과연 어떻습니까? 현릉의 유업은 찾아볼 길이 없고, 외적은 우리 고려를 한 입에 집어삼키려 으르렁거리는데, 나라는 썩을 대로 썩어 있으니 백성들의 원망과 탄식이 하늘을 찌르고 있습니다. 국적을 치지 않고서는 그 원망과 탄식을 잠재울 수 없습니다!"

도전의 말은 칼이라도 되는 양 정몽주의 폐부를 찔렀다. 정몽주 또한 당대의 모순에 얼마나 통분하며 괴로워했던가.

"그때는 우리가 감히 간신과 맞설 힘이 없었지. 그렇지만 이제라도 바로 잡을 것은 잡아야 하리다. 삼봉의 말대로 나라를 바로잡고 도탄에 허덕이는 백성을 구해야지요."

"그러나 지난날처럼 상소를 올리고, 임금께 읍소만 해서는 될 일이 아닙니다. 이인임과 그 하수인들이 그냥 당하지만은 않을 터……."

"그럼 어찌하면 좋겠소. 당장 우리한테 군사가 있는 것도 아니고, 권신들이 아직까지 시퍼렇게 살아 있고 조정은 물론이고 군진에 이르기까지 이인임의 인척들이 포열하고 있는데 말이오."

"저들이 호락호락 당할 리가 없지요. 함부로 도모했다간 도리어 당하고 말 것입니다. 국적을 한순간에 제압할 수 있는 힘이 필요합니다. 덕망과 용맹을 갖춘 장수가 필요하다는 말씀입니다."

도전의 말에 정몽주는 순간 이성계를 떠올렸다. 그런 정몽주의 마음을 읽기라도 한 듯 도전은 망설이지 않고 말했다.

"사형, 이성계 장군을 만날까 합니다!"

"함주로 가서 말이오?"

정몽주가 놀라서 물었다. 도전은 나지막하면서도 강한 어조로 답했다.

"동북면도지휘사 이성계 장군. 이게 어찌 나만의 생각이겠습니까?"

비장함이 서려 있는 도전의 눈빛은 그대로 정몽주를 전율시켰다.

"나는 조정에 들어앉아 하얗게 센 머리털이나 세며 나라를 돕고 세상을 바로잡아 보겠다던 포부가 다 틀린 줄 알았는데, 삼봉은 처음에 세운 그 뜻 평생 변함이 없구려."

"아닙니다. 사형이 아니라면 누구와 더불어 뜻을 세우고 제 속마음을 털어놓을 수 있겠습니까?"

"내가 이 원수와 인연을 맺은 지 벌써 20년이 다 되는데, 나는 여태 그의 무용만 칭찬할 줄 알았지, 그와 함께 무엇을 이루어보겠다는 생각은 해보질 못했으니……."

정몽주가 이성계와 처음 인연을 맺은 것은 공민왕 13년(1364) 여진족 추장 삼선과 삼개가 동북면을 침략했을 때였다. 그 뒤로도 황산대첩과 호발도 정벌에 조전원수로 참전했으니 누구보다 이성계를 잘 안다고 할 수 있었다.

정몽주는 힘을 주어 말했다.

"이 원수라면 삼봉과 더불어 기어이 뜻을 같이할 것이외다."

"어찌 저만의 뜻이겠습니까? 바로 사형의 뜻이지요!"

"그렇다마다요!"

두 사람은 굳게 손을 맞잡은 채 한참동안 놓을 줄을 몰랐다. 정몽주는 함주로 떠나는 도전에게 한편의 시로 마음을 같이 하였다.

나라를 돕고 세상을 바로잡으려던 계략 다 틀리고

어려서부터 배웠지만 머리가 하얗게 세었음을 탄식하네

그러나 숨어 있는 삼봉을 누가 능히 닮으랴

처음에 세운 뜻 평생을 가도 변함이 없으리나*

조강나루에서 정몽주와 결의를 다진 도전은 서둘러 김포로 돌아왔다. 당장 행장을 꾸렸다. 행장 속에 낡은 보따리 하나를 유독 조심스럽게 다루었다. 시렁 위에 감추어져 있던 종이뭉치. 그것은 도전이 오랫동안 직접 연구했던 진법(陳法)이었다.

새벽같이 길을 떠나 임진강을 건넌 도전은 개경을 에돌아 철령(鐵嶺)으로 향했다. 칼끝처럼 우뚝 솟은 철령에 올라서니 멀리 동쪽으로는 아

---

* 輔國匡時術己疎 自嗟童習白粉如 三峯隱者誰能似 不變平生立志初

득히 창해(滄海)가 일렁이고, 천년의 풍기(風氣)처럼 달려드는 바람이 길을 갈라놓고 있었다. 도전은 곧장 함주로 길을 잡았다.

때는 우왕 9년(1383) 가을 어느 날이었다.

6. 안변의 책략

함주로 들어서자 나그네에게는 북방의 모든 풍경이 그저 낯설기만 했다. 얼굴 생김새와 의복이 고려 사람들과는 확연히 다른 여진인들이 쉽게 눈에 띄었고, 여인네들은 초모(貂帽)를 쓰고 남자들은 궁시(弓矢)를 들고 다녔다.

군인이 아니더라도 궁시를 들고 다니는 것은 가을에는 주로 사냥을 하기 때문이었다. 하기야 어린아이들도 북방의 사나운 야생마를 다룰 줄 알고 여자들이 매를 부려 사냥을 한다는 곳이었다.

도전은 이성계의 가택이 있는 운전리(雲田里)에 들르지 않고, 길을 물어 군영이 있는 도련포로 곧장 향하였다. 도련포는 함주에서 30리 가량 떨어진 곳으로, 바닷바람에 휘어진 노송들이 커다란 군진을 둘러싸고 있었다. 군진 한가운데는 원수기가 펄럭이고 있었다.

도전은 숨을 가다듬었다. 이제 이성계를 만난다. 뜻이 맞는다면 어그러진 천하를 바로 세울 것이요, 그가 허명이나 날리는 무장에 지나지 않는다면 한바탕 너털웃음을 터뜨리고 돌아서면 그만이었다.

개경에서 내려왔다는 선비가 자기를 찾는다는 말에 동북면도지휘사 이성계는 고개를 갸웃거렸다.

"지나가는 나그네인가? 북방에까지 선비가 다녀갈 리도 없는데."

"장군, 어찌할까요?"

"그래도 멀리서 나를 찾아왔다는데 어찌 내치겠는가? 만나봄세."

아장을 밀치며 추레한 차림새의 나그네가 들어섰다. 순간, 이성계는 등골이 오싹했다. 무언가 예사롭지 않은 운명이 성큼 다가오는 것을 느꼈다. 언뜻 보면 풍상에 지친 초라한 행색의 나그네일 뿐인데 눈빛이 너무나 형형하고 무서운 사내였던 것이다.

먼저 말을 꺼낸 사람은 이성계였다.

"뉘시온지?"

"전에 성균사예를 지냈던 정도전이라 합니다."

두 사람의 눈이 마주쳤다. 이성계의 나이 49세, 정도전의 나이 42세. 두 사람의 만남이 그렇게 이루어지고 있었다. 뜻밖에 이성계는 정도전의 이름을 기억하고 있었다.

"혹시, 을묘년(우왕 원년)에 태후전에서 명덕태후를 낙루(落淚)케 했다던……?"

이성계는 그때의 일을 확인이라도 하듯이 되물었다.

"공께선 북원의 사신이 들어오자 현릉(玄陵)의 대계에 어긋난다며 접반을 거부하고, 이 시중을 논핵하다 끝내 핍박을 당하셨지요?"

"핍박을 받은 이가 어디 저뿐이었겠습니까? 바로 장군의 영에서 조전원수를 지냈던 정몽주하며, 많은 사대부들이 고난을 당했지요. 박상충, 전녹생은 목숨까지 잃었구요."

도전은 말끝에 박상충을 떠올리자 갑자기 목젖이 뜨거워졌다.

"그때 정 공께서 분연히 태후전에 들어가 권신의 잘못을 아뢰고, 현릉의 유업을 조목조목 아뢰니 태후께서 내내 눈물을 훔치셨다는 말을 듣고, 대체 어떤 인물인가 궁금했는데 뜻밖에 이렇게 뵙게 되는군요."

"장군께선 그때의 일을 어찌 잘 아시는지요?"

"몸은 변방에 묻혀 있지만 바람결에 실려 오는 풍설은 더러 얻어듣지요. 헌데, 공께서는 예까지 어인 일이십니까?"

'어인 일?'

그랬다. 수인사는 마쳤으니 이성계를 찾아온 까닭을 말해야 할 차례였다. 도전은 그러나 짐짓 둘러댔다.

"벼슬에서 떨어진 지 10년이라. 반겨주는 이 없이 이곳저곳 떠도는 신세인데, 어쩌다 예까지 흘러들었습니다."

"하지만 여기는 늘 불안한 곳이라 조정의 사신 말고는 오가는 나그네가 아주 드문 곳인데, 정 공께선 이곳에 무슨 연고라도 있으신가요?"

"연고보다는, 장군의 위명이 높아 그 이름을 물어 찾아왔을 따름입니다."

"위명이라니요? 변방을 지키는 장수에 지나지 않는 몸입니다."

"변방이라?"

도전은 잠시 말을 멈추었다. 전쟁터에서 잔뼈가 굵었지만 이성계는 권모술수와 거리가 먼 인물임이 틀림없었다. 그의 말처럼 변방을 지키는 장수에 지나지 않았다. 그러나 이제는 변방이 아니라 음모와 술수가 난무하는 정쟁의 한가운데 그를 세워야만 했다. 아무리 국적을 치고 나라를 바루기 위해서라지만 까딱 잘못하면 한순간에 역적으로 떨어질 수 있는 일이었다.

"장군, 변방이라지만 장군의 덕망에다 참으로 이만한 군대라면 무슨 일인들 이루지 못하겠습니까?"

"무슨 말씀이신지?"

이성계는 도전을 빤히 쳐다보았다. 참으로 알 수 없는 사람이었다. 도전은 짐짓 큰 소리로 웃었다.

"하하하! 이렇게 군기가 엄숙하고, 훈련이 잘된 군대라면 동남방의 근심인 왜구쯤이야 능히 물리칠 수 있겠지요? 또 어느 오랑캐가 감히 북방을 넘볼 수 있겠습니까?"

이성계의 눈빛이 싸늘해졌다. 도전의 말에 다른 뜻이 숨어 있다는 것을 알아차린 것이다. 두 사람 사이에 침묵이 흘렀다. 도전이 이내 말문을 다시 열었다.

"제가 장군께 꼭 감사드릴 일이 하나 있답니다. 경신년(우왕 6년) 여름, 장군의 황산대첩이 아니었더라면 저는 고향인 영주로 영영 돌아가지 못할 뻔했지요. 저와 가솔들이 무사했던 것은 모두 장군 덕분이었답니다."

"덕분이라니요. 그때 왜구의 기세가 제법 거세기는 했지만 대첩을 거둔 것은 여러 원수들과 병사들이 힘을 다했고 또 운도 따랐던 게지요."

"아닙니다. 장군의 탁월한 전술이 아니었더라면 어찌 그 잔학한 왜구들을 물리칠 수 있었겠습니까? 그때 황산에서 제갈무후(諸葛武侯)의 태공수조와 태공망(太公望)의 오운산병을 쓰신 것은 참으로 적절한 전술이었습니다."

"아니, 공께서 어떻게 그때의 전술을 아셨습니까?"

"그저 조정에서 쫓겨난 후로 무료하고 한가할 때 병서를 좀 뒤적거렸을 뿐입니다."

"그럼, 공께선 무경7서 중에 어떤 것을 귀하게 여기시는지요?"

"무경7서보다는 제갈무후를 즐겨 읽었습니다. 사마양저와 당나라의 이정도 모두 절세의 병법을 터득했지만 유독 무후의 용병에서 인의와 절제의 뜻을 엿볼 수 있지요. 모두 중국에서 나온 병법이라 우리한테 맞지 않는 점이 많긴 합니다만."

"그렇지요. 지형과 풍습이 중국과 크게 다르니 용병에 있어 적절치 못하구요."

병법 이야기로 화제를 돌리면서 두 사람은 마치 오랜 지우라도 된 듯이 자연스럽게 말을 주고받았다.

"지리산에선 적의 화살을 맞고도 눈 하나 깜짝하지 않더라는 말을 들었습니다."

"어렸을 때부터 싸움터에서 살았으니 크고 작은 부상이란 늘 있게 마련이었지요. 홍건적의 난리 때는 여기, 오른쪽 귀밑이 찢어졌구요, 지리산에선 다리 힘줄에 화살이 박혔는데 나중에 보니 제법 큰 상처더군요. 바로 이겁니다."

이성계는 쑥스러워하면서도 황산에서 입었던 상처 자국을 도전에게 보여주었다. 이성계의 그런 모습은 전혀 꾸밈이 없었다.

"한산군(韓山君)의 시에 장군을 가리켜, 적을 칠 적에는 마치 썩은 나무를 꺾듯 하고, 장군의 모습만 봐도 오랑캐의 간담이 다 서늘해진다고 하던데, 오늘 장군을 뵙고 이야기를 나누다보니 산중의 사냥꾼마냥 털

털하고 순박하기 그지없습니다."

"하하, 융복을 벗고 칼을 내려놓으면 저 역시 필부에 지나지 않지요. 그러고 보니 선생께서도 한산군의 제자이겠군요?"

"한산군과 사제지간은 아닙니다. 다만 현릉 시절 한산군께서 성균관을 이끄실 때에 저는 학관을 지냈지요. 사대부들이 성명(性命)의 학설을 제창하고 부화(浮華)의 학습을 물리친 것은 그분에게 힘입은 바가 크답니다."

"그래서 많은 선비들이 한산군을 유종(儒宗)으로 받드는군요? 저는 대대로 무부(武夫)의 집안이라 문사(文士)들이 늘 부러웠습니다. 다행히 자식 놈 중에 하나가 이번에 문과에 급제하여 모처럼 가문을 빛냈지요."

'혹시?'

도전의 머릿속에 아련한 기억이 하나 떠올랐다. 원천석의 집에서 만났던, 까맣게 그을린 얼굴에 유난히 말을 잘 다루고 눈에 총기가 또렷하던 한 소년의 모습이.

"혹시 그 자제가 치악산에서 공부를 하지 않았습니까?"

"그렇습니다. 치악산 각림사에 있는 신조대사와 제가 각별한 사이라 그리 보냈는데, 거기서 어떤 훌륭한 선비를 만나 공부를 한 덕에 이번에 급제한 듯싶습니다."

역시 그랬다. 이성계의 다섯째 아들 방원이 그해 5월, 17살의 나이로 문과에 급제했던 것이다.

"경하드릴 일입니다. 이제 집안에서 문과 무를 다 겸비하였으니 장차 나라를 위해 또 만백성을 위해 크게 쓰임을 받아야지요."

"……?"

이성계는 무어라 답을 하지 못했다. 도전의 말에 분명 숨은 뜻이 있었던 것이다.

· · ·

"장군께선 혹시 수정목공문이란 말을 들어보셨는지요?"

도전의 물음에 이성계가 얕은 한숨을 내쉬었다.

"왜 모르겠습니까. 당연히 들었지요. 사실 북방이라고 해서 크게 다를 것도 없습니다. 몇 년 전부터 중앙의 권세가들이 가노들을 보내고, 또 가노들의 횡포가 이만저만이 아닙니다."

양광도를 비롯하여 경상과 전라도의 쓸 만한 땅은 이인임과 그 족당들이 이미 다 차지해 버렸으니, 임견미와 염흥방은 국방의 요충지인 서북면과 동북면으로 손을 뻗어 날름날름 집어삼키고 있었던 것이다.

이성계는 변방을 지키는 장수의 근심을 그대로 털어놓았다.

"걱정스러운 것은 명나라가 요동에 군사력을 강화하고 있고, 원나라 유장들과 여진족까지 우리의 빈틈을 노리고 있는데, 이러다 북변의 안정을 해치게 될까, 그게 걱정입니다. 아시겠지만 변방의 인심이라는 게 자기에게 이롭지 않으면 언제라도 쉽게 마음을 달리하고 말지요."

"현릉께서 이루셨던 복정삼한(復正三韓)의 대업이 지금에 와서 모두 무너지고 말았지요."

"현릉의 치세 때는 북계(北界)를 중하게 여겨, 경상도와 교주도의 곡식을 조운해서 군량으로 쓰게 했었지요. 그런데 지금은 도내의 지세(地稅)로 대신하는데, 어떤 때는 그것마저 힘깨나 쓴다는 분들이 걷어가 버리니 군량미를 쌓아두어야 할 부고마다 다 비어 있지 뭡니까?"

"조정에 건의를 해보지 그러셨습니까?"

"건의는 하나마나지요. 관료들의 녹봉조차 주지 못한다는데, 할 말이 없습디다. 대체 60명이 넘는 재추(宰樞)들이 도당에 들어앉아 무얼 하는지 모르겠습니다!"

"장군께서도 재상의 열에 계시니 조정에 나가 말씀하실 수 있지 않습니까?"

"권신에게 굽신거리며 아부나 해야 되고, 서로 물고 물리며 비방이나 일삼는 조정에 나가서 무얼 하겠습니까?"

"그렇다 한들 잘못된 것은 바로잡아야지요. 더욱이 안팎에 위명을 떨치고 있는 장군이라면 나라의 운명을 예감하고 백성들의 탄식에 귀를 기울여 그들의 눈물을 닦아주어야 하지 않겠습니까?"

도전의 말에 이성계의 눈빛이 잠시 흔들리더니,

"하지만 본래 변방에서 태어나 싸움터나 돌아다니는 무부가 무얼 어찌하겠습니까?"

도전은 자세를 고쳐 앉았다. 그리고 정색을 하고서 심회에 서려 있던 말들을 하나하나 꺼내기 시작했다.

"장군, 지금 백성들은 곤하고 지친 나머지 미륵불의 하생(下生)을 기다리고, 진인(眞人)이 출현하여 천지가 개벽되길 바란다 합니다. 이것은 누군가가 나타나 어지러운 세상을 바로잡아 주길 바라는 백성들의 여망 아니겠습니까?"

도전의 말에 이성계는 갑자기 두려움을 느꼈다.

"그렇다고 변방이나 지키는 제가 무얼 어찌하겠습니까?"

"아니지요. 장군이 말씀하셨듯이 북방은 명나라와 오랑캐가 우릴 넘보고 있고, 저들이 아니라도 왜구가 사방에서 출몰하여 강토를 짓밟고 있지만 대체 누가 이 나라 백성들을 지켜주려 합니까? 임금은 주야로 유락에 빠져 정사를 살피지 아니 하고, 권신들은 국사를 우롱하여 백성들 것을 마음대로 탈취하니, 염치와 의리는 사라지고 부정(不正)이 정(正)을 누르는 세상이 되어버렸습니다. 이것은 누대에 걸친 폐단이 쌓이고 쌓여 오늘날 이 지경에 이르게 된 것입니다. 장군, 이러다가는 나라를 잃을지도 모르는 일입니다!"

"……."

단호하고 확신에 차 있는 도전의 어조에 이성계는 완전히 압도되어 버렸다. 도전은 계속해서 말했다.

"장군, 한 나라의 흥망에는 무릇 필부에게도 그 책임이 있다 하는데, 하물며 안팎에 위명을 떨치고 있는 장군에게 어찌 그 책임이 없다 하겠습니까? 나라를 바로잡고 백성을 살리는 길이 곧 장군이 사는 길입니다!"

도전은 잠시 말을 멈추고, 품속에서 무언가를 꺼내 이성계 앞으로 내밀었다.

"하나는 나라를 태평하게 하고자는 책략(策略)이요, 하나는 제가 나름대로 연구하여 창안해낸 진법(陣法)입니다. 장군께서 과연 쓸 만한 한 번 보아주시지요."

이성계는 말없이 먼저 진법을 집어들었다.

처음에는 붓대나 잡는 선비가 병술을 연구했다는 것이 다만 신기할 따름이었다. 그러나 진법을 한 장씩 넘길 때마다 도전의 뛰어난 병법과 전술에 놀라지 않을 수 없었다.

주례의 사마수수법(司馬蒐狩法)과 진(晉)나라 문공(文公)의 피로지수(被盧之蒐), 제(齊)나라 민공(湣公)의 기격법(技擊法), 위(魏)나라 혜공(惠公)의 무졸(武卒), 진(秦)나라 소공(昭公)의 예사용병법(銳士用兵法)은 물론이요, 제갈량에서 사마양저, 이정에 이르기까지의 용병술이 우리나라 지형과 실정에 딱 들어맞게 서술되어 있었던 것이다.

그리고 책략에는 백성을 근본으로 하는 민본정치와 부국강병을 이룰 만한 내용들이 조목조목 서술되어 있었다. 그것은 마치 진(秦)나라 말세에 장량(張良)이 한 은군자(隱君子)에게 비서(秘書)로 전해 받았다는 『삼략(三略)』을 얻어 보는 듯하였다.

『삼략』이란 무엇인가. 제왕(帝王)의 정도(正道)가 흐려지고, 간신이 득세하여 천하를 어지럽히며 도덕과 인륜이 무너져 나라가 쇠잔하고 백성들이 곤핍하게 되었을 때, 비로소 『삼략』이 나타남으로써 세상의 바른 것과 그른 것을 올바로 분별함으로써 마침내 천하를 바로 세울 수 있었다지 않는가.

이성계는 도전의 탁월한 경륜과 식견에 고개를 숙이지 않을 수 없었다. 이성계는 한참만에야 입을 열었다.

"삼봉 선생, 선생을 저희 군막에 군사(軍師)로 모실 수 있겠습니까?"

어느샌가 이성계의 표정은 상기되어 있었다. 유비는 제갈량을 얻기 위해 삼고초려를 했다는데, 생각지도 않았던 재사(才士)가 절로 굴러 들어왔으니 흥분을 감출 수 없었다. 그러나 도전의 대답은 이성계를 적이 실망시켰다.

"저는 장군을 도우러 여기에 온 것이 아닙니다!"

"……?"

"천하를 돕고자 함입니다. 천하는 어느 한 사람의 천하가 아니며 천하 만민의 천하이니, 천하를 이롭게 하고 능히 천하의 화난을 구하는 자만이 천하의 복을 얻을 수 있을 뿐이지요."

순간, 이성계는 다시 경계의 눈빛을 나타냈다.

'천하의 화난을 구하고 천하의 복을 운운함은 참람하지 않는가……'

그러나 세도(世道)를 회복시키고자 하는 도전의 뜨거운 웅지는 무쇠를 녹일 것만 같았고, 분명 이성계의 피를 달구고 있었다. 이성계는 물었다.

"그렇다면 제가 어찌하면 좋겠습니까?"

"지금 이인임 정권은 부패할 대로 부패해 있습니다. 아까 장군께서도 말씀하셨듯이 그 하수인들이 변방의 토지까지 노리고 있지 않습니까? 더 두었다간 장군의 세력이 약화되는 것은 둘째 치고 나라의 존망까지 위태로울 수밖에 없습니다. 장군, 이제 더 이상 변방에 연연해 마시고 중앙으로 눈을 돌려야 합니다."

"무슨 수로?"

"우선은 변방을 안정시킬 수 있는 책략을 조정에 건의하는 것이지요. 그런 다음 조정에 들어가 나라와 백성을 안돈시키는 책략을 도모해야 할 것입니다."

도전은 당시 동북면의 사정과 중앙 권세가들의 횡포를 지적하고, 백성들을 안돈시켜야만 변방이 안정될 수 있다는 계책을 마련하였다. 이른바 「안변(安邊)의 책략」이었다.

북계는 여진과 타타르, 그리고 요동과 심양의 경계이니 실로 국가의 요해처이옵니다. 외적을 방어하는 데는 군사 훈련을 엄하게 하고 군령을 거듭 밝혀서 변고가 일어나면 즉시 대처할 수 있어야 합니다. 또한 군사의 생명은 군량에 매여 있으니 비록 백만의 군사가 있다 해도 식량이 없으면 군사라 할 수 없습니다.

그러나 근년에는 수재와 한재로 인하여 공사(公私)가 모두 고갈되고, 더욱이 놀고먹는 중들이 불사를 핑계하며, 무뢰배들이 함부로 권세자들의 서장을 받아서 주군(州郡)에 청탁하여 백성들에게 한 말의 쌀과 한 자의 베를 빌려주었다가 나중에는 섬이나 필로 거둬들입니다. 이를 반동(反同)이라고 하옵는데, 마치 빚을 받아내듯이 수탈해가니 백성들은 배고프고, 추위에 떨게 되었습니다.

뿐만 아니옵니다. 여러 아문(衙門)과 여러 원수(元帥)들이 보낸 자들이 떼를 지어 다니며 백성들의 살을 깎아먹고, 몽둥이로 정강이를 쳐가면서 뺏어먹으니 백성들이 고통을 참지 못하여 유리도망한 집이 열에 아홉은 되는지라 군량이 나올 곳이 없사옵니다. 원컨대, 이를 금단하여 백성들을 편안케 하소서.

백성의 기쁨과 근심은 오직 수령에게 달려 있고 군사의 용감함과 겁냄은 장수에게 달려 있는데, 지금의 군현을 다스리는 자들은 모두 권세 있는 가문에서 나오기 때문에, 그 세력만 믿고 직무를 태만히 하니, 군대는 물자가 모자라게 되고 백성은 생업을 잃게 되어 호구가 소모되고 부고가 텅 비게 되었습니다.

원컨대 이제부터는 청렴 근실하고 정직한 사람을 공정하게 뽑아, 그로 하여금 백성을 다스리게 하여 홀아비와 홀어미를 사랑하고 어루만져 주게 하며, 또 능히 장수가 될 만한 사람을 뽑아 그로 하여금 군사를 거느려 국가를 방어하게 하소서!

"이 원수가 싸움만 잘하는 용장인 줄 알았더니, 이제 보니 우국충정의 책략까지 올리다니 참으로 장한 일입니다!"

동북면 도지휘사 이성계가 올린 「안변의 책략」에 최영은 칭찬을 아끼지 않았다.

그러나 이인임은 뭔가 마음에 들지 않는다는 듯이 눈꼬리를 가늘게 치켜떴다. 권모와 술수로 권력을 지켜온 권력자의 예리한 후각이 작동한 것일까. 이성계가 갑자기 책문을 올려 작금의 조정과 권신들에게 비난을 퍼부었으니 이인임의 신경은 곤두설 수밖에 없었다.

'무뢰배들이 함부로 권세자들의 서장을 받아서 주군에 청탁하여 백성들을 수탈하고……'

'여러 아문과 여러 원수들이 보낸 자들이 떼를 지어 다니면서 백성들의 살을 깎아먹고 정강이를 쳐가면서 뜯어먹으니……'

꼭 자신을 겨냥해서 하는 말 같았다.

'지윤을 없앨 때 진작 이자를 없애버렸어야 했는데.'

이인임은 속으로 후회하며, 최영에게 넌지시 말을 건네었다.

"책략을 뜯어보면 이성계가 군사뿐만 아니라 동북계의 관민을 숫제 지배하겠다는 말이 아니오?"

"그게 무슨 말씀이오? 자고로 변방이 안정되어야 나라가 편안한 법. 그렇잖아도 동북면과 서북면이 모두 불안하던 터에 이 원수의 책략은 참으로 적절한 때에 올라왔으니 오히려 깊이 있게 논의해야 할 것이오."

"이성계의 책략대로 하면 그자의 세력이 동북면에서 더욱 확고해지는 것 아니오?"

"이 원수의 책략은 기실 현릉 때에 변방의 안정을 위해 취했던 정책대로 하자는 것 아닙니까?"

"그러다 세력이 커지면 딴 맘을 품지 않는다는 보장이 어디 있습니까? 무릇 변방의 장수들은 믿을 것들이 못 됩니다."

딴죽을 거는 이인임의 말에 최영이 발끈하였다.

"대감, 대체 의심할 사람이 없어서 이성계를 의심하십니까? 그는 동북면에 있으면서도 나라가 위급할 때마다 어디라도 마다하지 않고 달려가 싸웠던 장수이올시다. 그런 자를 의심한다면 지금 군사를 거느리고 있는 여러 원수들 중에 과연 믿을 만한 사람이 몇이나 되겠소?"

최영의 통박에 이인임은 둘러댈 말이 없었다.

그렇다고 그대로 내버려둘 이인임이 아니었다. 이성계가 올린 「안변의 책략」은 우왕에게 올라가지도 못하였다. 이인임과 한통속인 임견미와 염흥방이 가운데서 적당히 뭉개버렸던 것이다.

우왕도 최영도 그런 사실을 까맣게 몰랐다. 하기야 임금이 내린 정령(政令)마저 며칠씩 묵혔다 반포하거나, 아니면 뭉개버리기 일쑤이니 그까짓 상서쯤이야 문제될 것도 없었다.

때마침 압록강을 사이에 두고 고려와 명나라 사이에 일촉즉발의 전운이 감돌면서 최영은 미처 동북면에 눈을 돌릴 틈이 없었다.

· · ·

또 트집이었다.

명나라 홍무제는 잊을 만하면 한 번씩 생트집을 잡아 고려를 못살게 굴었다. 이번에는 북원과 몰래 통하고 대국을 섬기는 태도가 성실하지 못하다는 것이었다.

조정에서는 하성절사(賀聖節使)와 하천추절사(賀千秋節使)˙를 잇따라 명나라에 보내는 한편 공민왕의 시호와 우왕의 승습(承襲)을 청하면서 어떻게든 홍무제의 마음을 사려고 노력했다.

그러나 명나라는 고려를 치기 위해 수개월 전부터 대규모의 군사를 일으키고 있었다. 타타르나 북원이 고려와 연합하여 명을 협공하기 전에 고려를 먼저 치려는 전략이었다. 홍무제는 손 도독(孫都督)에게 전함 8천9백 척을 주어 고려 정벌을 명하였다.

"옛날 수나라 양제나 당나라 태종이 수십만의 군사를 거느리고도 고구려 정벌에 실패한 것은 단지 땅을 넓히려는 욕심 때문이었다. 그러나 짐이 고려를 치려는 것은 작은 나라로서 큰 나라 섬기는 도리를 지키지 않고 감히 우리의 변방을 노리기 때문이니, 너는 가서 고려왕과 괴수들을 잡아오라!"

손 도독은 요동으로 나가 혼하구자(渾河口子)라는 곳에 군사를 주둔시키고 전함을 정비했다. 그는 장차 세 갈래로 나누어 고려로 쳐들어갈 계획을 세웠다.

정작 고려는 그때까지 요동의 낌새를 전혀 알아차리지 못했다. 그러니 수만에 이르는 군사와 9천여 척의 전함이 일시에 들이닥친다면 무방비 상태로 꼼짝없이 당할 수밖에 없었다. 그러나 뜻하지 않게 요동 이북을 차지하고 있던 타타르가 혼하구자를 습격하는 통에 무위로 끝나고 말았다. 명나라가 갑자기 대군을 일으키자 타타르는 자기들을 정벌

˙ 하성절사는 황제의 생일을, 하천추절사는 황태자나 황후의 생일을 축하하는 사절.

하려는 줄 알고 먼저 기습 공격을 가했던 것이다. 일격을 당한 명나라는 타타르 쪽으로 급히 군사를 돌릴 수밖에 없었다.

고려 조정은 물론 사신들은 그런 사실조차 까마득히 모른 채 요동으로 들어갔다. 명나라가 입국을 거부하자 사신들은 바닷길을 타고 간신히 명나라의 수도인 금릉으로 들어갔다.

명나라가 군사를 일으켰다가 포기했다는 사실을 고려가 알게 된 것은 그로부터 두 달이나 지난 뒤인 10월(우왕 9년)이었다. 고려는 놀란 가슴을 쓸어내리지 않을 수 없었다. 그러나 홍무제는 사신들이 절기가 지난 뒤에 왔다는 이유로 사신들을 억류한 채 예부의 자문을 보내왔다. 자문에 실린 홍무제의 언사는 오만하기 이를 데 없었다.

"고려가 이미 약속한 세공(歲貢)을 바치지 않은 지 5년이 지났는데도, 이번에 경축의 예를 표하러 왔다는 자들이 기일까지 어겼으니 심히 불경한 태도가 아닌가. 고려는 지난 5년 동안 바치지 않은 세공으로 말 5천 필과 금 5백 근, 은 5만 냥, 포 5만 필을 한꺼번에 바치도록 하라. 그래야만 성의를 인정하여 훗날 짐의 군대가 고려로 쳐들어가는 것을 면할 수 있으리라!"

우왕은 백관을 소집하여 의논했지만 홍무제의 무리한 요구를 거부할 방도가 없었다.

조정에서는 순전히 명나라에 세공을 바치기 위해 별도의 관청을 설치하고, 1품에서 6품까지의 벼슬아치들에게 차등을 두어 금과 은을 거둬들였다. 그러나 세공을 채우려면 턱도 없었다.

나라의 권세와 부를 차지하고 있는 권문세족들 중에 몇 집만 나서도 나올 수 있는 금과 은이었다. 그러나 그들은 행여나 들킬세라 꼭꼭

숨겨놓았다.

우왕은 하는 수 없이 노국공주의 재실인 인희전(仁熙殿)에 있던 금은 그릇을 가져다가 보충토록 하였다. 지난날 공민왕이 영전을 세우면서 백관들과 더불어 맹세하면서,

'만약 후대의 임금이나 신하가 공주의 명복을 비는 인희전의 전민을 침탈하고, 물품을 도용하는 자가 있으면 천지신명께서 반드시 그자를 죽일 것이다!'

라고 했건만 우왕은 발등에 떨어진 불부터 꺼야 했다. 그래도 세공을 다 채울 수 없었다. 우왕은 각 도에 사신을 파견하여 부족한 분량을 충당토록 하니 결국 등골이 빠지는 것은 힘없는 백성들뿐이었다. 그러나 우왕은 아랑곳하지 않았다. 오히려 주색과 유락이 점차 도가 심해지고 있었다. 왕 옆에는 언제나 임치와 반복해가 그림자처럼 따라붙어 다니면서 왕의 무도한 행티를 부추겼다.

임치는 임견미의 아들이자 염흥방의 사위로, 어렸을 때부터 우왕을 수종하였으며 밀직부사가 된 이후로는 아예 궁중에서 살다시피 했다. 그리고 반복해는 임견미의 사위로, 나중에는 우왕의 의자(義子)가 되어 왕씨 성을 하사받을 정도로 총애를 받았다.

·　·　·

"전하, 전 전공판서 왕흥(王興)의 딸이 재색을 갖추었다는데, 이번에 판삼사사 변안열의 아들한테 시집을 간다니 여간 아깝지 않습니다."

임치의 말에 우왕의 귀가 솔깃해졌다.

"재색을 갖추었다면 어느 정도라더냐, 양귀비라도 된다더냐?"

"소문이 달리 났겠습니까. 거둥하시어 직접 보시는 것이 어떠신지요?"

반복해까지 옆에서 거들자 우왕은 부리나케 왕흥의 집으로 달려갔다. 갑작스런 임금의 거둥에 왕흥은 당황하여 어쩔 줄 몰랐다. 왕은 묘한 웃음부터 흘렸다.

"그대가 딸을 출가시킨다는 말을 듣고 과인이 한 번 보고자 해서 이렇게 왔소!"

왕흥은 가슴이 철렁했다. 임금이 황음(荒淫)에 절도가 없다는 말을 진작부터 들었던 터였다.

얼마 전에도 우왕이 황병사동(黃丙沙洞)에 놀러 갔다가 지나가던 여인을 민가에 끌고 들어가 강제로 간음하고 한산군 이색의 아들인 밀직 이종덕(李種德)의 기첩 매화(梅花)를 빼앗아다 궁녀로 들여앉힌 일이 있었다.

왕흥은 뜰에 납작 엎드려 우왕에게 거짓으로 아뢰었다.

"전하, 신에게 딸이 하나 있긴 하오나 아직 어리고 우둔한데다, 그 어미가 갑자기 병이 들어 어디 절간을 찾아 불공을 드린다며 집을 나섰사온데, 무슨 경황이 있어 혼사를 치르겠사옵니까?"

"어허, 그대가 지금 과인을 기만하려 드는 거요?"

우왕은 배행하고 있던 시신들로 하여금 집을 뒤지도록 하였다. 그러나 안채에서 낌새를 알아차린 모녀는 벌써 다른 곳으로 피신한 뒤였다. 화가 난 우왕은 왕흥을 윽박질렀다.

"과인의 명이 있기 전에 딸을 시집보냈다가는 그 죄가 처자에게 미칠 것이니 알아서 처신토록 하시고, 과인은 내일 다시 오리다!"

시중 조민수가 그 소식을 듣고 우왕에게 간하였다. 조민수는 이인임 세력에 눌려 정방에도 참여하지 못하는 허울뿐인 수상이었지만 그래도 할 말은 하는 사람이었다.

"전하, 변안열은 일찍부터 현릉을 따랐으며 장수로서 수많은 전공을 세운 자이온데, 그의 며느리가 될 처자를 전하께서 취하신다면 장신(將臣)들치고 실망하지 않을 이들이 없을 것이옵니다. 하오니 부디 성혼이 이루어지도록 허락하소서!"

조민수의 말마따나 변안열은 본래 심양 사람으로 공민왕을 따라 들어와 홍건적의 난 때부터 크고 작은 싸움에서 숱한 전공을 세운 인물이었다. 그는 또 수벽치기[拍戲]에 능하여 재추들의 연회가 열릴 때면 임견미와 승부를 겨루어 우왕을 즐겁게 해주곤 했다.

우왕은 그러나 대뜸 핀잔을 주었다.

"다른 재상들은 아무 말도 안하는데, 어째서 경만 유독 변안열의 편을 드시오?"

괜히 말을 꺼냈다가 우왕에게 미운털만 박히고 말았다. 그런 조민수를 두고 뒤에서 고소해하는 자들이 있었다. 바로 임견미와 염흥방이었다. 그들은 우왕의 행티를 부추겼으면 부추겼지, 말릴 생각이 전혀 없었다.

우왕은 다음날 아침 다시 왕흥의 집으로 거둥하였다. 그런데 왕흥이 어디론가 피신해 버리고 없자 우왕은 핏대를 세웠다.

"이자가 감히 임금을 희롱하는가! 당장 왕흥을 잡아들이고, 그 처자에게도 죄를 물을 것이로다!"

왕흥은 딸을 내놓을 수밖에 없었다. 우왕은 왕흥에게 내구마(內廐馬)* 두 필을 하사하고는 그의 딸을 냉큼 후궁으로 들여앉혔다. 그러나 아

---

* 임금의 거둥에 쓰기 위해 기르는 말.

무리 절색이라 해도 며칠 데리고 놀다보면 금세 싫증이 났고, 또다시 궁궐이 답답해지기는 마찬가지였다. 그럴 때면 우왕은 어김없이 사냥을 나갔다.

우왕은 그러나 사냥보다는 시정의 악소배들처럼 놀았다. 왕은 백색의 초립(草笠)을 쓰고 골목길을 휘젓고 다니면서 민가의 개와 닭을 쏘아 죽이고, 어떤 때는 참새를 사냥해다가 담 밑에 쭈그려 앉아 구워먹기도 했다.

사람들은 처음에는 난데없는 무뢰배들인 줄 알고 쫓아내려다 나중에 임금임을 알고 치도곤을 당하곤 했다.

그런가 하면 불사냥을 한다며 함부로 불을 놓아 산과 들을 몽땅 태워먹기도 하고, 사냥 몰이를 한다며 전답을 짓밟고 다녀 백성들이 애써 지은 농작물을 망쳐버리기 일쑤였다.

보다 못한 최영이 나서서 우왕에게 간곡하게 아뢰었다.

"전하께서 침식과 일상 생활에 절도가 없이 술에 취한 채 마음대로 돌아다니시니, 그러다가 혹시 옥체라도 상하시면 종묘와 사직이 어떻게 되겠습니까? 이제부터는 대신들과 함께 나라를 통치할 방도를 강구하시고 궁중을 출입할 때는 모두 옛 규범을 따르도록 하소서!"

그러나 우왕은 도리어 핀잔을 주었다.

"과인이 본래 술과 여자를 가까이하지 않았고 또 사냥을 좋아하지도 않았는데, 과인을 그리로 인도한 사람은 바로 재상들이 아니오? 그리고 사냥을 하다 보면 밭으로 다닐 수도 있는 일인데 그걸 나무라면 과인한테 하늘을 날아다니란 말이오?"

우왕의 행티는 그것으로 그치지 않았다.

. . .

"쉿! 저기 한 사람 온다, 온다!"

"전하, 누구이옵니까?"

"잠깐만, 아직 멀어서 얼굴이 잘 안 보이는데……."

후원 그늘진 곳에 몸을 숨기고 우왕과 임치가 소곤대고 있었다. 두 사람은 웃겨 죽겠다는 듯, 터져나오는 웃음을 참기 위해 입을 손으로 가렸다. 이제부터 벌어질 소동에 벌써부터 가슴이 두근거렸다.

"저자는 지신사 이존성 아닙니까? 어서 옥체를 낮추십시오, 전하!"

"어라? 그런데 저쪽으로 가고 있지 않느냐?"

왕이 실망스러운 듯이 말했다.

"그런 듯하옵니다. 제가 가서 이쪽으로 유인해올깝쇼?"

"그리 하라. 한 치의 실수도 없어야 할 것이다."

임치는 그늘에서 걸어 나왔다. 그리고 저쪽으로 걸어가는 이존성의 등 뒤에서 큰 소리로 불렀다.

"여보시오, 지신사! 어딜 그리 바삐 가시는가?"

이존성이 뒤를 돌아보더니 이쪽으로 걸어오기 시작했다.

"바삐 가기는요. 이번에 숙위 군사 교대 문제로 논의를 좀 해야 할 일이 있……, 앗! 으아악!"

이존성이 걸어오는 길에 함정이 파져 있었다. 우왕과 임치가 파놓은 것이었다. 이존성은 그대로 함정에 빠졌다.

"와하하하……! 성공이다! 이 지신사, 그렇게 눈앞을 잘 살피고 다녀야 할 것 아니오?"

"그러게나 말입니다, 전하! 작전 대성공입니다"

우왕과 임치는 배꼽을 잡고 낄낄대며 웃었다.

"저, 전하?"

이존성은 이 위험천만하고 어처구니없는 짓이 군왕의 '실없는 장난'이라는 사실에 할 말을 잃었다.

우왕의 위험천만한 장난은 그것으로 그치지 않았다. 밖으로 나가지 않는 날은 후원에다 말을 풀어놓고 올가미로 채는 놀이를 하기도 하고, 어떤 때는 궁전 지붕에 올라가 돌싸움을 한답시고 지나가는 환관이나 궁녀를 향해 깨진 기왓장을 던지기도 했다.

하루를 그렇게 보낸 우왕은 밤이 되면 교방(教坊)의 기녀들을 궁중으로 불러들여 음주가무로 밤을 지새웠다. 우왕은 흥에 겨워 손수 피리를 불다가 노래를 부르고, 또 북을 치다가 춤을 추곤 하였는데 무당의 굿까지 곧잘 흉내를 내었다. 그러다가도 우왕은 전혀 딴 사람처럼 장탄식을 늘어놓으며 눈물을 흘리기도 하였다.

"아, 인생이란 덧없는 것이로구나. 한세상 산다는 것이 어쩌면 풀잎에 붙은 아침 이슬이 아니더냐!"

허무함을 달래지 못한 우왕은 임치와 반복해만을 데리고 한밤중에 다시 궁궐을 빠져나갔다. 이인임 아니면 임견미나 염흥방의 집으로 찾아가 해가 중천에 이르도록 술과 가무를 즐겼다.

우왕은 특히 이인임의 집을 자주 찾아갔다. 이인임을 대하면 마음이 편했던 것이다. 그는 임금에게 이래라저래라 잔소리를 한 적이 거의 없고, 국사를 놓고 골머리를 썩게 하지도 않았다. 이인임이 다 알아서 처리해 주었던 것이다. 우왕은 그저 이인임이 아뢰는 대로,

"그렇게 하시오!"

한마디만 하면 그만이었다.

그뿐이랴. 우왕이 푸념을 늘어놓으면 맞장구를 쳐주고, 술을 마시고 싶다 하면 술상을 차려주고, 계집이 필요하다 하면 서슴지 않고 대주었다.

어느 날은 이인임이 자기 집 여종 봉가이(鳳加伊)를 바치자 우왕은 그녀를 냉큼 숙녕옹주(肅寧翁主)로 봉하고 그녀의 아비에게 벼슬까지 내렸다. 봉가이는 또 나중에 덕비(德妃)로 봉해졌다.

사람들은 그런 이인임을 두고 탄식을 하였다.

"임금을 미혹하여 여종을 바친 뒤에 자기 집 여종에게 엎드려 절하고 칭신(稱臣)하니, 왕조의 법이 저리 무너지는데도 누구도 걱정하지 않으니 장차 이 일을 어찌할거나!"

그래도 우왕은 이인임의 딸이라도 받은 양 기뻐하며, 때론 이인임을 '아버지'라 부르고, 이인임의 처 박씨를 '어머니'라 부르며 눈물을 흘렸다. 그러다가도 갑자기 웃음을 터트리며 이번에는 말을 타고 대로를 한없이 달리기도 하였다.

그러다 한번은 말에서 그만 떨어지고 말았다. 소식을 듣고 놀라서 달려온 최영은 우왕의 침상 자락에 눈물을 적시며 간하였다.

"전하, 이게 어인 일이오니까? 옛날 충혜왕은 호색하였으나 다른 사람이 보지 않는 곳에서 했고, 충숙왕 또한 놀기를 좋아했으나 반드시 때를 가렸사옵니다. 그런데 전하께서는 절도 없이 유락을 즐기다가 마침내 낙마하여 옥체를 상하셨으니, 신이 재상으로 있으면서 이를 바로잡지 못한다면 장차 저승에 가서 무슨 면목으로 부왕을 뵈올 수 있겠사옵니까?"

최영의 말을 듣고 있던 우왕의 안색이 달라졌다. 그러고는 사뭇 무거운 어조로 말했다.

"이제부터 삼가 경의 가르침을 받을 것이니 경은 늘 과인을 깨우쳐 주시오. 과인은 옛날부터 경과 함께 천하를 한 번 평정하고 싶었다오."

오히려 당황한 사람은 최영이었다. 한 마디 한 마디 힘주어 말하는 우왕의 표정이 그토록 진지할 수가 없었던 것이다.

'천하를 평정하고 싶다!'

우왕에게도 과연 제왕다운 다부진 꿈이 있었던 것일까.

7. 홍무제를 만나다

철령을 되짚어 돌아오는 길에 때마침 첫눈이 내렸다. 그 서설만큼이나 도전의 가슴은 벅차고 설레었다. 도전은 더 이상 고뇌 속에 갇혀 있지 않았다. 하늘의 명을 믿으니 무엇을 두려워하랴.

돌아오는 그 길로 도전은 조강에서 다시 정몽주를 만났다.

"동북면에서 겨울을 지내고 내년 봄에나 올 줄 알았더니……."

"그렇지 않아도 이 원수가 겨울을 보내고 가라는 것을 세월이 기다려주지 않는다며 서둘러 돌아왔답니다."

"그래, 어떠셨습니까? 이 원수가 삼봉의 장대한 뜻을 받아줄 만한 인물이더이까?"

"짐작 대로였습니다. 사형도 뜻을 같이한다는 말에 더더욱 마음을 터놓더이다."

"천군만마를 얻은 것입니다. 그렇다면 이제부터가 시작인데, 삼봉은 어디서부터 시작할 생각이오?"

정몽주의 물음에 도전이 목소리를 한껏 낮추었다.

"호랑이를 잡으려면 먼저 호랑이 굴로 들어가야겠지요."

정몽주가 고개를 끄덕였다.

"알겠소. 내가 나서보리라."

도전이 조정에 들어갈 수 있는 구실을 만들고, 동북면에 있는 이성계를 개경으로 불러올 수 있는 명분을 만드는 것이 급선무였다. 그 일은 정몽주의 몫이었다.

정몽주와 헤어진 도전은 김포로 가기 전에 용산(龍山)의 추흥정(秋興亭)에서 김구용을 찾아갔다.

"이게 뉘시던가? 정녕 삼봉이란 말인가?"

반갑게 맞이하는 김구용에게 도전은 짐짓 농을 던졌다.

"하하하! 여강어부(驪江漁夫)가 강을 떠나 조정에서 호령하는 재미가 좋으신 모양이오?"

안동에 살던 김구용이 한때 여흥으로 옮기면서 호를 여강의 어부라는 뜻으로 바꾸었던 것이다. 김구용은 손사래를 쳤다.

"그런 말 마시오. 야비하고 간사한 무리들과 뒤섞여 탁류(濁流)에 사니이 어부는 부끄러울 것밖에 더 있겠소."

도전과 같은 시기에 유배되었던 김구용은 종편이 떨어진 뒤에 여흥으로 올라와 시와 술로 세월을 보내며 벼슬에는 그다지 뜻을 두지 않았다. 그러다 우왕 7년에 좌사의대부로 부름을 받아 성균대사성을 거쳐 지금은 판전교시사(判典校寺事)로 있었다.

두 사람은 한때 안동 김구용의 집에서 지냈을 때의 감회를 잠시 더

들었다.

"그때 안동 영호루(暎湖樓)에서의 은어 맛은 참으로 일품이었다오."

"아니, 영호루에 올랐을 적에 삼봉이 남긴 시가 훨씬 더 일품이었지, 아마……?"

"시라면 붓을 드는 대로 구름이 흐르고 새가 나는 듯한 그대의 시재 (詩才)에 나를 어찌 비하리요."

"무슨 말씀? 웅혼하기 이를 데 없는 그대의 시는 어떻고요?"

"하하하! 그런데 약재, 내가 긴히 드릴 말씀이 있소이다."

"삼봉의 눈빛이 심상치 않은 걸 보니 무슨 역모라도 꾸미자는 것 같 구려, 하하하!"

김구용을 따라 도전도 웃음을 터뜨렸다.

"하하하! 천하를 바로잡을 수만 있다면 역모인들 어떻습니까?"

다른 사람 같았으면 함부로 입에 올리지조차 못할 언사를 두 사람 은 거리낌 없이 주고받았다. 그만큼 가슴에 품고 있는 뜻과 기상이 서 로 다르지 않았음일까.

"실은 이성계 장군을 만나고 오는 길이오."

"이성계?"

도전이 이성계를 만나 천하의 시세를 논하고 왔음을 밝히자 김구용 의 안색이 환하게 밝아졌다.

"역시 삼봉이구려. 전에 둔촌이 내게 말하길, 삼봉이 도연명의 초연 한 절조를 체득했다 하길래, 삼봉이 제세(濟世)의 뜻을 버리고 산야에 숨 어버린 줄로만 알았다오."

"숨으려 해도 산 숲이 나를 반기지 않으니 어떡합니까?"

"장부의 심중에 오직 이윤(伊尹)*의 뜻을 품고 있으니, 그동안 유랑이 결코 헛된 것만은 아니었구려. 암, 그래야지!"

의기투합한 두 사람의 이야기는 밤이 깊도록 이어졌다.

다음날, 김구용은 나루 건너까지 도전을 바래다주었다.

"이제 그만 들어가시구려."

도전의 말에 김구용은 헤어지기 아쉬운 듯 주변을 두리번거렸다. 어디 주막에 들어가 술이라도 한잔 나누고 헤어졌으면 하는 생각이 간절했던 것이다.

"내년 봄에 도성으로 이주하게 되면 아침저녁으로 만날 텐데, 아주 헤어지는 사람 같구려."

어느덧 해가 기울어지고 있었다. 김포까지 가야 하는 도전은 갈 길이 멀었다. 그래도 김구용은 아무래도 아쉬운 듯,

"인간사란 한 치 앞을 모르는 일. 삼봉과 이대로 헤어지면 또 언제 만날까."

"약재, 나는 언제나 송악산의 달을 보듯 그대를 생각할 터이니, 약재는 개경의 구름을 보면서 날 생각하시구려."

"그래요. 장대한 뜻을 품고 먼 길을 다녀온 장부의 마음을 내가 공연히 울적하게 하는 건 아닌지 모르겠소."

그러면서 김구용은 도전에게 당부하였다.

"삼봉, 오랫동안 갑(匣) 속에 묻혀 있던 풍성(豊城)의 칼이 장차 하늘로 솟구치는 기운을 얻고, 소리를 잃었던 백아(伯牙)의 거문고가 그 음(音)을 아는 이를 만났으니 곧 사해(四海)에 퍼질 것이라. 부디 몸을 잘 지켜

• 탕왕(湯王)을 도와 주군인 걸왕(桀王)을 죽이고 은(殷)나라의 성대를 열었던 재상.

야 하오!"

김구용은 도전의 가슴속에 살아 있는 전설을 깨우쳐주었다. 도전은 말했다.

"공과 더불어 함께 하지 않으면 무엇을 어찌 이루겠소?"

두 사람은 어그러진 세도(世道)를 기어코 만회하리라는 다짐을 거듭하며 헤어졌다. 그러나 그것이 마지막 만남이 될 줄이야.

· · ·

이듬해 우왕 10년(1384) 봄. 도전에게 종편이 떨어지고 아버지에게 물려받은, 도성 안 홍인방(弘仁坊) 자락에 붙은 두 칸짜리 초옥으로 이주했을 때 누구보다 반갑게 맞아줄 김구용은 뜻밖에도 이역만리 옥사에 갇혀 고초를 겪고 있었다.

작년 9월의 일이었다. 의주 천호 조계룡(曹桂龍)이 사신 일행을 호송하여 요동에 이르렀을 때였다. 요동 도지휘사 매의란 자가 조계룡에게 대뜸 던지는 말이,

"고려에서 무슨 공사(公事)가 있을 때마다 우리가 성의껏 도와주었는데, 고려에서는 한 번도 사례하지 않으니 아무래도 우릴 너무 무시하는 모양이오."

사신이 요동을 통과할 때마다 툭하면 시비를 걸었던 터라, 조계룡은 이번에도 그런 줄로만 알고 매의를 달래었다.

"우리가 도지휘사의 노고를 어찌 모르겠소이까? 제가 돌아가는 대로 그 뜻을 조정에 보고하여 과히 섭섭지 않게 할 것이니 이번만큼은 속히 통과할 수 있도록 힘써 주시오."

"아니 되오. 폐하의 선유(宣諭)가 떨어지기 전에는 고려인들은 누구라도 들여보낼 수가 없소이다!"

매의는 관문을 굳게 닫아 걸고 더 이상 대면조차 하지 않았다. 때문에 김유 일행은 험난하기 이를 데 없는 바닷길을 택하게 되었고, 조계룡은 의주로 돌아와서 요동 도지휘사의 말을 그대로 조정에 보고했다.

이 문제를 놓고 도당에서 논의하는데,

"요동에서 모처럼 우리에게 호감을 나타냈으니 그들과 친교를 맺어두는 것이 좋을 듯하오."

이인임의 말에 이의를 다는 사람은 없었다. 다만 최영이 우려를 나타낼 뿐이었다.

"전에 황제께서 신하들끼리는 사사로이 교제할 수 없는 법이라며 교류를 금한 적이 있는데, 괜히 도지휘사의 마음을 사려다 우리 사신만 또 화를 입는 것은 아닌지 모르겠소이다."

우왕 5년에 요동에 주둔하고 있던 홍무제의 아들 섭왕(棄王)에게 조정에서 서신과 예물을 보냈다가, 도리어 변방의 틈을 노린 얄팍한 수라며 왕래까지 막았던 사실을 상기시켰던 것이다. 하지만 임견미가 재빨리 이인임을 거들고 나섰다.

"우리에게는 요동의 사정을 소상하게 살필 수 있는 절호의 기회인데, 무얼 의심하고 망설이겠습니까?"

그렇게 해서 요동에 특별히 사신을 보내기로 결정했다. 그러나 중신들이 모두 사신을 회피하는 통에 차일피일 미루다 새해 들어서 갑자기 김구용을 요동의 행례사(行禮使)로 삼은 것이었다. 김구용은 백금 1백 냥과 저포(苧布)와 마포(麻布) 각 50필을 가지고 요동으로 들어갔다. 그러나 요동의 도지휘사 매의와 총병관 왕어가 도리어 낯을 붉혔다.

"남의 신하된 자들끼리는 사적으로 교제할 수 없다는 황제폐하의 칙령이 엄하다는 것을 어찌 모르는가?"

요동에서는 김구용을 붙잡아 명나라 금릉(金陵)으로 압송해 버렸고, 홍무제는 그를 법사(法司 : 형부)에 가두고 엄명을 내렸다.

"이자는 사행을 핑계로 간자(間者 : 첩자) 노릇을 하러 온 것이 틀림없으니 그 죄를 엄히 다스리도록 하라!"

그러고는 수행원들을 고려로 돌려보내면서 일렀다.

"고려에서 5천 필의 말을 바친다면 사신들을 풀어줄 것이니 속히 세공을 바치도록 하라!"

이때 조정에서는 명나라에 바칠 세공마로 2~3천 필을 준비해 놓고 있었다. 김구용을 비롯하여 이미 억류되어 있는 사신들을 속히 귀환시킬 요량이라면 언제까지 세공을 보내겠다든지, 아니면 먼저 1천 필이라도 보내 홍무제의 억측을 누그러뜨려야 할 일이었다.

그러나 국사를 맡은 이인임은 나 몰라라 했고, 우왕은 명나라가 쳐들어올지 모르니 전쟁을 준비해야 한다며, 압록강에 이르기까지 창고마다 군량을 가득 채우라고 날마다 성화였다.

김구용은 그런 사실도 모른 채 차가운 옥사에서,

"좋은 말 5천 필이 대체 어느 날에나 오려나. 길은 아득한데 도화문(桃花門) 밖에 풀만 무성하구나!"

라고 탄식하다 끝내 병을 얻어 시름시름 앓기 시작했다.

홍무제는 고려에서 아무런 답이 없자 병색이 완연한 김구용을 대리위(大理衛 : 지금의 운남성)로 유배시켜 버렸다. 대리위는 천축(天竺)에서도 2

천 리 떨어진 곳이라 하였으니 고려 개경에서 치자면 물경 2만 8천 리나 떨어진 절역(絶域)이었다. 김구용은 그러나 대리위까지 가지 못하고 노주 (瀘州)의 영녕현(永寧縣)에 이르러 숨을 거두고 말았다. 이때 나이 47세였다.

도전은 그 소식을 듣고 한동안 비통에 젖었다.

'어찌하여 하늘은 나와 더불어 마음을 나누고 뜻을 같이하였던 벗들만 먼저 데려가는가!'

신돈의 폐악을 꾸짖었던 이존오와 이인임의 간교함을 세상에 드러냈던 박상충이 먼저 가더니, 이제 손을 잡고 천하를 한번 바로잡아 보려던 김구용마저 세상을 버린 것이다.

도전의 가슴에는 명나라 홍무제를 향한 분노가 응어리졌다. 대국답지 않게 말 트집이나 잡고, 작은 나라의 사신을 죽이는 홍무제의 행위는 치졸하기 이를 데 없었다. 고려 조정도 한심스럽기 그지 없었다. 사신들이 억울하게 갇히고 죽음까지 당하는데도 속수무책이었고, 나라야 거덜이 나든 말든 자신의 권세와 부귀만 지키려는 권신들의 행태에 분노가 치밀었다.

그러나 지금은 비통함도 분노도 가슴에 묻어야 했다.

도전이 도성으로 이주하자 정몽주와 이숭인, 박의중, 윤소종, 권근 등이 가장 먼저 달려왔다. 그들은 모두 지난날 성균관에서 이색을 맹주로 삼아 성리학을 강론하고 경세의 뜻을 다듬던 동지들이었다. 도전은 그 시절에 모두들 가슴에 품었던 작은 불씨들이 이제 하나로 만나 큰 불꽃을 이루리라 기대했다.

그리고 조박을 비롯하여 영주와 삼각산에서 도전에게 수학했던 제자들도 찾아왔다. 그들은 대개 조정에서 품계가 벌써 대부(大夫 : 4품 이상)에 이르고, 판서와 대호군으로, 더러는 지방의 안렴사로 나가 벼슬을 살고 있었다.

도전은 찾아오는 제자들에게 하나같이 말했다.

"지금은 세태가 어지럽고 정사가 바르지 못하여 백성들이 도탄에 빠져 있는데 어찌 일신의 안락만을 꾀하겠는가? 사욕은 자신을 그르치고 또 세상을 그르칠 뿐. 그대들이 옛사람의 도를 알고 도덕을 쌓은 선비라면 마땅히 천하의 근심을 앞서서 걱정해야 할 것이야!"

모진 풍파를 겪으면서도 결코 변하지 않는 도전의 강상(綱常)과 기개에 어떤 제자는 다만 혀를 내두를 뿐이었고, 어떤 이는 말 속에 숨어 있는 원모심려(遠謀深慮)를 헤아리기도 하였다.

도전은 또 한산군 이색을 찾아가 문안을 드렸다. 잠시 시사를 논하면서 이색은 뜻밖에도 권신들의 패악에 우려를 나타냈다.

"시중 이성림과 좌사 염흥방까지 백성들한테 수탈을 일삼아 원성이 높다는데 이러다 이자들이 나라를 그르치고야 말겠소."

도전은 이색이 나라를 바로잡는 데 나서줄 것을 바랐다.

"어찌 이성림과 염흥방뿐이겠습니까? 궁중에서 지방 수령에 이르기까지, 또 사찰에서 잡신을 섬기는 무당들까지 하나 같이 썩었으니 이제는 대감처럼 명망이 높으신 분이 나서야지요. 이 나라 유생들이 오로지 대감만 바라보고 있습니다."

그러나 이색은 잠시 말을 끊더니 알듯 모를 듯한 말로 답을 피하였다.

"출처(出處)의 때를 어찌 알 수 있겠소. 나는 이미 중용으로 나아갈 바를 삼았으니 아주 잘난 것도, 못난 것도 아닌 것을 따를 뿐이라오."

세상과 부딪치기보다 시류를 따르고자 함이었다. 이색은 오히려 되물었다.

"그보다 삼봉도 이젠 조정에 다시 들어가야 하지 않겠소?"

"차차 기회가 오겠지요."

기회는 차차 오지 않고 바로 왔다. 이인임이 나이가 들어 노환이 겹치자 수시중 임견미에게 권력을 맡기고 영삼사사(領三司事)로 국정에서 한 발 물러났던 것이다.

· · ·

우왕은 임견미가 탐탁지 않았다. 이인임이 국사를 맡았을 때는 우왕이 정사를 놓고 골머리를 썩는 일이 그다지 없었다. 옳든 그르든 이인임이 다 알아서 처리했다. 그러나 임견미는 제 욕심만 채울 줄 알았지 무엇 하나 제대로 처리할 줄 아는 게 없었다.

우왕은 임견미를 편전으로 불러 대번에 불통가지를 질렀다.

"수시중, 성절(聖節)이 코앞에 닥쳐왔는데 아직까지 사신이 발행을 하지 않는 이유가 무어요?"

애초에 하성절사로 밀직부사 진평중(陳平仲)이 결정된 것은 벌써 한 달 전인 6월 초였다. 임견미는 재빨리 둘러댔다.

"발행을 며칠 남겨놓지 않고 진평중이 갑자기 병이 났으니 신도 지금 다른 방도를 찾고 있사옵니다."

"아니, 엊그제까지 육신 멀쩡하던 사람이 무슨 병이 났다는 말이오? 사행을 피하려 꾀병을 부리는 건 아니오?"

우왕의 힐난에 임견미는 진평중을 두둔했다.

"그럴 리가 있겠습니까, 전하? 신이 알아본즉, 뜻하지 않은 괴질에 걸려 수족을 제대로 쓰지 못한다 하옵니다. 병상에 누워 있는 본인이야 오죽 답답하겠사옵니까?"

그러나 임견미의 말은 모두 거짓이었다. 사실은 진평중이 명나라에 가는 것이 두려워, 노비 수십 명을 임견미에게 바치고 병을 핑계 대었던 것이다.

"그렇다면 빨리 다른 사람으로 대신해야 할 일이 아니오?"

우왕의 재촉에 임견미도 곤혹스러웠다.

"하오나 사람들마다 가기를 꺼려하는지라 국사를 맡고 있는 신도 이만저만 고역이 아닙니다."

"허어, 이런 고약한 사람들 같으니라구. 그렇다고 사신으로 갈 만한 자가 조정에 그리 없단 말이오?"

작년에 성절사로 갔던 사신들이 아직 명나라에 억류되어 있고, 요동에 행례사로 갔던 김구용이 죽은 뒤로 중신들은 명나라에 사신으로 가는 것을 꺼렸다. 어쩌다 사신으로 뽑히면 이인임이나 임견미를 몰래 찾아가 뇌물을 바치고서 사행(使行)을 면했다.

임견미는 그러나 고민하지 않았다. 재추급들 중에 한직으로 밀려났거나 뇌물과는 거리가 먼 자들을 골라보낼 생각이었던 것이다. 임견미는 이미 마음속으로 결정한 사람이 있었다. 임견미는 우왕의 눈치를 살피며 넌지시 아뢰었다.

"신의 생각으로는 정당문학 정몽주가 어떨까 하옵니다. 그는 전에 한번 사행을 다녀왔던지라 누구보다 명나라 사정에도 밝사옵니다."

우왕은 아무 생각이 없었다.

"그럼, 정몽주를 보내면 될 것 아니오?"

"전하, 신이 말하는 것보다, 전하께서 그를 불러 친히 하명하심이 어떨까 하옵니다."

임견미는 아무래도 구린 데가 있으니, 자신에게 행여 비난이 돌아올까 싶어 우왕에게 슬그머니 떠밀어버린 것이다.

이내 정몽주를 편전으로 불러들인 우왕은 짐짓 한숨부터 뱉었다.

"지금 진평중이 몸져누워 사신을 수행하기 어려운지라 과인이 경을 대행시키고자 하는데, 경의 뜻은 어떻소?"

말이 좋아 사신이지, 앞서 명나라에 갔던 홍상재(洪尙載)와 김보생(金寶生) 그리고 김유(金裕)와 이자용(李子庸)이 줄줄이 억류되어 있고 김구용은 병사하고 말았으니, 그야말로 이역만리로 떠나는 유배나 다름없었다. 더욱이 정몽주는 명나라에 갔다가 거의 죽을 뻔한 경험이 있었다.

공민왕 21년(1372) 때의 일이었다. 명나라가 촉(蜀) 땅을 평정하자 지밀직사사 홍사범(洪師範)이 축하사신으로 갈 때에 정몽주는 서장관(書狀官)으로 수행했다. 그러나 돌아오는 길에 태풍을 만나 배가 난파당하면서 대부분 익사하고 말았다. 그때 정몽주는 13일 동안 표류하던 끝에 홍무제가 보낸 배에 간신히 구조되었지만, 말다리를 베어 먹으며 죽음의 공포와 싸워야 했던 악몽이 정몽주의 뇌리에 아직도 생생했다.

정몽주는 그러나 망설이지 않았다. 사행에 성공을 거둔다면 정치적 입지를 다질 수 있는 절호의 기회였다. 무엇보다 도전을 조정에 복귀시킬 수 있었다. 마다할 이유가 없었다.

"전하, 신하된 자는 무릇 임금의 명이라면 물불을 가리지 않아야 하거늘, 하물며 대국에 사신으로 가는 일을 어찌 주저하겠습니까?"

"역시 그대는 과인의 마음을 헤아려 주는구려. 하하하!"

우왕은 기뻐하며 그 자리에서 정몽주에게 궁온(宮醞)을 하사하였다.

그러나 궁온을 받으며 기뻐할 여념이 없었다. 정몽주는 정색을 하고 우왕에게 아뢰었다.

"전하, 다만 신이 한 가지 청이 있사옵니다."

"말씀하세요. 경이 내 말을 들어주었는데 경의 청을 내가 마다해서야 되겠습니까? 어서 말씀하세요."

"우리나라에서 경사(京師 : 명나라의 수도)까지는 대략 8천 리 길이라, 요동을 통과한다 해도 발해에서 바람을 기다리는 10여 일을 제외하고 실로 90일이 걸립니다. 그런데 성절까지는 이제 겨우 60일밖에 남지 않았으니, 발해에서 바람을 기다려야 할 10여 일을 제하고 나면 실제로는 50일밖에 남지 않았사옵니다."

"나도 그게 걱정이오. 그렇다고 아니 갈 수도 없으니 이를 어떡하오? 모쪼록 경이 서둘러주시오."

"그래서 아뢰는 말씀이옵니다. 이번 사행의 성공 여부는 얼마나 기일을 단축하느냐에 달려 있사옵니다. 그러자면 서장관은 신과 뜻이 맞는 사람으로 천거하고자 하옵니다."

서장관은 사신 일행의 행정을 관장하고 행대어사를 겸하는 자리였다. 우왕이 궁금한 얼굴로 물었다.

"그래, 따로 마음에 두는 사람이라도 있소?"

"예, 전하. 전 성균사예 정도전을 이번 사행에 서장관으로 삼고자 하옵니다."

"정도전?"

우왕은 그 이름을 입속말로 되뇌었다. 그러나 좀체 기억이 나질 않는다는 듯 고개를 갸우뚱했다.

"전하께서 즉위하시던 초에 한때 서연을 맡았사오나 북원의 접반사를 거부하였다 하여 유배를 당했던 자이옵니다."

그제야 우왕은 정도전을 기억해냈다.

"아, 그렇지. 이 수상에게 맞서며 사신의 목을 베어오겠다던 그 사람 말이오?"

"그렇사옵니다, 전하!"

"그렇다면 폄류(貶流)된 지 벌써 10년이 지났다는 말인데, 그때 일로 여태까지 조정에 돌아오지 못했단 말인가?"

정몽주는 그 까닭을 곧이곧대로 고하지는 못했다. 이인임의 농간으로 최근에야 종편이 떨어졌다는 사실을 말한다 해도 왕은 어차피 알아듣지 못할 일이었다. 우왕도 더 이상 되묻지 않았다.

"무슨 곡절이 있었던 모양이구려. 아무튼 경의 뜻대로 하시오."

"망극하옵니다, 전하!"

궁궐에서 물러나온 정몽주는 그 길로 도전을 찾아갔다.

· · ·

"삼봉, 나랑 같이 명나라에 가십시다."

정몽주가 다짜고짜 던지는 말에 도전은 망설이지 않고 답하였다.

"사형께서 가자는데 당연히 따라야지요."

"아시겠지만 척약재처럼 돌아오지 못할 수도 있소."

"아무리 저승길이라도 사형이 가시면 동무삼아 갈 것입니다. 죽음은 누구에게나 있는 법. 그것이 무섭다고 피할 것도 아니요, 이번 기회에 명나라를 두 눈으로 똑똑히 보고 올 것입니다."

두 사람은 이틀 후에 떠나기로 했다.

도전이 서장관이 되었다고 하자 사립문 앞이 난데없이 인마로 붐비기 시작했다. 사행길에 끼어들기 위해 권세가의 가복들이 뇌물 바리를 들고 찾아왔던 것이다. 그들은 대개 이인임이나 임견미, 염흥방의 가속들이었다.

공민왕 때부터 사신들이 명나라에 갈 때면 으레 금은과 인삼과 꿀 등 토산물을 가지고 들어가 비단과 향료 등 귀족들이 쓰는 값비싼 사치품으로 바꿔 들여와 막대한 이득을 챙겼다.

우왕 대에 들어와서는 권세가들이 재리(財利)에 밝은 노복들을 앞세워서 노골적으로 잠매(潛賣 : 밀무역)를 행하였는데, 어떤 때는 명나라에 바치는 공물보다 잠상(潛商)들이 가지고 들어가는 짐이 수십 배에 달하기도 했다.

잠매는 고려는 물론 명나라도 금했지만 권신들이 앞장서서 행하니 막을 길이 없었다. 사신들은 억류되어도 수행원들은 붙잡지 않아 권세가들은 가속들을 되도록 많이 보내려 했다. 누구는 목숨을 걸고 떠나는 사행에 조정의 대신이라는 작자들은 치부의 기회로 삼으니 도전은 그들의 작태가 한심하기 짝이 없었다.

도전은 사립문을 아예 닫아 걸어버렸다. 그러자 대놓고 볼멘소리가 터져 나왔다.

"아니, 이 집이 내일이면 사행을 떠난다는 행대어사 댁이 맞긴 맞누?"

"그렇다는구먼."

"그런데 우릴 어떻게 알기에 문전박대가 이리도 심할까?"

심지어는 눈을 부라리며 겁을 주었다.

"이 댁은 우리 주인이 누군 줄 모르나? 그러다 나중에 무슨 화를 당하려고 이렇게 괄시를 하시나. 이러다가 사행도 떠나기 전에 다리가 부러지지 않을까 걱정이네."

천예들까지 제 주인의 권세를 믿고 들까불었다. 그러나 눈 하나 깜짝할 도전이 아니었다. 도전은 오히려 수행하는 역관들에게 단단히 일러두었다.

"석 달이 걸릴 길을 단 50일 만에 당도해야 하니, 나라에서 본래 정한 수행원 이외에는 일체 붙이지 마시오. 수행원이 많으면 길이 더디고 역마다 민폐만 끼칠 것이고, 자칫 사행이 어긋나면 나라에 화가 될 터임을 명심토록 하시오!"

역관들도 내심 불만스러웠으나 도전의 말이 하도 엄하여 허투루 듣지 않았다.

이틀 후, 대전 뜰에서는 명나라 황제에게 표문을 올리는 의식이 치러졌다. 전교부령(典敎副令 : 종4품)으로 차함(借銜)된 도전은 조정에서 쫓겨난 지 실로 10년 만에 조복(朝服)을 갖추어 입고 의식에 참례하였다.

먼 발치에서 바라본 우왕은 이제 어엿한 성인이 되어 있었다. 지난날 서연에서 대했던 유주(幼主)의 모습은 어디에도 남아 있지 않았다. 그러나 의식이 진행되는 동안 우왕은 내내 지루하고 따분하다는 표정이 역력했다.

의식이 끝나자 금고의장(金鼓儀仗)과 악대가 앞서서 길을 열고, 하성절사 정몽주는 붉은 보자기와 노란 보자기로 싼 표문과 전문을 받들고 앞장섰다. 황제의 탄신을 축하하는 표(表)와 왕위 계승을 청하는 표, 공민왕의 시호를 청하는 표문은 모두 이숭인이 지은 것이었다.

우왕은 사신의 뒤를 따라 궁문 밖에까지 나와 전송한 뒤에 궁으로 들어가고 조복을 입은 백관들은 관례대로 성문 밖까지 나와 전송하였다.

예성강을 건넌 정몽주 일행은 곧장 의주로 향했다. 어느 때 같았으면 금교역에까지 따라 나온 지인들이 전송연을 베풀며 하루를 보냈을 터였다. 그러나 시일이 촉박하여 한시라도 지체할 수 없는지라 중로에 고을의 수령들이 나와서 맞이하는 것조차 막았다.

그렇게 숨 가쁘게 길을 재촉하면서도 도전은 말 위에서 무언가를 꼼꼼히 적고 있었다. 정몽주가 물었다.

"삼봉, 마상에서 무얼 하시오?"

"하하! 별 것 아닙니다."

"이틀 만에 사행을 준비하느라 밤잠도 제대로 못 잤을 터인데, 눈이라도 좀 붙이시지 그러십니까?"

"길라잡이들이 열심히 길을 재촉하는데, 졸기도 뭐해서 풍광을 지나치며 생각나는 대로 붓을 놀리고 있을 따름입니다."

도전은 그렇게 말했지만 사행 시작부터 명나라에서 돌아올 때까지 보고 듣고 느낀 바를 기록으로 남길 생각이었다. 말로만 들었던 중국의 풍물과 지리 등을 소상하게 기록하는 한편 명나라의 장단점을 파악하여 앞날을 대비코자 했던 것이다.•

· · ·

의주에서 압록강을 건너면 곧바로 요동 벌판이었다.

• 정도전은 그 기록을 『봉사잡록(奉使雜錄)』으로 남겼으나 오늘날 전하지 않는다.

도전은 일순 가슴이 뜨거워졌다. 동쪽으로는 여진, 북쪽으로는 유연(幽燕 : 옛 원나라 수도인 북경)에 닿고, 서쪽으로는 비옥한 토지가 바다까지 뻗어 있는 아득한 대지. 거기가 바로 고구려의 옛 땅이었다.

원나라가 사막으로 쫓겨 들어간 이후로 한때는 주인을 잃은 땅. 그러나 국초 이래의 소망을 이루려 공민왕이 그토록 북벌(北伐)의 꿈을 키웠건만, 시운이 맞지 않아 지금은 명나라가 요동의 주인 노릇을 하고 있었다.

명나라가 다시 세웠다는 요동성의 위용은 가위 보는 이를 압도하였다. 가파른 지세를 따라 구름을 비긴 듯이 세워져 있는 거대한 성이 동쪽으로 바다까지 뻗어 있는데, 높다란 망루 위에서는 군사들이 한가롭게 서성거렸다. 마침 해가 떨어지면서 저녁 노을은 이제 막 꽃술을 터뜨리는 붉은 꽃잎처럼 소리 없이 번지고 있었다.

그 풍경을 놓고 누군가 읊기를,

'바람은 나팔에 실려 매화가 지는 곡조요, 해는 붉은 깃발에 비쳐 불붙는 듯하구나.'

라고 하였으니 과연 딱 들어맞는 말이었다.

그러나 난데없는 북소리가 울려 퍼지면서 고즈넉하던 벌판에 일순 긴장감이 감돌았다. 망루에 있던 군사가 고려의 사신 일행을 보고 마치 적이라도 발견한 듯 한바탕 소란을 떨었던 것이다.

요동성 관문에 들어서자 예상했던 대로 관리들이 트집을 잡았다. 은근히 뇌물을 요구하는 것이었다. 그러나 정몽주와 도전은 포 한 자락도 떼어주지 않았다. 처음부터 성절을 축하하러 가는 외국의 사신으로서 공명정대하게 입국하겠다는 계획이었다. 외국의 사신이 오고 가는 데는 예로써 맞이하고 예로써 대하는 것이 고금의 정도(正道)였다. 그런데 도지휘사란 작자는 코빼기도 내비치지 않고, 관리들은 한껏 딴청을 피웠다.

"사신이 들어와 며칠쯤 묵는 것이야 늘 있었던 일인데, 무얼 그리 서두르시오? 게다가 도지휘사께선 원행을 나가셨으니 언제 오실지 모를 일이오."

요동성 관리들의 오만한 언사와 무례한 행동에 도전은 치욕을 느끼며 입술을 깨물었다. 한 나라의 사신이 그런 대접을 받는다는 것은 그 나라를 업수이 여기기 때문 아니겠는가. 그렇다고 저들에게 비굴한 모습을 보일 수는 없었다.

"사해의 만민들이 경사로 달려가 성절을 축하드리는데 만의 하나 우리가 절기를 놓친다면 황제폐하께서 그 까닭을 물을 터. 하지만 요동에서 놓아주질 않아 지체되었노라고 하면 폐하의 진노가 어디로 떨어지겠소?"

그제야 요동성 관리들은 전에 온 자들과 다르다는 것을 알고 태도가 달라졌다. 그중에서도 임 진무(任鎭撫)라는 자는 정몽주와 도전이 유학자임을 알고 자신의 집에서 음식을 가져다가 대접하기를 마다하지 않았다.

정몽주와 도전이 시를 지어 그에게 고마움을 표시하자 임 진무는 또 두 사람의 시재(詩才)에 감탄하여 호송까지 자청하였다. 그는 본래 글을 읽던 선비였으나 난리를 겪으면서 군막의 빈객으로 있었는데, 두 사람의 학문이 깊고 문장이 뛰어남을 알고 머리를 숙였던 것이다.

요동을 통과한 일행은 날마다 새벽같이 일어나 날이 완전히 어두워질 때까지 강행군을 했다. 그러나 날씨가 궂어 비가 자주 내리는 탓에 의장이 젖고 길마저 질척하여 인마가 모두 피곤한데, 비가 내리지 않는 날은 바람과 모래가 일행을 괴롭혔다.

넘어야 할 산과 건너야 할 물이 수천리 길이었다. 하지만 일행은 조금이라도 길을 줄이기 위해 달이 있는 날은 밤에도 길을 재촉하였다. 그러면서도 도전은 명나라의 풍경과 실상을 하나도 놓치지 않았다.

도전의 눈길을 끄는 것은 돈대[墩]였다. 요동에서부터 5리마다 하나씩 돈대가 설치되어 있고, 10리마다에는 2개의 돈대가 설치되어 있었다. 여러 아름이 될 만한 커다란 항아리에 하얀 회칠을 한 돈대는 겉보기에는 단순한 이정표에 지나지 않았다. 그러나 자세히 보면 돈대 가운데로 연기와 불이 통하는 것이 영락없이 봉화대였다. 그런 돈대가 요동에서 산해관(山海關)까지 줄지어 설치되어 있었다. 홍무제가 변방의 안정에 크게 신경을 쓴다는 증거였다.

무엇보다 도전을 놀라게 한 것은 귀국길에 요하(遼河)를 건널 때였다. 조운선들의 돛대가 강을 새까맣게 메우고 있는 광경에 말문이 막힐 지경이었다. 홍무제는 개국 초부터 전제를 과감히 개혁하여 농민들에게 토지를 나누어 생활을 안정시키고, 무엇보다 둔전(屯田)을 철저하게 관리하여 군량이 넘쳤던 것이다.

빈농의 아들로 태어나 주린 배를 채우기 위해 걸식승(乞食僧)으로 떠돌아다녔던 주원장이 어쩌다 홍건적의 한 무리로 세력을 일으켜, 남경(南京)의 응천부(應天府)에서 제위(帝位)에 올라 명나라를 창업한 것이 공민왕 17년(1368) 때의 일이었으니 이제 나라를 세운 지 겨우 17년이었다.

그런데도 도로와 역과 나루가 잘 정비되어 있었고, 지나치는 곳마다 도시는 번창하고 시골은 풍요로웠다. 원나라 말기에 수십 년 동안 계속

되었다던 기아의 참상은 어디서도 찾아볼 수 없었다.

도전은 명나라의 강성함을 피부로 느끼며 부러움보다는 참담한 기분이 앞섰다. 고려에는 요해처마다 창고가 있지만 먼지만 더께로 쌓여 있을 뿐이었다. 오죽하면 홍무제마저 고려를 향해,

"너희들은 우리의 변경을 넘볼 생각은 말고, 하루빨리 허물어진 성곽을 고쳐 왜구나 방어하고, 둔전을 잘 살려 군사들의 굶주림이나 면하도록 하라!"

라고 조롱했겠는가.

· · ·

요동의 남단, 여순(旅順)에 이르자 일행은 이제 바다를 건너 등주(登州)로 가야 했다. 여순에서 등주까지의 바닷길은 순풍이 일어도 사흘 걸리는 노정(路程)이었다. 그렇지만 풍랑이 높게 일거나 아예 바람이 불지 않는 날이 많아 배가 뜨질 못했다.

사행길의 일정이 여순에서 등주까지의 뱃길에 달려 있다고 해도 과언이 아니었다. 그런데 다행히도 순풍을 만나 곧장 바다를 건널 수 있었다.

등주에서 다시 육로를 타고 회음현(淮陰縣)에 이르렀을 때 일행은 비로소 안도의 숨을 내쉬었다. 회음에서 금릉까지는 넉넉잡아 엿새면 충분히 닿을 수 있는 거리였다. 황제의 성절이 열흘 남았으니 적어도 이틀은 여유가 있었다. 보통 70~80일이 걸리던 노정을 불과 50여 일 만에 달려온 셈이었다.

회음서부터는 명나라 예부에서 파견한 관리들이 길을 안내하는 통

에 호송을 맡았던 임 진무는 요동으로 돌아가야 했다. 오는 동안 임 진무에게 각별했던 도전이 덕담을 아끼지 않았다.

"참으로 고맙소. 진무의 고상한 인품은 장차 삼군(三軍)을 맡을 만하니, 부디 크게 쓰이기를 바라오!"

임 진무 또한 작별을 못내 아쉬워했다.

"두 분 대인과 동행하면서 많은 것을 배웠습니다. 경사에 올라가 부디 뜻을 이루고, 돌아오실 때 요동에서 다시 뵙기를 간절히 바라겠습니다!"

"꼭 그래야지요. 오늘 맺은 우정 평생을 두고 나눌 것이니 꼭 기별을 드릴 것입니다."

임 진무가 돌아간 뒤에 정몽주가 넌지시 물었다.

"진무의 호의에 너무 감격한 것은 아니오?"

"그럴 수도 있지요. 하지만 다 나중을 생각해서 기약을 한 거랍니다."

도전이 말한 나중이란 요동을 염두에 두고 하는 말이었다. 누구도 생각지 못할 일이었다.

임 진무와 헤어진 뒤, 회음을 떠나 보응현(寶應縣)을 향하는데 배가 잔잔한 파도에 실리면서 일행은 누구라 할 것 없이 스르르 잠이 들었다. 지난 수십 일 동안 하루하루를 손꼽으며 강행군을 했던 터라, 따뜻한 잠자리에 들자 한꺼번에 피곤이 몰려왔던 것이다.

노 젓는 소리에 문득 깨어나 보니 배가 물길을 거슬러 올라가는데 강은 이쪽에서 저쪽 끝이 보이질 않고 사방이 온통 그저 산과 물뿐이었다. 바로 장강(長江 : 양자강)이었다.

도도하게 흐르는 장강을 바라보고 있으려니 금릉까지는 아직도 멀고 아득할 것만 같은데, 배는 어느덧 금릉과의 경계인 강녕(江寧)에 닿았다.

이제 몽주와 도전은 명나라의 수도인 금릉 입성을 눈앞에 두고 있었다. 그러나 두 사람은 가슴 쓰라린 기억을 먼저 떠올려야 했다. 양자강 나루에서 북고산(北固山)이 마주 보이는데, 김구용이 죽기 전에 갇혀 있던 곳이란다.

"그대의 호기는 남주(南州)를 덮을 만한데, 지금은 촉강(蜀江) 어느 곳에 그 외로운 혼백이 떠도는지……."

"이보시게 약재, 이 사람아, 어디에 있나?"

김구용을 나직이 불러보지만 무심한 강물은 저 혼자 흘러갈 뿐이었다. 도전은 지난날 보현원에서 그에게 주었던 말이 떠올라 더욱 가슴을 저미었다.

'그대가 생각날 때면 멀리서라도 송악산의 달을 보듯 할 터이니, 약재는 개경의 구름을 보면서 날 생각하오.'

그래서인가. 멀리 북고산 자락에 걸려 있는 한 조각 구름이 마치 김구용의 혼백처럼 두 사람을 맞이하는 것만 같았다. 저도 모르게 눈물이 뺨을 적셨다. 도전은 주먹으로 눈물을 훔치며 다짐하였다.

'내 언젠가 기필코 그대의 한을 풀어주어, 그대의 넋을 위로하리니 하늘에서 날 지켜보시게!'

· · ·

사신 일행이 금릉 지경에 이르자, 큰 하천을 따라 외성(外城)이 둘러싸여 있고, 교외의 넓은 초지에는 방목하는 소와 말이 한가로이 풀을 뜯고 있었다. 외성을 지나 내성(內城)으로 들어서면 청량산(淸凉山)이 눈앞을 가로막았다가 서서히 황도(皇都)의 위용을 드러냈다.

정몽주의 시를 빌리자면 황도의 풍경은 이러했다.

> 푸른 물은 금궐에 둘러 있고 청산이 옥경(玉鏡)을 싸고 있는데, 쭉쭉 뻗
> 은 대로에는 거마가 붐비고 공신과 황족의 저택들이 즐비하다. 길에는
> 비단 도포에 오사모(烏紗帽)를 쓴 공자들이 거닐고, 한쪽에서는 소녀들
> 이 붉은 소매 옷에 붉은 수가 놓인 신발을 신고서 뛰놀고 있다!

사신 일행은 회동관(會同館)에 여장을 풀었다. 회동관은 만국의 사신
들이 명나라 수도에 들어와 머무는 곳. 정몽주는 회동관 앞에 있는 한
그루 버드나무를 가리키며 도전에게 말했다.

"저 나무를 홍무(洪武) 초년에 심었다는데, 벌써 키가 자라 담을 넘고
새로운 가지가 벽와(碧瓦)에 닿지 않았소?"

쭉쭉 뻗은 버드나무는 과연 명나라의 성세를 말하고 있는 듯싶었다.
눈길이 머무는 곳마다 새 나라의 기상과 활기가 넘쳤던 것이다. 그러나
도전은 어딘지 모르게 불안한 분위기를 느꼈다.

예부에서 나온 관리들은 사신 일행을 의심의 눈초리로 감시했고, 유
심히 살펴보니 환관들이 황궁 출입을 관장하고 있었다. 그것은 정치적
으로 불안하다는 말이었다.

홍무제는 건국 초기에만 해도 원나라의 정치 제도를 그대로 답습했
다. 그러다 홍무 13년(고려 우왕 6년)에 일어난 재상 호유용(胡惟庸)의 역모
사건을 계기로 전면적인 개혁에 착수했다.

원나라 이후 국가의 최고 행정 기관이었던 중서성을 폐지하면서 재
상직을 없애버렸다. 대신에 궁궐에 내각대학사(內閣大學士)를 설치했지만

그것은 자문 기관에 지나지 않았으며, 6부는 황제의 직속에 두었다.

군정을 맡던 추밀원을 폐지하여 전·후·중·좌·우의 5군 도독부를 설치하여 군권을 분산시키고, 자신의 친자 25명을 각지의 번왕(藩王)으로 분봉하여 그들로 하여금 돌아가면서 황도를 숙위토록 하였다.

그렇다고 번왕에게 전권을 주는 것은 아니었다. 변방을 제외한 내지의 번왕들에게는 휘하 병력이 3천을 넘지 못하도록 철저히 제한했다. 어느 한 사람의 세력이 커지는 것을 염려했던 것이다.

또한 지방에는 원나라 때의 행성(行省)을 폐지하여 행정을 담당하는 포정사(布政使)와 군사를 맡은 도지휘사, 감찰을 맡은 안찰사로 권한을 나누어 역시 황제의 직속으로 두었으며, 향리에는 이갑제(里甲制)라는 것을 도입하여 농민을 10호와 1백 호 단위로 묶어 황제의 통치력이 말단에까지 미쳤으니, 모든 권력이 오로지 황제 한 사람으로 통하였다.

그것을 보며 도전은 짐작했던 대로 홍무제가 얼마나 의심이 많고 편협한 위인인가를 알 수 있었다. 홍무제는 신하들에게 엄격하다 못해 모욕을 주는 것은 능사요, 조신들의 상주가 마음에 거슬리면 조정에서 들입다 매질을 가하여 죽이는 것쯤은 예사였다. 조정의 대신들이 기를 펴지 못하는 대신에 환관들이 황제의 총애를 입고 득세했다.

자고로 환관이 궁중에서 권세를 부리면 정치가 문란해지게 마련이었다. 또한 한 사람만을 위한 권력과 오직 한 사람에게서 나오는 권력은 언젠가 무너졌을 때 엄청난 혼란을 자초하였다. 게다가 25명이나 되는 황자(皇子)들이 군사를 분할했으니 그것은 내분이 크게 일어날 조짐을 안고 있었다.

그런가하면 권토중래를 노리는 북원이 명나라에게는 아직 위협적인 존재로 남아 있었으며, 사방에 흩어져 있는 원나라 유장들은 복속을 거부한 채 변경을 수시로 침략하였다. 그러니 홍무제가 요동을 사이에 두고 고려에 대해 민감하게 반응하는 이유도 알 만하였다.

도전은 명나라의 그런 사정을 놓치지 않고 하나하나 눈여겨 보아두었다.

· · ·

회동관에 머무른 지 이틀 만에 이윽고 홍무제의 선유(宣諭)가 떨어졌다.

"고려의 사신은 즉시 봉천전(奉天殿)으로 들라!"

정몽주와 도전은 급하게 나인을 따라 나섰다. 봉천전에 들어서니 의장이 구름처럼 모이고 두 섬돌 사이에서는 풍악이 울리는데, 이윽고 창합(閶闔 : 궁궐의 대문)이 열리고 홍무제가 나타나 백관들과 사신들의 조회를 받았다.

고려의 사신 정몽주와 도전은 백왕(百王)과 경사(卿士)들 틈에 끼어 광정(廣庭)에서 정중하게 예를 행하였다. 이윽고 차례가 되어 정몽주가 홍무제에게 우왕의 왕위 계승과 훙거한 왕의 시호를 청하는 표문을 올렸다. 홍무제는 그러나 표문의 내용보다는 표문에 적힌 날짜를 보고 놀란 얼굴로 정몽주에게 물었다.

"표문에 7월 임술일이라 하였는데, 그렇다면 그대의 나라에서 며칠 만에 왔다는 말인가?"

엎드려 있던 정몽주는 고개를 더욱 조아리면서 아뢰었다.

"신들이 발행한 지 50여 일 만에 당도하였사옵니다."

홍무제는 깜짝 놀랐다.

"다른 자들은 1백 일 넘게 걸려도 절기를 어기기 일쑤였는데 그대는 어찌 그리 빨리 왔던고?"

"오로지 황제폐하를 뵙고 폐하의 만수무강을 축원하고자 하는 일념으로 밤길을 마다하지 않고 달리고 달려온 것이옵니다!"

"흠, 고려의 중신들이 짐에게 오는 것을 꺼려하여 미루고 미루다가 날짜가 임박해서야 그대를 보낸 것이로고."

홍무제는 그러나 언짢은 기색을 거두고서 다시 물었다.

"들자하니 그대는 임자년(공민왕 21년)에 촉나라 평정을 축하하러 왔던 자라고 하던데?"

"그러하옵니다, 폐하! 신은 그때 서장관으로서 돌아가는 길에 허산(許山)이라는 곳에서 배가 난파되어 거의 죽을 지경에 이르렀으나 폐하의 성은으로 구사일생 구조되었사온데, 그때의 성은에 두고두고 감격하지 않을 수 없나이다!"

정몽주가 그때의 사실을 말하자 홍무제는 대단히 기쁜 얼굴로 말하였다.

"그대의 말이 참으로 간곡하도다. 그런데 옆에 있는 자는 누구인가?"

"서장관으로 수행하는 고려국 전교부령 정도전이라 하옵니다!"

도전의 답에 정몽주가 재빨리 덧붙였다.

"폐하, 정도전은 일찍부터 고려의 대계가 대명에 있음을 알고 이를 주장하다 여러 해 핍박을 받았으나, 유배가 풀리자마자 곧바로 사행을 자청했던 것이옵니다!"

"흠, 그러한가?"

홍무제는 엎드려 있는 도전에게 말하였다.

"그대는 고개를 들라!"

도전이 고개를 번쩍 들었다. 아무리 황제의 명이라도 차마 정면으로 바라볼 수는 없었다. 도전은 그러나 어느 순간 홍무제와 눈이 마주쳤다. 칼날이 선 듯한 눈썹과 부리부리한 눈이 매서웠고, 뾰족한 턱과 튀어나온 광대뼈에 성긴 수염들로 홍무제의 용모는 괴이하게 보였다.

홍무제는 적이 도전을 내려다보았다. 천하를 쥐고 있는 황제의 눈길이었다. 도전은 그러나 두려워하지 않고 홍무제의 눈길을 받았다. 심장이 멎는 것 같았다. 훗날 반드시 넘어야 할 태산이 바로 눈앞에 있었던 것이다.

홍무제가 다시 입을 열었다.

"그대들의 가상함에 그동안 억류되어 있던 고려인들을 모두 풀어줄 것이다. 다만, 그대들은 돌아가서 고려의 권신에게 말하라. 이인임이란 자가 입조를 거부한 것은 여전히 괘씸하나 행여 다른 마음을 품는다면 결코 용서하지 않으리라!"

정몽주와 도전은 다시 엎드려 절하고 일어나서 황제를 위해 만세를 삼창하였다. 감격한 정몽주는 자신도 모르게 눈물을 흘리고 있었다. 비록 우왕의 승습과 공민왕의 시호에 대해서는 답이 없었지만 억류되었던 사신들이 풀려났으니 이번 사행은 대성공이었다. 우왕과 조정 대신들의 환대는 따놓은 당상이었다. 그러나 귀국길에 오른 두 사람의 마음은 그리 가볍지 않았다.

"사형, 귀국하는 대로 사형은 사직을 청하십시오."

난데없는 도전의 말에 정몽주가 의아하다는 듯이 물었다.

"그게 무슨 말이오, 삼봉?"

"사행은 성공했지만 이인임과 임견미가 사형을 가만두지 않을 것입니다. 무슨 꼬투리라도 잡아 사형을 궁지로 몰아넣을 것이 분명하니, 이성계 장군과 뜻을 도모할 수 있을 때까지만 잠시 물러나는 것이 좋을 듯싶습니다."

정몽주도 고개를 끄덕였다. 도전의 말이 백번 옳았다. 사행을 성공으로 이끈 보답으로 정몽주의 벼슬이 높아질 것은 분명했다. 무엇보다 정치적 입지가 확고해질 터였다. 그러나 도전의 말대로 이인임과 권신들은 정몽주의 영향력이 커지는 것을 달가워하지 않을 터. 없는 죄도 만들어내면 영락없이 당할 수밖에 없었다. 그러기 전에 의심과 시기의 눈길을 잠시 피해야 했다.

8. 국적을 치다

"전하, 사직을 청하옵니다. 부디 윤허하여 주시옵소서!"

"뭐, 뭐라? 그게 무슨 소리인가요? 그토록 대단한 일을 해내서 과인이 어떻게 고마움을 표해야 좋을지 모를 마당에 사직이라니요?"

정몽주와 도전이 사행을 마치고 명나라에서 돌아온 것은 우왕 11년 (1385) 4월. 우왕은 두 사람의 노고에 치하를 아끼지 않았다. 그런데 정몽주가 돌연 사직을 청한 것이었다.

"신들은 전하의 명을 받자와 마땅히 해야 할 일을 했을 뿐이옵니다. 그러니 무얼 더 바라겠사옵니까? 다만 아뢰옵기 황송하오나, 신이 이번 행역으로 하여 병이 깊었사온데 잠시 벼슬에서 물러나 병을 치료코자 하오니 부디 윤허하여 주시옵소서!"

"……!"

우왕은 납작 엎드려 있는 정몽주를 아무 말 없이 한참 동안 바라보았다. 착잡했다. 사직을 청하는 이유가 짐작이 가고도 남았기 때문이었다.

결국 우왕은 정몽주의 사직을 받아들이는 대신에 영원군(永原君)으로 봉하였고, 도전에게는 성균좨주(成均祭酒 : 종3품) 겸 지제고를 제수하였다.

이윽고 명나라에 억류되어 있던 사신들이 속속 돌아왔다. 그러나 이자용은 도중에 병으로 죽고 말았다. 그만큼 억류 생활이 고달팠던 것이다. 우왕은 김유와 홍상재 등을 어전으로 불러 술을 내리며 위로해 마지않았다.

"과인의 사명(使命)을 받들고 명나라에 갔다가 뜻밖에 절역으로 귀양 간 것은 황제가 오로지 나를 미워하기 때문이었으니 경들에게 그저 민망할 따름이오!"

우왕은 말끝에 눈물을 글썽였다. 돌아온 사신들은 감격하였다.

"전하, 사명을 온전히 받들지 못하고 도리어 심려를 끼쳤으니 신들의 미욱함과 불충을 꾸짖어야 하거늘, 하해와 같은 성은에 망극할 따름이옵니다!"

우왕은 그들에게 안장을 갖춘 말까지 한 필씩 하사하였다. 그런데 그들 중에 김유는 며칠 지나지 않아 죄인의 몸으로 전락하고 말았다. 순전히 이인임의 모략이었다. 이인임이 왕에게 고해바친 내막은 이러했다.

김유가 명나라에 갔을 때 홍무제가 묻기를,

"너희 나라에서 임금을 시역하고 짐의 사신을 죽인 권신이 과연 누구이던고?"

김유는 서슴없이 이인임이라고 고했다. 홍무제가 다시 물었다.

"선왕에게는 후사가 없는 것으로 아는데, 지금 왕은 과연 누구의 자식인고?"

그러자 김유가 대답하기를,

"규방의 일도 알기 어려운데 하물며 궁궐에서 일어난 일을 소신이 어찌 알 수 있겠사옵니까?"

이인임에게 그 말을 듣는 순간, 용안에 핏기가 싹 가셨다. 출생은 우왕에게 가장 아픈 대목이었다. 이인임은 우왕의 아픈 곳을 더 후벼팠다.

"김유의 언사는 황제로 하여금 전하를 더욱 의심케 하였으니, 그러고도 어찌 전하의 신하된 자라고 할 수 있겠사옵니까?"

"경은 그런 말을 어찌 들었소?"

"신의 종자 가운데 하나가 김유를 따라갔다가 들었사옵는데, 하찮은 천예라도 김유가 커다란 불충을 저질렀음을 알고 신에게 고했던 것이옵니다."

임금의 분노를 가리켜 역린(逆鱗)이라 했다. 용의 턱 아래에 거슬러서 난 비늘이 하나 있는데, 그 비늘을 건드린 자는 누구라도 죽음을 면치 못했다는 전설에서 생긴 말이다. 김유의 말이 사실이라면 우왕의 역린을 건드린 셈이었으니 왕의 분노는 극에 달하였다.

"이런 발칙한 놈이 다 있나! 내 앞에서 불충 어쩌고 하기에 입에 발린 소린 줄로만 알았더니 김유, 그놈이 다 찔린 구석이 있었던 것이야……."

우왕은 김유를 즉시 옥에 가두고 찬성사 우현보(禹賢寶)와 밀직 강회백(姜淮伯)으로 하여금 국문토록 하였다. 김유는 터무니없는 모함이라며 펄쩍 뛰었지만 이인임이 쳐놓은 올가미에 빠져나갈 구멍은 없었다. 김유는 혹독한 고문을 당한 끝에 죽고 말았다.

"쯧쯧, 내 그럴 줄 알았지."

"글쎄 말일세. 명나라에서 오면서 비단이며 뭐며 잔뜩 챙겨왔다는 이야기가 이 대감 귀에 안 들어갔겠나?"

"어련히 들어갔을라고. 그런데 입을 싹 씻었으니 이 대감이 가만있었겠나 말일세."

"그런데 이상한 일일세. 왜 홍상재 대감은 무사하지?"

"자네 참 순진하네그려. 홍 대감은 빈털터리로 몸만 달랑 살아돌아왔잖은가. 바칠 게 없다는 걸 세상 사람들이 다 알지 않은가."

사람들은 김유가 귀국하면서 비단과 사라(紗羅) 등속을 가지고 들어왔으면서도 이인임에게 바치지 않은 탓에 그렇게 된 것이라고들 수군거렸다. 다만 홍상재가 무사했던 것은 병이 난 이자용 때문에 등주에서 뒤처졌다가 바다에서 왜적을 만나 행장을 다 빼앗긴 통에 바칠 만한 물화가 없었기 때문이었다.

목숨을 걸고 명나라에 사신을 다녀와서도 이인임과 권신들에게 인정을 쓰지 않으면 중상모략을 당하는 현실이었다. 그런 판국에 사행길에 잠매를 일체 금하고 귀국 인사조차 없는 정몽주가 그들에게 달가울 리 없었다. 그렇지만 벼슬을 그만두어버렸으니 걸고넘어질 것이 없었다. 도전이 예견한 대로였다.

· · ·

알 수 없는 것은 우왕의 속내였다.

영원군에 봉해진 정몽주는 기로(耆老)들을 집으로 초대하여 연회를 베풀었다. 그 자리에는 이색과 홍영통, 조민수, 이성림 등 나라에 내로라하는 대신들이 참석하였다. 그리고 뜻밖에 최영과 나중에는 이인임까지 스스럼없이 정몽주의 집을 찾았다.

뿐만 아니었다. 연회가 한창 무르익어 가던 무렵 우왕까지 찾아왔다. 대신들이 자리에서 모두 일어나 왕을 맞이하는데, 최영이 잔을 들어 왕에게 올렸다. 우왕은 그러나 술잔을 거두고 좌중을 쓱 훑어보았다.

"과인은 술을 마시러 온 것이 아니라 부왕 때의 원로재상들이 모두 모였다는 말을 듣고 부왕을 뵙는 마음으로 달려왔소이다."

그러고는 정색을 하더니 유독 최영을 향해,

"과인이 들으니 나무가 먹줄을 따르면 곧아지고, 임금은 간하는 말을 들으면 밝아진다 하였는데, 경은 어째서 과인에게 이롭고 해로운 것을 말하지 않는 것이오?"

최영은 냉큼 자세를 고쳐 앉으며 아뢰었다.

"전하의 말씀은 정녕 나라의 복입니다. 전하께서 사냥과 유락을 절제하시고 대신들과 정사를 밝히신다면, 신들이 어찌 그 직분을 다하지 않겠사옵니까?"

"어젯밤 꿈에 과인이 경과 함께 전장에 나가 적을 물리쳤는데, 나중에 내가 탄 말을 가만 보니 나귀가 아니겠소? 이게 과연 무슨 징조요?"

우왕은 최영에게 묻고 있는데 이인임과 홍영통이 서로 질세라 앞을 다투어 아뢰었다.

"옛날 원나라 세조께서 꿈에 나귀를 보면 길하다 하여 항상 나귀를 대궐 마당에 매어두었다 하온데……."

"그렇지만 원 세조는 나귀 꿈을 꾸려 했으나 끝내 꿈을 꾸지 못하였다 하옵니다."

"하지만 이제 전하께서 나귀의 꿈을 꾸셨다니 이 얼마나 길한 징조입니까? 참으로 경하드리옵나이다, 전하!"

우왕은 몹시 만족한 표정을 지으며 이번에는 이색에게 물었다.

"사부께서는 원나라에서 학사 벼슬을 했으니 이 고사를 잘 아시겠습니다?"

"그렇사옵니다, 전하! 장차 전하께서 태평의 업을 이루실 터인데, 다만 신 등은 늙어 그때를 보지 못할까 두렵사옵니다."

이색의 말에 우왕은 짐짓 큰 소리로 웃음을 터뜨렸다.

"하하하, 태평의 업이라? 그럼, 지금은 태평하지 않다는 말이 아니오?"

이색은 순간 움찔했다. 우왕은 다시 웃음을 터뜨렸다.

"하하하! 놀랄 것 없습니다. 아무튼 사부의 말을 들으니 과히 기분이 나쁘진 않구려."

그러더니 최영에게 불쑥 화살 하나를 내밀었다.

"경은 이 화살이 무엇을 뜻하는지 아시오?"

"……?"

"과인이 장차 경과 함께 사방을 평정하고 싶은데, 경은 이 화살을 잘 가지고 있으시오!"

순간, 좌중의 웃음기가 싹 걷히고 싸늘한 긴장감마저 감돌았다. 모두들 우왕의 말뜻을 헤아리지 못했던 것이다. 그러나 왕은 미친 듯이 웃음을 터뜨리더니, 이색에게 다가가 냉큼 무릎을 꿇고서 술을 권하였다.

"사부께서도 기녀들을 데리고 노는 것을 즐기는 모양이오? 헌데 모양은 썩 좋아 보이지 않소이다. 그래도 한 잔 받으세요."

이색의 얼굴이 벌게진 사이에 우왕은 좌중에 있던 기녀들을 모두 데리고 횅하니 나가버렸다.

최영은 연회가 파할 때까지 내내 화살을 움켜쥐고서 우왕의 속마음을 짚어보았다. 그러나 그 또한 짐작키 어려웠다. 다만 우왕이 뭔가 달라졌다는 것만을 느낄 뿐이었다.

· · ·

며칠 후.

우왕은 화원 뜰에서 땀을 뻘뻘 흘리며 북방에서 잡아온 야생마를 길들이고 있었다. 그러나 야생마는 좀체 말을 듣지 않았다.

"이놈의 말이 왜 이리도 거칠고 사나운가……."

신경질을 내던 우왕이 그늘에 있던 임치를 불렀다.

"치야, 너는 얼른 가서 수정목을 가져오너라. 아무래도 이놈의 버르장머릴 고쳐놓아야겠다. 수정목으로 몇 대 갈기면 고분고분해지지 않겠느냐?"

임치의 눈이 휘둥그레졌다.

"전하, 수정목이라니요?"

"너는 어찌 수정목도 모르느냐? 물푸레나무로 만들었다는 몽둥이 말이다!"

임치는 알면서도 짐짓 모른 척했다.

"신은 수정목이 무엇인지 잘 모르온데, 그런 흉한 물건이 어찌 궁중에 있겠사옵니까?"

"저런, 바보가 있나? 아니면 네가 갑자기 장님에 귀머거리라도 되었단 말이냐? 네 아비 임견미와 염흥방이 남의 땅을 빼앗으면서 야차처럼 수정목을 휘두른다는데, 정작 네가 모른다면 누가 믿겠느냐?"

무람해진 임치가 고개를 숙였다. 그런 임치를 보고 우왕은 고소하다는 듯 꼬집었다.

"치야, 사람들이 너희 아비와 염흥방의 이름을 부를 때 이름 대신에
개나 돼지를 붙인다고 하는데, 그래도 너는 부끄러운 줄은 아는 모양
이로구나……."

그날 밤. 임치는 아버지 임견미에게 우왕이 했던 말을 그대로 전하였
다. 임견미는 가슴 한 켠이 서늘해졌다. 아들놈에게 대놓고 아비의 욕
을 했다면 왕의 심사가 단단히 뒤틀렸거나 누군가 그를 쫓아내려고 잘
못을 고해바쳤다는 이야기였다.

다음날, 임견미는 우왕의 마음을 떠보기 위해 슬그머니 사직의 뜻
을 내비쳤다.

"그래요? 시중의 뜻이 정 그렇다면 내 받아들여야겠지요."

"……!"

왕은 입에 발린 말로나마 붙잡기는커녕 기다렸다는 듯이 임견미를
평원부원군(平原府院君)으로 봉하고 최영을 시중으로 삼았다. 괜히 말을
뱉었다가 졸지에 수상 자리를 내준 임견미는 속이 부글부글 끓어올라
이인임에게 달려갔다.

"총재, 아무래도 최영이 수상쩍습니다. 전하께서 원로대신들이 보는
앞에서 최영에게 화살을 주신 것도 그렇고, 아들놈한테 제 욕을 하고
최영을 시중으로 삼았는데, 최영이 고사도 하지 않고 넙죽 받은 것을 보
면 분명 딴 맘을 품은 것이올시다. 늦기 전에 최영을 쳐버리는 것이 어
떠겠습니까?"

임견미의 말에 이인임의 눈이 가늘게 찢어졌다.

"이 사람아, 최영은 내가 20년을 넘게 보아왔지만 그럴 만한 위인이

못 되요. 우직한 성격대로 전쟁터에서 싸움이나 잘할 뿐, 결코 정치나 술수를 부릴 줄 모르는 사람이란 말일세. 임금의 심사를 어지럽힌 자는 최영이 아니라 다른 자일세."

"아니, 지금 조정에서 감히 저한테 덤빌 만한 자가 누가 있습니까?"

이인임이 혀를 끌끌 찼다.

"멧부리에 걸려 넘어지는 사람 보았는가? 작은 돌부리에 걸려 넘어지는 법일세."

"돌부리에 걸려 넘어지다니요? 당최 무슨 말씀이신지?"

"쯧쯧, 머리를 굴려가면서 정치를 해야지, 힘으로 그저 누른다고 해서 정치가 되는 줄 아는가? 최근 전하가 누구를 가까이 하는지 한 번 잘 생각해보시게……."

"글쎄요?"

"아들하고 사위까지 임금 옆에 찰싹 붙어 있는데 그것도 모른단 말인가?"

이인임이 벌컥 역정을 내는데도 임견미는 도무지 모르겠다는 듯 눈만 껌뻑거렸다.

"……?"

"이 사람아, 최근 명나라에 다녀오자마자 지제고를 맡은 자가 누구인가?"

"정도전, 그자 말씀입니까?"

"그자는 다른 유생들과는 다르단 말일세. 보통 질긴 놈이 아니야. 나를 향해 대놓고 간신이니 국적이니 떠드는 놈이라, 그자가 지제고를 맡으면서 전하 가까이에서 무슨 좋은 말을 아뢰겠는가?"

그제야 임견미는 무릎을 탁, 쳤다.

"임금 앞에서 조용히 붓대나 놀리는 줄 알았더니, 그자가 저에게 포한을 품고 있을 줄은 몰랐습니다."

노회한 이인임의 짐작은 정확했다. 성균좨주로서 지제고를 겸한 도전은 기회 있을 때마다 우왕에게 정사를 바로잡고, 폐신들을 멀리하라고 고했던 것이다. 우왕이 정몽주의 집에서 최영에게 간언을 올리지 않는다고 힐난했던 것도 그런 연유가 있었다.

"잘 새겨들으시게. 고름이 살이 되지는 않아!"

목소리에 날이 서 있었다. 노환으로 벼슬자리는 물러나 있었지만 이인임의 목소리는 아직 카랑카랑했다. 임견미는 주먹을 쥐고 부르르 떨며 이인임에게 맹세하듯이 말했다.

"총재, 걱정 마십시오. 조만간에 그놈을 죽이든지 제가 죽든지, 둘 중에 하나 사단을 내고 말 것입니다!"

· · ·

"부엉, 부우엉."

성균관 뜰에 부엉이 울음 소리가 공허하게 울려 퍼졌다. 밤이 깊었음을 말해주는 것이다. 도전은 잠시 눈을 들었다가 다시 붓을 잡았다. 오늘도 퇴청하지 않고 성균관에서 밤을 지새울 작정이었다. 선왕의 시호와 우왕의 승습을 청하는 표문을 써야 했던 것이다.

우왕이 왕위를 이어받은 지 11년. 그러나 명나라 홍무제는 아직까지 선왕의 시호는커녕 우왕의 승습조차 인정하지 않고 있었다. 11년 동안 수도 없이 청했지만 번번이 거절을 당했다. 도전은 다시 시호와 승습을 청하는 표문을 쓰라는 우왕의 명을 받은 것이었다.

사대외교의 문장이란 장중하면서도 간곡해야 했다. 그래야 의심이 많고 변덕이 심한 홍무제의 마음을 움직일 수 있었다. 붓이 가는 곳마다 괴이하기 그지없는 홍무제의 얼굴이 떠올랐다. 언젠가는 운명을 걸고 한판 승부를 벌여야 할 상대였다.

홍무제가 눈에 보이지 않는 적이라면 당장 도전의 목덜미에 칼을 겨누고 있는 자가 있었다. 이인임이었다. 이번에도 홍무제가 허락하지 않는다면 이인임과 임견미는 틀림없이 도전에게 죄를 물을 것이다. 도전의 이마에 식은땀이 맺혔다.

"폐하, 제후를 세우는 것은 원방(遠邦)을 어루만지기 위함이요, 작위를 세습케 하는 것은 선대의 업을 계승시키는 것이니, 이것은 제왕(帝王)의 떳떳한 법이요, 자식으로서 지극한 염원입니다……. 엎드려 바라옵건대, 폐하께옵서 큰 도량과 넉넉하고 두터운 마음으로 신에게 명(命)을 맡겨주신다면 신은 마땅히 삼가 백성들을 보호하고 성인(聖人)의 만수무강을 빌겠나이다!"

며칠 후, 문하평리 윤호(尹虎)와 밀직부사 조반(趙胖)이 도전이 쓴 표문을 가지고 명나라로 떠났다.

'정도전, 네 이놈. 사신들이 돌아오기만 해봐라. 반드시 네놈의 목을 베어주마!'

임견미는 회심의 미소를 지었다. 10년이 넘도록 승습을 허락지 않았던 홍무제가 갑자기 받아들일 리가 없다. 사신들이 빈손으로 돌아오는 대로 그 죄를 도전에게 물으면 된다는 계산이었다.

그러나 임견미의 기대는 여지없이 무너지고 말았다. 도전이 쓴 표문

이 바윗덩이처럼 차갑던 홍무제의 마음을 움직였던 것이다. 홍무제는 표문을 읽고서,

"표의 말이 매우 간절하도다!"

라며 승습을 허락하고 선왕의 시호를 내렸다.* 홍무제는 곧 국자감의 장부(張溥)와 주탁(周倬)을 조서사(詔書使)와 시책사(諡册使)로 보냈다. 우왕은 도전에게 황제의 조서를 받드는 의주(儀注 : 의식의 전례와 절차)까지 맡겼다. 도전은 예에 따라 빈틈없이 준비하였다.

명나라의 조서를 받으며 우왕은 감격에 겨워 끝내는 눈물을 보이고 말았다.

"과인이 나라를 맡았으나 그동안 명을 받지 못함을 한탄하였더니 이제야 승습이 이루어지고, 선고(先考)의 시호를 내려주시니 이보다 더한 감격이 어디 있겠는가!"

그동안 가슴을 무겁게 짓눌렀던 비통함을 씻어내리는 눈물이었다.

명나라 사신들도 예전과 달랐다. 그전까지는 중국에서 사신이 오면 그가 비록 환관짜리라도 재상들이 날마다 태평관에 나가 호화로운 연회를 베풀고, 밤이면 꽃 같은 기생을 바치는 것이 일이었다. 그렇게 성의를 다하는데도 한번 사신의 마음이 뒤틀리면 봉욕을 당하기 일쑤였다.

그러나 주탁과 장부는 국자감 학관답게 문묘를 배알하고, 성균관을 찾아 생원들과 더불어 시전(詩傳)을 강론하는 것을 큰 기쁨으로 여겼다. 도전을 비롯하여 이색과 정몽주 등과 함께 경서를 논하고 시문을 주고받았다.

시책사 주탁은 특히 도전의 학문과 시문에 감탄하여,

---

* 이때 내려진 시호가 공민왕이다.

"우연히 그대를 만나 사귀고 보니 마침내 서로 지기(知己)가 되었구려. 상호(霜毫)를 그대에게 보내니 나의 마음이라 생각하고 받아주시오!"

라며, 붓을 선물할 정도였다. 주탁은 또 도전이 시문집을 만든다고 하자 기꺼이 서문을 써주었다. 명나라로 돌아갈 때 우왕이 의복과 안장을 갖춘 말과 함께 많은 선물을 내렸으나 그들은 굳이 사양하였다.

"전하께서 귀한 선물을 주시니 마땅히 엎드려 절을 드리고 받아야 할 것입니다. 하오나 지금은 추운 겨울도 아니요, 또 걸어가는 것도 아니니 이 많은 선물을 받아서 다 어디에 쓰겠습니까?"

중국의 사신을 접반하고 또 보내기까지, 일찍이 없던 일이었다.

우왕의 승습과 공민왕의 시호가 내려지고, 사신들을 맞이하고 보내는 데까지 도전의 공이 가장 두드러졌다. 아무리 임견미가 까탈을 잡으려 해도 잡을 것이 없었다. 오히려 도전의 이름과 벼슬이 올라가고 우왕의 고임만 더할 따름이었다. 그러나 도전은 돌연 외직(外職)을 청하였다.

"전하, 신이 일찍이 생활을 영위하는 데는 꾀가 졸렬하여 먹을 것은 적은데 식구는 많으니, 이제 외임을 구하여 남은 세월이나 보내려 하옵니다. 전하께서는 부디 신에게 다른 뜻이 없음을 헤아리시고, 고을을 맡겨주신다면 기아와 질병으로 허덕이는 백성들을 어루만져 성은에 보답할 것이옵니다!"

우왕은 가상하게 여겨 도전을 남양부사로 내려 보냈다. 임견미로서는 닭 쫓던 개꼴이었다.

벼슬아치가 중앙에서 벼슬을 살다 지방으로 나가는 것은 대부분 좌천이었다. 중앙에 있을 때보다 외직의 품계가 더 높다 해도 끈 떨어진 뒤웅박 신세로 여겼다.

그럼에도 외직을 청한 것은 이인임 세력의 공격을 피하고 때를 기다리기 위한 포석이었다. 더 높이 뛰어오르기 위해서는 잠시 몸을 낮추고 대세를 관망할 필요가 있었다. 더욱이 도전이 믿고 있는 이성계는 아직 동북면에 머물고 있었다. 도전의 첫 번째 목표는 국적(國賊)으로 여기는 이인임과 임견미, 염흥방 세력을 일시에 제거하는 것. 그러려면 이성계뿐 아니라 군권을 쥐고 있는 최영의 도움도 반드시 필요했다. 문제는 명분과 시기였다.

· · ·

세간의 미심쩍은 눈초리를 뒤로한 채, 홀로 휘정(麾旌 : 지휘하는 깃발) 하나 들고 남양부사로 부임하던 날, 도전은 이성계에게 비밀리에 서신을 보냈다.

장군께서는 이제 동북면을 휘하의 믿을 만한 장수에게 맡기시고, 개경으로 자주 올라오셔야 합니다. 마침 처가가 개경에 있고, 선왕께 하사받은 저택이 추동(楸洞)에 있으니 누구도 쉽게 의심하지 않을 것입니다. 개경에서는 내키지 않더라도 최영은 물론이요, 이인임과 임견미에게도 가끔 문안을 하여 부디 훗날을 도모하여야 할 것입니다. 저는 잠시 해향(海鄕)에 머물며 때를 기다릴 것이니 그때가 머지않아 오기를 손꼽아 기다리겠습니다!

남양부사로 나가 있는 동안 도전은 앞날을 대비하는 한편 의술을 연구하기 시작했다. 나라에 전의시(典醫寺, 또는 태의감太醫監)가 있어 의약과 치료를 맡고, 각 주(州)와 목(牧)에는 의원이 있었지만 일반 백성들은 혜택을 누리지 못했다.

관부에서는 약가(藥價)를 철저히 징수하였고, 권세 있는 자들은 이식(利殖)을 취하기 위해 싼 값으로 사들였다가 비싸게 되팔아 가난한 자들은 거의 약을 구할 수가 없었다. 그러니 백성들이 질병을 얻게 되면 약재를 구하러 이리저리 헤매다 병이 더욱 깊어져 마침내는 치료 한 번 제대로 못해보고 죽는 것이 다반사였다.

약을 구하지 못한 백성들은 또 병을 고치기 위해 절과 무당을 찾아가지만 염불이나 주술도 돈 많은 자들이 먼저 차지하니 가난한 자들은 그야말로 의지할 데가 없었다.

병이 들어도 약 한 첩 써보지 못하고 죽어가는 백성들의 현실을 안타깝게 여기던 도전은 중국의 의서와 전래되어 오는 민간 의학을 모아서 연구하고, 그림과 함께 해설을 곁들여 글을 조금만 아는 자라면 누구라도 쉽게 의술을 처방할 수 있는 의서를 지었다. 그것이 『진맥도결(診脈圖訣)』*이었다.

경사(經史)와 예악(禮樂)에 정통하고 군사와 병법을 터득한 도전이 사대

---

* 『진맥도결』은 그 후 창왕 원년(1389) 7월에 도전이 예문관 제학과 시학(十學 : 예禮·악樂·병兵·율律·산算·서書·의醫·풍수음양·이학史學)의 도제조(都提調)를 겸하면서 발간되었으나 아쉽게도 오늘날에는 전하지 않는다. 다만 이숭인의 짧은 서문을 통해 어떤 내용인지 짐작할 수 있을 따름이다. '의서는 읽기가 쉽지 않고, 의술은 배우기가 어렵다. 그런데 의원이란 자들은 의서를 제대로 읽지도 못하는 주제에 '내 의술이 용하다'고 하여, 내가 그런 무리들을 미워한 지 오래되었다. 국가에서 복학과를 두어 인재를 양성하게 되니 의과도 그중에 하나이다. 제조관 삼봉 정 예문(鄭藝文)이 말하기를, "의원은 마땅히 진맥에 착오가 없어야 처방에 효험이 있다."라고 하면서 제가(諸家)의 설을 상고하여 그림을 만들고, 그 범례에 따라 주를 달아 주요한 비결을 자세히 설명했으니 이름하여 진맥도(診脈圖)라고 하였다. 이 책은 상세하면서도 번잡하지 않으며 간결하면서도 소략하지 않으니, 글을 조금 아는 자가 읽어보면 응당 긴요한 것을 얻고 뛰어난 의술을 습득하게 될 것이다!'

부들이 잡학(雜學)으로 치는 의학서를 저술하고, 산학에서는 산법(算法)을 강술했으며, 천문과 풍수지리에까지 능통했던 것은 오로지 백성을 근본으로 두었기 때문이었다. 백성을 위한 것이라면 도전은 무속(巫俗)과 참설(讖說)까지도 마다하지 않았다.

그러나 뜻을 펼칠 날은 쉽사리 다가오지 않고, 나라는 점점 어지러워 갔다.

. . .

해가 바뀌면서 우왕은 임견미를 다시 시중으로 들어앉혔다. 최영이 우직한 나머지 재상들과 자주 부딪치자 영삼사사로 옮기고 임견미를 다시 불러들인 것이다. 그때부터 고려와 명나라의 관계는 다시 악화일로로 치달았다. 이인임과 임견미가 애초부터 명나라를 꺼려하는 데다 홍무제도 걸핏하면 고려에 까탈을 잡으니 북변이 늘 불안할 수밖에 없었다.

그러던 차에 북방에서 날아온 첩보는 중외를 아연 긴장시켰다.

"정료위(定遼衛)에서 갑자기 군사를 점호하는 것이 장차 우리나라로 쳐들어오려는 것 같다!"

그 첩보를 입증이라도 하듯, 사은사로 명나라에 갔던 찬성사 장자온이 금의위(錦衣衛)에 갇혔다는 소식이 뒤따르고 요동이 다시 폐쇄되어 버렸다.

일대 전운이 감돌면서 우왕은 서해도 호곶[壺串]으로 나가 친히 진을 치고서 요해처마다 군량을 검수토록 명했다. 일전불사의 각오였다. 그러나 둔전이란 둔전은 권신들이 이미 다 탈점해 버렸으니 텅 빈 창고에는 먼지만 켜켜이 쌓여 있을 뿐이었다.

다급해진 우왕은 사전(私田)에서 절반을 걷어 군량미에 보충토록 하고, 각 도의 안렴사에게 밀명을 내려 장수들의 지휘 능력과 수령들의 공과(功過)를 파악하여 올리도록 하였다. 또한 도당에 엄명을 내렸다.

"무릇 둔전과 창고, 궁사(宮司)의 전민을 강점하고 강탈한 자들의 명단을 작성하여 과인에게 고하라. 그들의 죄를 결코 용서치 않으리라!"

그러나 도당에 포열해 있는 대신들 중에 그런 죄를 저지르지 않은 자가 거의 없다는 사실을 알고 우왕은 할 말을 잃어버렸다.

"대신들의 탐욕이 나라를 망치는구나!"

우왕은 탄식했다. 설마 그렇게까지 조정이 썩었을 줄은 몰랐던 것이다.

그로부터 한 달 후. 원나라의 유장 나합출(納哈出)이 명나라에 투항했다는 소식이 풍문처럼 들려왔다. 요동 이북을 거점으로 20만 대병력을 거느리고 있던 나합출의 투항 소식은 고려에 엄청난 충격파였다. 요동의 판세가 거의 명나라로 기울어버린 셈이었기 때문이다.

겨울이 되면서 불안한 소문이 끊이질 않았다. 압록강이 얼면서 명나라 간자들이 횡행하고, 나합출을 항복시킨 명나라 장수 풍승(馮勝)이 대군사를 돌려 고려로 쳐들어올지 모른다는 말이 항간이 떠돌았다. 사람들은 한밤중에 들리는 개 짖는 소리나 쌓인 눈을 못 이겨 나뭇가지 부러지는 소리에도 깜짝깜짝 놀라며 가슴을 졸였다.

불안하고 어수선한 가운데 한 해가 저물어갔다. 그리고 무진년(우왕 14년) 아침은 마치 무슨 일이 벌어지고야 말 것처럼 밝아오고 있었다. 아니나 다를까. 전 밀직부사 조반이 백성들을 선동하여 민란을 일으켰다는 소식에 도성이 발칵 뒤집혔다.

조반은 전년까지만 해도 명나라에 사신으로 다녀오고 밀직부사의 자리에 있었다. 그러나 임견미가 다시 시중이 되자 염증을 느낀 나머지 벼슬을 버리고 고향인 배주*로 내려가 버렸다. 권신에게 휘둘리지 않고 향리에서 편안하게 여생이나 보낼 작정이었다.

그러나 그런 꿈은 어이없이 깨지고 말았다. 염흥방의 가노 이광(李光)이란 작자가 조반의 땅을 가로채고는 자기 땅이라고 우겼던 것이다. 아닌 밤중에 홍두깨도 유분수였다. 버젓이 주인이 있는 땅을 제 것이라니, 날강도가 따로 없었다.

마음 같아서는 이광이란 놈을 쳐 죽이고 싶었지만, 조반은 꾹 참고서 염흥방을 찾아가 사정하다시피 하여 땅을 겨우 돌려받기로 했다. 그러나 이광은 고분고분 땅을 내놓지 않았다. 조정에서 추상까지 지낸 체면에도 불구하고 조반은 몸소 이광을 찾아가 좋은 낯으로 달래었다.

"이보시게, 내가 개경에 올라가 염 대감을 만나 돌려주겠노라는 약조를 받았는데, 왜 이러는가?"

이광은 그러나 첫마디부터 딴청이었다.

"난 그런 전갈을 우리 대감마님한테 받은 적이 없소이다."

"허, 이 사람이. 내 말이 흰소리로 들리는가?"

"흰소린지 검은소린지 낸들 모르겠고, 난 그저 이 땅이 우리 대감마님 거라니까 지키고 관리할 따름이오."

"허어, 어느 놈이 염 대감 땅이라고 하던가?"

"그건 나한테 따지지 마시고 정 억울하거든 송사를 거시우. 그럼 누

---
* 白州. 황해도 연백군 배천의 옛 이름.

구네 땅인지 분명해질 거 아니우?"

종놈의 입에서 나오는 말마다 방자하다 못해 숫제 조반을 깔아뭉개었다. 참다못한 조반이 이광에게 대갈을 퍼부었다.

"네 이놈! 아무리 세상의 법도가 무너졌다지만 종놈 따위가 감히 대부를 능멸하는가!"

그쯤 되면 기함이라도 들렸을 법한데, 이광은 믿는 구석이 확실히 있는지라 찍하니 대거리를 놓았다.

"어, 어찌 내게 호놈이시우? 댁이 내 주인도 아닌 바에야 욕을 얻어먹을 것도 없으니 그만 돌아가시우!"

졸지에 무색을 당한 조반은 온몸을 부르르 떨었다.

'종놈 따위에게 이런 능욕을 당하고서 어찌 대부라 하리!'

조반은 집으로 돌아와 당장에 권속들을 불러 모았다.

"오늘 국적(國賊)의 종자들을 베고 임금에게 나아가 그들의 죄를 고할 것이니 너희들은 나를 따르라!"

칼을 빼든 조반의 서슬이 퍼랬다. 조반은 20명 남짓한 권속들과 함께 몰려가 이광과 그 무리들을 베고 농장까지 불태워버렸다. 그러고는 곧장 개경으로 말머리를 돌렸다. 임금을 뵙고 염흥방의 탐학무도를 아뢸 참이었다. 혹 임금을 뵙지 못하더라도 사헌부에라도 나가 전말을 고하여 권세가들의 패악을 세상에 알리려는 것이었다.

그러나 조반이 개경에 채 닿기 전에 염흥방이 먼저 우왕 앞으로 쪼르르 달려갔다.

"전하, 전 밀직부사 조반이 배주에서 민란을 크게 일으켰다 하옵니다!"

우왕은 놀라면서도 도저히 믿기지가 않아 염흥방에게 되물었다.

"민란이라니, 그게 대체 무슨 소리요?"

"전답의 소유를 놓고 하찮게 다투다, 조반이 백성들을 선동하여 신의 가노 수십 명을 죽이고 도성으로 향했다 하옵니다."

"아니, 그자가 실성하지 않고서야 어찌 그런 무모한 짓을 저질렀단 말인가?"

"전하, 조반의 무리가 도성에 당도하기 전에 속히 군사를 보내 소란을 막아야 할 줄로 아옵니다."

"그리하시오!"

자기 말을 전혀 의심하지 않는 왕의 명령에 염흥방은 속으로 쾌재를 불렀다. 400여 기의 군사를 보내 조반을 체포토록 하고, 자신이 상만호(上萬戶)를 겸하고 있는 순군부에 명하여 조반의 어미와 처자를 잡아들이도록 하였다.

군사들은 민란이 크게 일어난 줄 알고 예성강 벽란도에 진을 치고 조반을 기다렸다. 그런데 정작 모습을 드러낸 조반은 겨우 5명을 거느리고 있을 뿐이었다. 교주도 원수 정자교(鄭子交)가 조반을 체포하여 도성으로 압송하였다.

우왕은 조반을 옥에 가두고 대간과 전법사까지 참여하여 합동으로 국문케 했다. 조반이 그렇게까지 사태를 일으킨 까닭을 소상하게 밝히려는 것이었다. 그러나 염흥방은 그들을 다 제쳐놓고 조반을 직접 심문하였다.

"그대가 무고한 사람을 죽이고, 무기를 가지고 도성을 향했을 때는 필시 믿는 구석이 있기 때문이 아니겠는가? 반란을 같이 도모한 자가 누구인지 이실직고하렷다!"

팔을 걷어붙인 채 씩씩거리는 염흥방을 보고 조반은 어처구니가 없었다.

"이보시오, 염 대감! 나라의 재상이란 작자들이 탐학하기 이를 데 없어 불의를 저지르고 백성들을 함부로 해치니 이들이야말로 나라의 큰 도적이라, 내가 당신 종놈들을 쳐 죽인 것은 단지 해충과 같은 민적(民賊) 몇 놈을 벤 것인데 반란이라니? 그런 가당찮은 소리 집어치우고, 그보다 당신은 나와 송사를 놓고 다투는 당사자인데 어찌 나를 심문할 수 있는가?"

작은 체구 어디에서 그렇게 큰 소리가 나오는지, 조반의 목청은 순군부를 쩌렁쩌렁 울렸다. 염흥방은 찔끔하면서도 조반을 무섭게 다그쳤다.

"네 이놈, 나라의 재상을 가리켜 감히 도적이라니, 그 입을 찢어놓고야 말 테다!"

"백성을 해치니 민적이요, 나라를 어지럽히니 국적이 아닌가!"

"허어, 그래서 재상들을 죽이려 했던 것이냐? 네놈이 도성을 향해 길을 잡았을 때는 분명 내응하기로 한 놈이 있었을 터. 그놈이 누구인지 어서 말하거라!"

"죽여야 할 민적을 베었으니 당연히 주상전하께 아뢰려 했을 뿐이다!"

"안 되겠구나. 저놈이 토설할 때까지 매우 쳐라!"

이내 조반에게 못매가 떨어졌다. 조반은 오히려 눈을 시퍼렇게 뜨고서 염흥방에게 대갈일성을 퍼부었다.

"이놈, 흥방아! 네놈의 죄악이 이미 하늘에 미쳤으니 지하에 계신 곡성부원군이 통곡할 일이로구나. 누가 너더러 곡성군의 자식이라 하겠느냐!"

곡성부원군은 염흥방의 부친 염제신이었다. 염흥방은 얼굴이 벌겋게 달아올라 길길이 날뛰었다.

"이놈아, 네 어미와 처자의 목숨이라도 건지려거든 순순히 죄를 고할 일이다!"

조반은 그제야 어머니와 처와 자식들까지 갇혔다는 사실을 알고 치를 떨었다.

"네 이놈, 홍방아! 네놈이 아무리 간악하기로서니 무고한 아녀자와 어린아이를 가두고 매질을 하다니, 내가 진즉에 네놈과 같은 국적을 베지 못하고 이렇게 묶여 있는 것이 철천지한이로구나!"

분노로 이글거리는 조반의 눈은 금방이라도 염흥방을 잡아먹을 것만 같았다.

· · ·

"장군, 이를 두고 천재일우라 하는 것 아니겠습니까!"

조반이 순군부에서 국문을 받고 있을 때 도전은 천만뜻밖에도 이성계와 마주앉아 있었다. 이성계가 처 강씨의 집안일로 동북면에서 올라와 추동에 머물고 있을 때, 마침 조반의 옥사가 일어나자 도전이 남양에서 황급히 올라왔던 것이다.

"지금이야말로 장군이 나서야 할 때입니다!"

도전은 아까부터 이성계의 결심을 재촉하고 있었다.

"조반의 무고한 옥사에 나라사람들 누구라도 분노하고 있습니다. 이럴 때 장군이 대의를 떨치셔야 합니다!"

고민스러운 듯 눈을 감고 있던 이성계가 무겁게 말문을 열었다.

"정녕 제거되어야 할 자들이 누구누구입니까?"

"이인임과 임견미, 염흥방. 이들은 임금을 속이고 조정을 문란시킨 간적(奸賊)이요, 단지 사욕을 채우기 위해 백성들 것을 빼앗고, 백성들로 하여금 피눈물을 흘리게 하는 민적이올시다. 그뿐이겠습니까? 나라는 대국으로부터 수치와 모멸을 당하는데 권력을 농단하여 나라를 병들게 하였으니 천하에 없는 국적이올시다. 그들을 일거에 제거하지 않고서는 나라를 바로 세울 수는 없는 일입니다!"

"하지만 그들은 모두 내로라하는 권문에다 주상전하의 총애를 한 몸에 받고 있질 않소이까?"

"그래서 최 시중을 만나시라는 겁니다. 최 시중이라면 장군의 뜻을 결코 외면하지 않을 겁니다."

"최 시중이 강직하기는 하나 그들과 함께 오랫동안 정치를 해온 터에 그리 쉽게 응하겠습니까?"

"장군, 최 시중이 비록 그들과 같이 권력을 나누어 가졌으나 그들과 한통속이라고 할 수는 없습니다. 오히려 누구보다 국적들을 미워한다고 하지 않습니까? 최 시중을 움직일 만한 분은 지금 장군밖에 없습니다."

이성계는 다시 눈을 지그시 감았다.

장수로 평생을 마치려 했다. 벌판을 말달리며 수만 군사를 호령하여 통쾌하게 적을 물리치고 자신의 이름만 들어도 적장의 간담이 서늘해지는 그야말로 용맹과 위용을 갖춘 장수로만 남고 싶었다. 그런데 정도전이라는 사나이가 나타나 바람과 구름을 몰고 와서는 한순간에 자신의 운명을 뒤바꾸어 놓으려 하지 않는가.

"장군, 백척간두에 서 있는 나라를 그대로 두고만 보실 작정입니까? 도탄에 빠진 백성들의 원망과 탄식이 들리지 않습니까? 시대가 장군을 부르고 있음입니다!"

절규와 같은 도전의 간곡한 말은 마침내 이성계의 마음을 움직였다. 이성계는 몸을 일으켰다.

· · ·

"내, 장군의 충정을 모르는 바 아니오. 나라고 해서 어찌 그들이 밉지 않겠소? 하지만 나는 출장입상으로 수십 년간 조정을 지켜온 사람인데 이제 와서 무장들이 칼을 들고 일어난다면 성상께 무어라 말씀드릴 것이며, 더욱이 광평부원군은 좌명공신(佐命功臣)으로 주상께서 의지하는 대신인데, 어찌 함부로 칠 수 있단 말이오. 내, 오늘 이야기는 안 들은 것으로 하겠소이다!"

잔뜩 기대를 품고 갔던 찾아간 최영은 이성계를 적이 실망시켰다.

"대감, 그들이 주상께 고임을 받는 것은 단지 임금의 눈을 가리고 귀를 막았기 때문이 아닙니까? 대감께서 지금 간악한 자들을 물리치지 않으면 장차 나라에 무슨 화가 닥칠지 예측할 수가 없습니다. 주상께서도 지금은 오로지 대감만을 의지하시니 나라의 장래가 대감 한 분의 거동에 달려 있습니다!"

이성계의 간곡한 설득에도 최영은 요지부동이었다.

"신하된 자로서 어찌 감히 임금의 마음을 거스르겠소? 그만 물러가 주시오."

이성계가 돌아간 뒤에 최영은 혼란에 빠졌다. 언젠가 이인임이 이성계의 야심을 경계하라던 말이 떠올랐던 것이다. 하지만 최영은 곧 고개를 흔들어 그 생각을 지워버렸다. 이성계가 권신들을 제거하자는 것은 순수한 우국충정임을 믿고 싶었다.

그런데 그날 밤. 밤도 깊어 오가는 사람이 없는 시각. 최영의 집에 뜻하지 않은 손님이 찾아왔다.

"영삼사사는 어서 나와 주상전하를 맞으시오!"

서너 명의 시종만 앞세우고 우왕이 최영의 집으로 거둥하였던 것이다. 최영은 버선발로 뛰쳐나가 우왕을 맞이하였다. 우왕은 최영의 누옥이 다소 낯선 듯 이리저리 둘러보았다.

"과인이 여러 대신들의 집을 가보았으나 경의 집은 처음이구려. 헌데, 일국의 수상을 지낸 분의 집이 어찌 이리도 누추하오?"

"신과 가솔들이 거처하는 데 아무 불편이 없사온데 조금 누추한들 어떻습니까? 또한 이처럼 전하께서 찾아주시어 부들자리가 금석(金席)처럼 빛나고 있사오니, 신이 무엇을 더 바라겠사옵니까?"

최영은 급히 술상을 마련케 하여 우왕에게 잔을 올렸다.

"신의 잔을 받으소서!"

우왕은 그러나 받았던 술잔을 그대로 내려놓으며 말했다.

"경은 어째 요즘 과인을 찾지 않는 것이오? 정사가 바르고 그른지, 나라가 제대로 되어 가는지, 백성들이 고달프지는 않은지, 또 과인에게 무슨 잘못은 없는지 그런 말들을 해주어야 할 것이 아니오?"

최영은 갓을 벗고 머리를 바닥에 조아렸다.

"신이 늙고 아둔하여 전하께 심려만 끼치고 있사오니 몸 둘 바를 모르겠사옵니다!"

"아니, 아니오. 경을 탓하는 게 아니라오. 지금 조반의 일로 과인의 마음이 도무지 편칠 않아 하는 말입니다."

말끝을 흐리며 시선을 돌리던 우왕의 눈길이 문득 벽에 걸려 있는 화살에 멎었다.

"저 화살은 과인이 경에게 주었던 것이 아니오?"

"그러하옵니다, 전하!"

"나라 안에 들끓고 있는 도둑을 잡는 데 쓰라고 주었건만 어찌 저렇게 걸어놓고만 있는지 모르겠소."

순간 최영은 숨이 컥, 막혔다. 국적을 제거하라는 말이었다. 최영은 자못 떨리는 목소리로 아뢰었다.

"전하, 하명만 하소서!"

"경은 어찌 그리 과인의 마음을 모르시오? 나라의 도둑을 잡을 사람이 경 말고 또 누가 있겠소?"

원망 섞인 우왕의 말에 최영의 하얀 수염이 가늘게 떨렸다.

· · ·

다음날 새벽.

갑자기 도성에 계엄령이 떨어졌다. 성문은 굳게 닫히고 전에 없던 군사들이 궁궐을 엄하게 시위하였다. 갑옷과 투구로 완전 무장을 한 최영이 비장한 표정으로 우왕 앞으로 나아갔다. 최영 뒤에는 역시 완전 무장을 한 이성계가 따르고 있었다. 우왕은 두 사람에게 명하였다.

"염흥방은 물론, 임견미와 도길부 또한 죄가 많으니 그들을 옥에 가

두고 엄히 국문토록 하라!"

이윽고 군사들이 자남산(子男山) 아래에 있는 임견미의 저택을 포위하였다. 중사(中使)가 왕명을 선포하는데, 임견미는 눈을 부라렸다.

"미친놈이 아니고서야 감히 누구에게 하는 소리더냐? 이는 필시 최영이 난을 일으켜 임금을 볼모로 잡고 나라의 대신들을 제거하려는 수작이렸다!"

"죄인을 체포하여 순군에 가두라는 어명이 추상같으시니 죄인은 순순히 따르시오!"

"무어라? 나라의 집정대신을 하루아침에 잡아들이라니, 대체 이것이 임금된 도리인가? 예로부터 임금의 그릇된 것은 신하가 바로잡는다 하였으니 내, 당장 도당에 나가 여러 재상들과 의논한 뒤에 왕명을 따르든지 말든지 할 것이니, 너희들은 냉큼 물러가거라!"

임견미는 급히 휘하의 진무를 불렀다. 그러나 그의 군사들은 이미 이성계에 의해 무장이 해제된 상태였다. 다급해진 임견미는 칼을 빼들고 권속들을 동원하여 자남산 쪽으로 뚫고 나가려 했다. 그러나 자남산 위에는 기병들이 열을 지어 깃발을 펄럭이고 있었다. 임견미는 칼을 내던지며 이를 갈았다.

"광평군(廣平君)이 끝내 나를 그르쳤구나! 내가 최영을 미리 죽이지 못한 게 천추의 한이로다!"

우왕은 조정을 일신하여 최영을 다시 시중으로 삼았다. 그리고 이성계를 수시중에 제배하였다. 또 정몽주는 삼사좌사로, 남양부사로 있던 도전은 성균대사성으로 발탁하였다.

　　　　　•　　•　　•

　한편, 임견미가 순군에 갇힌 뒤에도 그의 아들인 지밀직 임치는 우왕을 시종하고 있었다. 우왕은 임치를 빤히 보면서 물었다.

　"치야, 내가 너의 아비를 가둔 것이 억울하냐?"

　"……."

　임치는 아무 말도 못한 채 고개를 숙였다. 우왕은 어조는 싸늘했다.

　"세상 사람들이 너의 아비를 '임돼지'라 하고, 염흥방을 '염도둑'이라 하니 내가 도둑과 돼지를 잡았을 뿐이다. 너는 이제 그만 집으로 돌아가도록 해라!"

　궁궐에서 나오는 길로 임치는 체포되어 순군옥에 갇혔다. 최영은 찬성사 왕복해도 숙청할 것을 청하였다. 그는 임견미의 사위로 여전히 궁궐에 남아 있었던 것이다. 우왕은 그러나 고개를 저었다.

　"복해는 나의 의자(義子)인데, 어찌 나를 배신하겠소."

　반복해가 우왕의 의자가 된 것은 2년 전 가을이었다. 우왕이 서해도로 사냥을 나가 멧돼지를 쫓다가 그만 말에서 떨어졌는데 멧돼지가 갑자기 몸을 돌려 우왕을 향해 돌진하였다. 절체절명의 순간, 반복해가 화살을 날려 멧돼지를 쓰러뜨렸다. 우왕은 그때 반복해가 생명의 은인이라 하여 왕 씨 성을 내리고 의자(義子)로 삼았던 것이다.

　그러나 최영은 끝내 우왕을 설득하여 왕복해를 옥에 가두었다. 그러자 찬성사 김용휘가 칼을 휘두르며 궁궐로 뛰어들었다.

　"이놈, 최영아! 네가 임금을 충동하여 우리 일족을 죽이려 하다니 내가 용서치 않을 것이다!"

김용휘는 왕복해의 양부였다. 하지만 김용휘는 몇 걸음 못 가 격분한 최영의 칼에 뎅겅 목이 떨어져 나가고 말았다. 김용휘의 궁궐 난입은 임견미와 염흥방 일족의 명까지 재촉하였다. 처음에 칼을 빼기가 어렵지, 일단 칼을 빼들면 상대가 누구든 인정사정 봐주지 않는 원칙주의자 최영이었다.

"전하, 임견미와 염흥방 족당들을 한시라도 살려두었다간 또 무슨 변고가 일어날지 알 수 없는 일이오니, 저들을 속히 처단하여 후환이 없도록 하소서!"

최영의 청에 따라 그날로 임견미와 염흥방 일족 18명이 주살되고 가산은 적몰되었다. 임견미와 염흥방 일족이 일거에 제거되자 도성 사람들은 한길로 몰려나와 춤을 추며 기뻐하였다. 그러나 이인임은 누렇게 뜬 얼굴로 최영을 찾아왔다.

"이번 일은 필시 이성계가 장차 권력을 노리고 음모를 꾸민 것이니, 지금 그자를 도모하지 않으면 나중에 경까지 위험할 것이오!"

최영은 이맛살을 찌푸렸다.

"이 모든 일은 전하의 밀지를 받아 내가 주동하였고 이성계는 다만 호응한 것뿐인데, 어찌 그런 말로 나와 이성계를 이간시키려 하시오."

"설사 지금은 그렇다 해도 나중에 가보면 결코 내 말이 틀리지 않으리다."

최영은 더 이상 마주하기 싫다는 듯이 고개를 돌려버렸다. 이인임은 마지막으로 최영에게 아들의 구원을 청했다.

"나야 늙고 병들었으니 오늘 죽으나 내일 죽으나 관계치 않소만, 내 자식놈이 임견미의 사위라 아무래도 무사하지 못할 터. 이게 늙은이의

한이라오.”

　“전하께서 즉위하시어 오늘에 이른 것은 모두 광평부원군의 공덕인데 어찌 지켜주지 않겠습니까? 걱정하지 않아도 될 것입니다.”

　“허어, 과연 그러할지⋯⋯.”

　이인임은 그러나 최영의 말을 믿지 않았다. 권력이란 때로 자기 의지와는 상관없이 정도(正道)를 벗어난다는 것을 누구보다 자신이 잘 알고 있었던 것이다.

·　·　·

　붉은 살육이 시작되었다.

　한번 피 맛을 본 칼은 멈출 줄을 몰랐다. 반익순과 임견미의 조카, 염흥방의 형인 염국보를 비롯하여 그 조카와 매부, 그리고 그들에게 편당했던 환관들에 이르기까지 50여 명이 더 처형되었다. 뿐만 아니라 이미 주살당한 자들의 자손들까지 죄를 물어 포대기에 싸인 아기라도 강물에 던져 죽이고 말았다. 말 그대로 자손무유(子孫無遺)의 참화였다.

　도전은 미친 듯한 칼바람에 경악을 금치 못했다. 이런 피바람을 원했던 건 아니었다. 도전은 당장 정몽주와 더불어 이성계를 찾아가 간곡히 말했다.

　“장군, 최 시중의 칼을 말려주십시오. 이건 학살일 뿐입니다. 어찌 사람을 하찮은 파리 죽이듯 죽인단 말입니까? 자고로 정치란 덕으로써 다스리고 예로써 바로잡으라 하였습니다. 더 이상의 살육을 막으셔야 합니다.”

　정몽주도 도전의 말에 덧붙였다.

"애초에 국적들을 제거하여 나라를 바로잡으려는 것이었지, 전쟁터에서 적을 쳐 죽이듯이 무차별하게 죽이자는 것은 아니었습니다. 지금 조정의 벼슬아치들은 오로지 최 시중을 두려워하여 보신에만 급급한데, 이럴 때 수시중이 나서 진정시켜야 할 것입니다!"

이성계는 곧 우왕에게 나가 아뢰었다.

"전하, 임견미와 염흥방이 천인공노할 죄인인 것은 틀림없사오나, 나라에는 엄연히 법이 있으니 먼저 저들의 죄를 철저히 논하여 후세 사람들로 하여금 경계토록 하소서!"

그러나 우왕은 최영에게 일본도 20자루를 하사하면서까지 피의 숙청을 독려했다. 또 내시 김양(金亮)과 김완(金完)을 경기 좌우도의 찰방(察訪) 겸 제창고전민사(諸倉庫田民使)라는 이름으로 파견하였다.

"너희들은 국적들이 도둑질했던 토지와 노비를 하나도 빠짐없이 조사하여 보고토록 하라!"

우왕은 환관들에게 검을 내주면서 죄가 있는 자들은 여지없이 베도록 하였다.

거기서 그치지 않았다. 최영은 각 도에 안무사를 파견하여 국적들의 가신이나 악노(惡奴) 등 수천 명을 잡아들여 그중에 1천여 명을 주살하고 재산을 몰수하였다.

그리하여 무진년 정월 초에 목숨을 날린 사람만 천 수백 명을 헤아렸으니, 그때의 살육을 가리켜 무진피화(戊辰被禍) 또는 정월지주(正月之誅)라 하였다.

억울하게 죽은 사람들도 많았다. 염흥방의 매부인 대사헌 임헌(任憲)의 경우, 옥관(獄官)들이 그의 가산을 몰수하러 갔을 때 놀라고 말았다.

염흥방의 후견을 받았으며, 다른 데도 아닌 헌사의 장령을 지낸 자라면 응당 수만 금의 재물을 모았을 것으로 지레 짐작했는데, 임헌의 초가에는 한 섬의 곡식조차 없을 정도로 청빈했던 것이다.

이성계는 그 말을 듣고 최영에게 달려가 사정하였다.

"임헌이 비록 염흥방과 인척이기는 하나 본래 염흥방의 탐욕을 미워했으며 또한 헌관(憲官)으로서 청렴강직했으니, 그자의 목숨만큼은 살려야 합니다."

최영은 그러나 단호하게 거절하였다.

"그자가 일찍이 대사헌이 된 것은 다 염흥방의 세를 업고서였는데, 대사헌이 되어서는 한마디의 직언도 없었으니 마땅히 죄를 받아야 할 것이오."

임헌은 끝내 처형되고 말았다.

또 한 사람은 이존성이었다. 이인임의 종손(從孫)이자 이성림의 사위인 이존성은 처음에는 권세를 믿고 자못 방자하게 굴었다. 그러다 자신의 잘못을 깨닫고 우왕에게 여러 차례 직간을 하다 서경윤(西京尹)으로 좌천되고 말았다. 그래도 이존성은 많은 백성들을 구휼하여 서경 사람들로부터 칭송을 받았다. 하지만 이존성 역시 죽음을 피해가지 못했다.

그렇게 많은 사람들이 죽어갔으나 정작 국적 중의 국적으로 지탄을 받는 이인임은 무사했다. 임견미와 염흥방의 일족은 씨를 다 말려버리는 판에 이인임과 그 족당들은 옥사에 연루된 자가 거의 없었다. 또 우왕은 국적들한테 적몰한 재물을 여러 왕비와 궁첩, 그리고 폐행(嬖幸)들에게 선심 쓰듯 나누어주었다.

그러니 며칠 전까지만 해도 춤을 추며 기뻐했던 백성들의 입에서 탄식이 터져 나왔다. 환호는 어디론가 사라져버리고 원망과 분노가 다시 가득했다.

"진짜 괴수는 법망을 빠져나갔으니, 강직한 최 공이 어찌하여 늙은 도적을 살려둔단 말인가!"

"국적들의 재물은 기실 우리들의 살가죽을 벗기고 뺏어갔던 것인데, 어찌 우리한테 돌려주지 않는가!"

도전과 정몽주는 흉흉한 민심을 이성계에게 가감 없이 전하였다.

"수시중 대감, 국적들이 주살되자 백성들은 기뻐서 어쩔 줄을 몰라 하더니, 지금은 도리어 민심이 흉흉하기 이를 데 없습니다. 왜 그렇겠습니까? 하찮은 것을 훔친 자들은 하나같이 죽음을 면치 못했는데, 진짜 큰 도적은 대저택에서 호위를 받고 있으니 민심이 과연 어떠하겠습니까?"

"민심이란 잠시도 뜻이 맞지 않으면 어그러지기 쉽고 버성기게 마련입니다. 이인임을 처단하지 않고서는 백성들의 한을 풀어줄 방도가 없습니다!"

두 사람의 말에 이성계는 그 길로 우왕에게 나아가 아뢰었다.

"전하, 작은 도둑 천 수백 명을 죽였으나 정작 큰 도둑의 목을 베지 않으니 백성들은 이 무슨 하늘의 조화인가, 라며 한탄이 끊이질 않고 있사옵니다. 광평부원군 이인임의 죄를 물어 대의를 세우소서!"

예상했던 대로 최영은 이인임을 두둔하였다.

"광평부원군은 전하께서 즉위하실 때 계책을 정하고 나라를 안정시켰으니 그 공이 허물을 덮고도 남을 것이옵니다. 광평부원군은 부디 용서하소서!"

그러나 우왕은 이인임을 경산부(京山府)로 안치시키도록 했다. 그러자 최영은 한 걸음 더 나아가 이인임의 아우인 이인민을 계림부의 봉졸로 떨어뜨리고, 이인임의 아들로 임견미의 사위였던 이환(李瓛)과 조카 이직(李稷)을 장형과 함께 변방으로 유배시켜버렸다. 이때 첨서밀직 이숭인과 하륜, 밀직부사 박가흥(朴可興) 등도 이인임의 인척이라는 이유로 똑같이 유배되었다.

최영의 독선에 이성계는 강하게 반발하였다.

"국적이 이미 멸적되었으니, 이제는 형벌과 살육을 그치고 오히려 용서하는 영을 반포하여 민심을 수습해야 할 터인데, 언제까지 처벌만 하려는 것입니까?"

최영은 그러나 대번에 얼굴을 붉혔다.

"항차 국적들의 천거를 받아 조정에 오른 자들까지 모조리 뿌리를 뽑아버려야 할 것이오!"

"국적들이 권력을 잡은 지 이미 10년이 넘었는데 관료들 중에 그들과 얽히고설키지 않은 자들이 누가 있겠습니까? 이제는 과거의 잘못을 묻기보다는 성품과 재주를 따져 조정을 일신시켜야 할 것입니다."

"기강이 흐트러진 조정을 바로잡으려면 어쩔 수 없는 노릇이니 수시중은 더 이상 내게 따지지 마시오!"

그 일 이후로 무진정변을 일으킨 두 주역 사이에 보이지 않는 틈이 생기기 시작했다.

바로 그 즈음. 서북면 도안무사 최원지(崔元沚)의 급보는 아직 혼란 속에 빠져 있는 고려를 충격과 긴장으로 몰아넣었다. 요동 도지휘사에서 승차(承差) 이사경(李思敬) 등을 파견하여 압록강 일대에 방을 붙이기를,

철령 이북과 이동과 이서는 원래 개원로의 관할이었으니 황제의 명에 따라 이 지역의 군민(軍民)들은 한인(漢人)과 여진인, 타타르인, 고려인을 막론하고 종전과 같이 요동에 귀속시킨다!

철령 이북의 땅을 내놓으라는 것이었다.* 정월지주의 피비린내가 채 가시지 않은 2월 어느 날의 급보였다. 우왕은 마침내 올 것이 마침내 왔다며 이를 갈았다.

'화친이냐, 전쟁이냐!'

선택은 둘 중 하나였다.

---

* 명나라가 말한 철령의 위치에 대해서는 3가지 설이 있다. 지금의 강원도와 함경도의 경계인 철령, 그리고 평안북도 강계라는 설과 만주 집안현(輯安縣 : 고구려의 국내성으로 광개토대왕비가 있는 곳)이라는 설이 그것이다. 그러나 당시의 사실(史實)로 미루어 보면 지금의 철령을 말하는 것이 분명하다. 개원로는 원나라가 요동 지역을 다스리기 위해 요양성에 설치한 관부로, 처음에는 황룡부(黃龍府 : 지금의 중국 길림성 농안현農安縣)에 치소를 두었다가 나중에 함평부(咸平府 : 지금의 봉천성 개원현開原縣)로 옮겼는데, 회령에 설치된 쌍성총관부(雙城摠管府)도 이에 속했었다. 따라서 명나라의 말대로라면 철령 이북의 문주(文州)에서부터 고려가 국경으로 삼고 있는 공험진(公險鎭)에 이르기까지 동북면 일대의 땅을 명나라가 차지하겠다는 것이었다.

9. 그러나 회군

밤도 깊어 사위는 고요한데 황대촉이 불을 밝히고 있는 우왕의 침전에서는 이른 저녁부터 두런거리는 소리가 내내 그치지 않았다. 침전 밖으로 흘러나오는 목소리의 주인공은 우왕과 최영이었다.

"시중께선 작년 여름, 도성 일대를 뒤흔들었던 지동(地動)을 기억하시겠지요?"

"기억하다 뿐이겠습니까? 신은 그때 너무 놀라 태산이라도 무너지는 줄 알았사옵니다."

"과인은 그날, 송악산 서쪽 고갯마루에서 집채 만한 바윗돌이 무너지는 소릴 들었다오."

"놀라지나 않으셨는지요, 전하?"

"아니오. 바위가 무너지며 지축이 흔들리는데, 꼭 수천 마리의 군마가 땅을 박차고 내달리는 것은 아닌가 싶었다오."

"도성 사람들은 놀란 나머지 하늘의 진노가 아닌가, 두려워했다고 들 하옵니다."

"하하하! 나는 그리 생각하지 않았소."

"하오시면?"

"그때 땅이 큰소리로 울고 궁전 기둥이 다 흔들리지 않았소? 그 순간, 정녕 하늘이 나에게 요동을 함락시키라는 명을 내리는구나, 하는 생각이 들었다오."

"……!"

"이제 그때가 이른 것 같으니, 어쩌면 이리도 화살과 과녁이 꼭 들어맞는지 모르겠소."

"하오시면?"

"이번 기회에 요동을 정벌하여 홍무제의 그 오만한 콧대를 꺾어버려야겠소!"

"군사를 일으키겠다는 말씀이옵니까, 전하?"

"두려울 것이 무어 있겠소?"

"하오나 전하. 지금 명나라는 욱일승천하는 기세로 뻗어나가는 대국이옵니다. 간자들의 첩보에 따르더라도 명나라는 군자(軍資)가 풍부하여 군사와 군비를 잘 갖추었으며, 전함이 수천 척에 이른다 하지 않사옵니까? 그런 명나라를 공격하여 요동을 정벌하려면 저들보다 뛰어난 군사력과 막대한 물자가 필요하온데……."

"군자라면 정월에 국적들한테 몰수한 재물만 가지고도 충분히 조달할 수 있지 않겠소?"

"전하, 군자가 충분하다 해도 전쟁을 일으키려면 사전에 치밀한 준비가 필요하고 또한 지략과 용맹을 갖춘 장수들이 있어야 하옵니다."

"경이 있지 않소이까, 백전백승에 불세출의 용장인 경이 말이오. 경이 없다면 과인이 어찌 요동을 칠 생각을 할 수 있겠소? 또 이성계 장군도 있구요. 그 말고도 나라에 내로라하는 장수들이 어디 한둘입니까? 과인은 다만 때를 놓칠까 두려울 뿐이오. 명나라가 지금 옛 원나라 땅을 경략하는 데 힘을 쏟고 있으니 이때에 요동을 정벌하고 북원과 손을 잡는다면 명나라도 꼼짝하지 못할 겁니다."

"전하의 원대한 책략을 신이 미처 헤아리지 못했으니 부끄럽기 그지없사옵니다. 하오나 전하, 전쟁을 일으킬 때는 그만한 명분이 있어야 하옵니다."

"명나라가 지금 우리한테 철령 이북을 내놓으라며 협박하고 있는데 경은 가만히 앉아서 강토(疆土)를 내줄 생각입니까?"

"어찌 우리의 강토를 내줄 수 있겠사옵니까? 결사항전으로 지켜야할 것이옵니다."

"당연하지요. 기고만장한 황제가 남의 강토를 내놓으라고 으름장을 놓으며 거드름을 피우는 사이에 우리가 역으로 요동을 쳐서 나라의 지경을 넓히는 것이오. 어떻소, 내 생각이?"

"전하……!"

"자, 목이 마를 터이니 과인의 술을 한 잔 더 받으세요."

"망극하옵나이다, 전하!"

"내일 아침 백관들을 소집했으니 거병을 경이 주창한다면 다들 틀림없이 따를 것이오. 그나저나 북원에 밀사를 보내야겠는데, 믿을 만한 자가 있겠소?"

"신의 휘하에 상호군 배후(裵厚)란 자가 있사온데, 원나라 말에도 능통하니 그가 마땅한 듯싶사옵니다."

이따금씩 뒷숲에서 들려오는 부엉이 울음 소리는 밤이 꽤나 깊었음을 말해 주는데, 우왕과 최영의 밀담은 그칠 줄을 몰랐다. 그러나 이미 환관과 내수(內竪)들을 침전 밖으로 멀리 물리친 터라 듣는 사람은 아무도 없었다.

. . .

다음날 새벽.

봄은 지척에 온 듯싶은데 수창궁 대전 뜰 안은 아직 겨울 바람이 매웠다. 이른 새벽부터 입궐해 있던 백관들은 옷깃을 여미며 자꾸 합문(閤門) 쪽을 힐끔거렸다.

이윽고 합문이 열리고, 모습을 나타낸 우왕의 용안은 무척 상기되어 있었다. 우왕은 용상에 앉지도 않고, 선 채로 백관들을 향해 말했다.

"명나라 황제가 철령 이북을 떼어달라는데 과연 어찌하면 좋을지 여러 신료들의 의견을 듣고자 하오!"

동편 섬돌 아래에 시립해 있던 시중 최영이 한 걸음 앞으로 썩 나서며 우레처럼 격분을 터뜨렸다.

"조종(祖宗)에게 물려받은 강토를 어찌 내줄 수 있겠사옵니까? 응당 군사를 일으켜 막아야 할 것이옵니다, 전하!"

뒤를 이어 수시중 이성계 역시 격앙된 어조로 아뢰었다.

"말할 나위가 없사옵니다, 전하! 요동 군사가 우리 경계에 단 한 발자국이라도 발을 붙일 수 없도록 당장 서북면과 동북면의 요해처마다 군사를 증원하여 철통같이 막아야 할 것입니다!"

다른 백관들에게는 더 물을 것도 없었다. 우왕은 북방으로 여러 원수들을 급파하여 병력을 증강시키는 한편 각 도의 안렴사에게 명하여 군적(軍籍)을 재정리하고, 성을 수축토록 했으며 개경의 5부 방리군(方里軍)을 징발하여 남경(한양)의 중흥성(重興城)을 수리토록 하였다.

• • •

온 나라가 전쟁 준비로 떠들썩할 때, 마침 명나라에서 돌아온 설장수의 말은 최원지의 급보가 사실임을 확인시켜 주었다. 설장수가 홍무제한테 직접 들었다는 말은 이러했다.

"금후로 고려는 조빙은 물론 사신도 보내지 말 것이며, 철령 북방에서 동서쪽 땅은 옛날 개원로에 속했으니 요동의 도지휘사사(都指揮事司)에서 다스리도록 하겠노라. 고려는 이제 철령 이남을 국경으로 삼고 서로 침범치 말라. 그래야 장차 화가 일어나지 않을 것이다!"

홍무제의 선유(宣諭)를 놓고 편전에서 격분을 토로하던 최영이 마침내 요동 공벌을 들고 나왔다.

"황제는 번번이 우리나라를 위협하고 우리 왕실에 대해 온갖 그릇된 말로 수치와 모멸을 안겨주면서도 수천 마리의 말을 요구하는가 하면 수백 근의 금을 바치라 하고, 또 나라의 수재(秀才)와 처녀, 환관을 각각 1천씩 요구하더니, 이제는 강토마저 할양하라 하니, 이것은 장차 우리나라를 송두리째 삼키려는 수작이 아니오? 그러나 어찌 저들에게 나라를 내놓을 수 있으리요. 차라리 이번 기회에 우리가 먼저 정료위를 처버립시다!"

최영의 말에 좌중은 찬물을 끼얹은 듯이 조용했다. 그때 공산부원군 (公山府院君) 이자송이 조심스럽게 말을 꺼냈다.

"시중의 뜻은 충분히 공감하는 바이올시다. 허나 나라에 단 열흘을 쓸 저축도 없는 터에 무엇을 가지고 정벌을 단행한단 말입니까!"

우왕의 침전에서 최영이 했던 말과 크게 다르지 않았다. 그런데 우왕이 최영을 거들고 나섰다.

"시중의 말이 백번 옳소. 언제까지 명나라 황제에게 수모를 당할 것이오? 공산군은 군자를 걱정한 듯한데, 병사들이야 한두 달만 훈련시키면 될 것이고 군량은 정월에 국적들한테 몰수한 재물이 있으니 군사 수십만을 먹이고도 남을 것이오!"

"전하, 비록 군자가 넉넉하다 할지라도 어찌 민생을 도외시할 수 있겠사옵니까? 지금 백성들은 곤핍하여 하루하루를 풀뿌리로 연명하는 형편이온데……."

이자송의 말을 최영이 재빨리 가로막았다.

"명나라가 우릴 한입에 삼키려 하는데 공산군께서는 지금 백성들이 잠시 궁핍한 것을 따지자는 게요?"

"무작정 군사를 일으킬 것이 아니라, 명나라에 사신을 보내 우리의 입장을 설명하고 황제의 마음을 돌려야 하지 않겠소?"

우왕이 다시 두 사람 사이에 끼어들었다.

"사신을 보낸다 한들 황제가 가두거나 죽일 것이 뻔한데, 누구를 또 사지(死地)로 보낸단 말이오?"

최영이 덧붙여 말했다.

"그렇사옵니다, 전하. 찬성사 장자온이 아직 명나라에 갇혀 돌아오지 못하고 있는 판에 누가 또 가려고 하겠사옵니까? 지금은 화친을 논할 때가 아니옵니다."

그때 누군가가 나서며 큰소리로 말했다.

"전하, 신이 가겠사옵나이다!"

사람들의 눈길이 일제히 그쪽으로 쏠렸다. 밀직제학 박의중(朴宜中)이었다.

"전하, 실로 목숨이 아깝지 않은 자가 누가 있겠습니까? 하지만 신이 도리를 배운 유자(儒者)로서 나라를 위하는 길에 어찌 죽음을 두려워하겠습니까? 신이 명나라에 가서 모든 오해를 풀고 돌아오겠사옵니다!"

"경들의 생각은 어떻소?"

우왕이 썩 내키지 않는 표정으로 묻자 이성계가 아뢰었다.

"사신을 보내보면 황제의 진의가 과연 어디에 있는지 알 수 있을 것이옵니다."

편전에 모인 중신들 대부분이 이자송과 이성계의 말에 고개를 끄덕거렸다. 이때까지는 우왕도 크게 고집을 부리지 않고 박의중을 명나라에 보내 진정표(陳情表)를 올렸다.

철령으로부터 여러 고을을 지나 공험진까지는 옛날부터 고려의 땅이었습니다. 그런데 지금 철령 이북·이동·이서 지방이 원래 개원로의 관할 하에 있었으니 그곳의 군민들을 요동에 귀속시키라는 폐하의 명은 어인 일입니까? 철령은 왕경(王京)으로부터 불과 3백 리 거리에 있으며 공험진이 경계선인 것도 이미 한두 해가 아니옵니다. 폐하께서는 몇 개 안 되는 주를 우리나라의 강토로 인정해 주길 간절히 바라옵니다!

박의중이 명나라로 떠나고 나서 며칠 뒤, 명나라의 후군도독부(後軍都督府)에서 요동 백호 왕득명(王得明)을 고려에 보내 철령위 설치를 정식으로 통보해 왔다. 남의 땅을 내놓으라면서 기껏 백호짜리를 국사(國使)로 보낸 것이다.

"차라리 코흘리개를 보낼 일이지, 백호짜리를 보내다니!"

우왕은 기분이 상하여 판삼사사 이색으로 하여금 왕득명을 영접토록 했다. 그 자리에서 이색은 철령 이북에 대해서 상세히 설명하고 왕득명에게 이해를 구했다.

"사신께서는 우리의 실정을 황제폐하께 잘 말씀드려 주시오!"

그러나 왕득명은 퉁명스럽게 내뱉었다.

"철령위 설치는 오로지 천자의 처분에 달려 있는데 고려에서 왈가왈부할 것이 무어요? 그렇지 않소이까?"

그 말을 전해들은 우왕은 격분하고 말았다.

"우리를 얼마나 우습게 알았기에 감히 백호 따위가 그렇게 방자하단 말인가? 방문(榜文)을 가지고 국경을 넘어오는 요동 군사는 한 놈도 살려 보내지 말라!"

우왕의 명에 따라 서북변을 지키고 있던 장수들은 압록강을 함부로 넘어온 요동 군사 21명을 체포하여 가차 없이 베어버렸다. 이로써 전쟁은 피할 수 없게 되어버렸다.

그런데 전쟁을 하더라도 우왕과 최영은 명나라를 선공하여 요동을 차지하자는 쪽이었고, 이성계와 이자송 등은 먼저 화친을 청하되 명나라가 쳐들어오면 목숨을 걸고 막자는 쪽이었다.

이자송은 요동 공벌을 주장하는 최영을 붙잡고 간곡히 말했다.

"시중은 공민왕에게 두터운 신임을 받았고 또 정월에는 상감의 뜻을 받들어 국적을 해치움으로써 나랏사람들의 기대를 한 몸에 받고 있는데, 어찌하여 지금에 와서 나라를 위태하게 끌고 가려는 것이오?"

"공산군, 나도 이젠 늙어 죽을 날이 멀지 않은 몸이오. 헌데 나라의 화근을 뿌리뽑지 못하고 죽는다면 내 어찌 눈을 감을 수 있겠소?"

"그러다 도리어 화를 당하면 어찌하려고 그러시오? 최 시중, 명나라가 먼저 쳐들어온다면 모를까, 지금은 결코 우리가 먼저 군사를 일으킬 때가 아닙니다."

"주상전하께서 이미 큰 뜻을 세우셨는데 신하된 자로서 어찌 따르지 않겠단 말이오? 공산군은 더 이상 언동을 삼가시오!"

차갑게 쏘아붙이는 최영의 말에 이자송은 입을 닫았다. 그저 한숨만 나왔다.

· · ·

전쟁과 화친을 놓고 조정 대신들 사이에 설전이 벌어지고 있을 때, 우왕은 뜬금없이 최영의 딸을 비로 맞이하겠다며 서둘렀다. 최영의 나이가 70이 훨씬 넘었으나 아직 출가하지 않은 딸이 하나 있었던 것이다.

최영은 펄쩍 뛰었다.

"신의 딸은 보잘것없을 뿐만 아니라 또한 정실의 소생도 아니온지라 감히 지존(至尊)의 배필이 될 수 없사옵니다. 전하께오서 끝내 신의 여식을 취하시겠다면 노신은 차라리 머리를 깎고 산으로 들어가겠사옵니다."

그렇다고 포기할 우왕이 아니었다. 최영의 딸을 비로 맞이하려는 데는 나름대로 생각이 있었던 것이다.

"나라의 기둥인 경의 딸을 비로 맞이하여 왕실을 더욱 튼튼히 하려는 것인데, 경이 머리를 깎겠다면 과인은 아예 보위를 내놓을 테요."

우왕은 숫제 어거지를 쓰다시피 최영의 딸을 데려다 영비(寧妃)로 봉하고 영혜부(寧惠府)를 설치하였다. 서열로는 근비(謹妃) 이씨 다음 가는 제2비의 자리였다. 이로써 우왕은 9비 3옹주를 두었다.

나라사람들의 시선은 그리 곱지 않았다. 각 궁실마다 낭비가 심하여 비와 옹주들이 쓰는 물품을 대느라 3년 동안의 공세를 미리 징수하는 터에, 나라에서 무슨 명목으로 세금을 또 걷어갈까 걱정이 앞섰던 것이다. 게다가 며칠 지나지 않아 이자송이 죽음을 당했다는 소식에 사람들은 아연실색하고 말았다.

· · ·

"최 시중이 아무리 완고하다지만 공산군을 그렇게 무참하게 죽일 줄은 몰랐소이다!"

이성계는 정몽주와 도전에게 그 말을 던지고는 긴 한숨을 내쉬었다. 공산부원군 이자송이 최영의 탄핵을 받아 장 107대를 맞고 유형에 처해졌다가 유배길에 죽고 말았던 것이다.

이자송의 탄핵 사유는 임견미의 일당이라는 것이었다. 그러나 누가 봐도 최영의 무함이었다. 이자송이 정말 임견미의 일당이었다면 이미 정월에 죽었어도 몇 번을 더 죽었을 터. 그가 이제 와서 죽음을 당한 것은 순전히 요동 정벌을 반대했기 때문이었다.

도전이 어두운 낯으로 말을 꺼냈다.

"최 시중이 이런 식으로 독선을 부리다간 끝내 종사와 생민 모두 돌이킬 수 없는 화를 입을까 두렵습니다!"

"그 고집을 누가 당하겠습니까?"

정몽주의 말이었다. 그런데 이성계의 입에서 전혀 뜻밖의 말이 흘러나왔다.

"최 시중은 내심 북원을 믿는 모양이오."

"그게 무슨 말씀입니까?"

도전과 정몽주는 깜짝 놀라며 되물었다.

"두 분께선 작년 가을에 북원의 사신이 화주까지 들어온 사실을 알고 계시지요?"

북원의 사신이 화주까지 들어온 것은 작년 9월. 우왕 3년 이후 10여 년 동안 소식이 끊겼던 북원의 사신이 들어오자, 우왕은 호군 임언충(任彦忠)을 보내 그냥 돌려보내려 했었다. 홍무제에게 꼬투리를 잡히고 싶지 않았던 것이다. 그러나 나합출이 명나라에 투항하는 통에 길이 막혀 오도 가도 못 하다가 겨우 돌아간 것이 올해 2월이었다.

정몽주가 다그치듯이 이성계에게 물었다.

"그렇다면 북원과 더불어 명나라를 협공한다는 말입니까?"

"최 시중이 내게 확실한 말은 하지 않았소만 아무래도 북원에 밀사를 파견한 듯싶소."

이번에는 도전이 이성계에게 물었다.

"나합출까지 투항해 버린 지금, 북원과 어떻게 무슨 수로 손을 잡는단 말이오?"

"최 시중의 말로는 북원이 당장 거병은 못 해도 요동 북쪽에 세력을 유지하고 있는 유장(遺將)들과는 손이 닿을 수 있다는 것이오."

정몽주는 고개를 설레설레 흔들었다.

"허어, 참으로 큰일 날 소립니다. 나합출 이후로 나머지 세력들이라야 모두 패잔병에 지나지 않을 터인데, 어찌 그들을 믿고 군사를 일으킨단 말이오?"

"그나저나 내가 어찌하면 좋겠소?"

이성계가 그렇게 물으며 정몽주와 도전을 차례로 바라보았다. 정몽주는 한마디로 잘라 말했다.

"정벌은 불가합니다. 요동 회복은 삼한의 대업이니 어찌 그 염원을 저버릴 수 있겠습니까? 하지만 지금은 때가 아닙니다. 명나라가 쳐들어온다면 목숨을 걸고 싸울 것이지만 정벌은 불가하다는 말씀입니다."

도전이 덧붙였다.

"수시중께선 불가론을 펴야 할 것입니다. 사마법(司馬法)에 전쟁을 수행할 때는 필히 '5려(五慮)'를 지키라고 하였으니, 첫째는 하늘의 도리에 따르고, 둘째는 재력을 풍족하게 하며, 셋째는 장병들을 기쁘게 하고, 넷째는 지세를 잘 이용하고, 다섯째는 무기를 존중하라고 하였습니다. 하늘의 도리에 따르라 함은 계절과 기후에 순응함을 말함이요, 재력을 풍족하게 함은 군자를 넉넉히 하라는 것이며, 장병을 기쁘게 하라는 것은 자발적으로 의분에 일어나야 한다는 것이며, 지세는 말할 것도 없고, 무기를 존중하라는 것은 그것이 곧 나를 지키고 적을 치기 때문이 아니겠습니까? 그러나 지금 전쟁을 일으키자면서 어느 것 하나 온전한 게 없으니 이것이 불가하다는 것입니다!"

이성계는 연신 고개를 끄덕였다. 무장으로서 자신이 생각해도 요동

공벌은 도저히 무리였다. 그러나 서북면에서 다시 날아온 최원지의 급보는 요동 공벌을 일으키는 결정적인 계기가 되었다.

"요동도지휘사사에서 2명의 지휘관이 1천여 명의 군사를 이끌고 강계로 넘어와 장차 철령에 위(衛)를 세우려 하옵는데, 황제가 이미 철령위를 관리할 진무(鎭撫) 등을 임명했으며, 철령까지 70개소의 병참(兵站)을 설치하고 각 병참에는 백호(百戶)를 배치한다 하옵니다!"

우왕은 편전으로 여러 중신들을 급히 불러들였다.

"여러 신하들이 과인의 요동 진공을 반대하더니 이제 영락없이 철령 이북을 내주게 되었소. 이대로 철령을 내준다면 과인이 장차 저승에서 어찌 부왕을 뵈올 수 있으리요!"

우왕의 어조에는 노기가 역력하고 나중에는 눈물까지 내비쳤다. 최영이 자세를 고쳐 앉으며 아뢰었다.

"신들의 불충을 책하소서, 전하!"

그런데 우왕은 짐짓 이성계를 빤히 바라보며,

"그대들이 싸우지 않겠다면 나라도 가서 싸우다 죽을 테니 그리들 아시오! 만약 그대들이 과인을 막는다면 차라리 태조의 영전에 가서 머리를 들이받고 죽어버리겠소!"

비장하기 이를 데 없는 임금의 말에 대신들은 고개를 떨구었다. 그러나 이성계는 냉정하게 아뢰었다.

"전하, 지금까지 북방에서 흘러 들어온 소식은 사실과 다른 예가 많았사옵니다. 지금 최원지의 보고 또한 첩보에 지나지 않는데, 뜬 말을 듣고 군사를 일으켰다가 저들만 괜히 자극시킬 뿐이옵니다. 또한 명나라에 갔던 사신이 아직 돌아오지 않았으니, 좀 더 기다렸다가 황제의 진의를 알고 난 다음에 군사를 움직여도 늦지 않을……."

최영이 이성계의 말을 끊고 쏘아붙였다.

"이보시오, 수시중! 나라가 백척간두에 서 있는데 언제 사신이 돌아오길 기다린단 말이오? 이대로 앉아 있다가 저들이 선공을 취한다면 그땐 어찌할 테요?"

이성계는 그러나 최영을 외면한 채 우왕에게 마저 아뢰었다.

"전하! 이미 우리 군사들이 변방을 굳게 지키고 있는데 기껏 1천여 명의 무리가 넘어왔다고 해서 농락당할 리가 없사옵니다. 만약 저들이 우리 강토를 한 발짝이라도 범한다면 그때는 신이 나가 목숨을 걸고 막을 것이옵니다. 그런데 전하께서 먼저 북방으로 거둥하신다면 민심이 동요하게 될 터이니 통촉하시옵소서!"

우왕은 그러나 곧 안팎에 명을 선포하였다.

"각 도의 군사를 일제히 징발할 것이며, 신료들은 명나라 관복을 버리고 의관을 호복(胡服)으로 입으라! 과인은 내일이라도 당장 서북으로 나아갈 것이니라!"

그날 저녁. 우왕은 최영과 이성계를 침전으로 따로 불러 술을 내리며 말하였다.

"과인이 요동을 치려는 것은 모두 경들을 믿기 때문이니, 정월에 두 시중이 힘을 합해 국적들을 제거하고 조정을 평안케 했듯이, 이번에도 기필코 요동을 정벌하여 5백년 사직을 더욱 견고히 해주길 바라오!"

최영은 한껏 고조되어 아뢰었다.

"신들은 몸과 마음을 다 바쳐 전하의 높은 뜻을 이루고 또 이룰 것이옵니다!"

그러나 이성계는 뜻을 굽히지 않았다.

"전하, 지금 군사를 일으켜 요동을 치는 데는 네 가지 불가한 점이 있기에 감히 말씀드리고자 하옵니다."

순간, 우왕과 최영의 안색이 달라졌다.

"그 네 가지가 대체 무엇무엇이오? 한번 들어나봅시다."

우왕이 싫은 기색을 애써 숨기려 하지 않고 굳은 목소리로 말했다. 그러나 이성계는 마음속으로 작정하고 있던 말들을 차분하게 하나씩 열거해 나갔다.

"첫째는 작은 나라로서 큰 나라를 치려는 것이 불가함이요, 한창 농사철에 군사를 일으키는 것이 두 번째 불가함이요, 온 나라가 멀리 정벌을 나가고 나면 왜적이 그 틈을 타서 침입할 것이니 이것이 세 번째 불가함이요, 지금 군사를 징발했으나 막상 전쟁이 시작될 때는 때가 무더운 여름철인지라 활의 아교가 녹아 풀어지기 십상일뿐더러 장마까지 겹치면 진중에 전염병이 돌기 쉬우니 이것이 네 번째 불가함입니다!"

이른바 이성계의 4대 불가론이었다.

그러나 최영의 반론도 만만치 않았다.

"수시중, 작은 나라로서 큰 나라를 치는 것이 불가하다 하나 지금 우리가 군사를 일으키려는 것은 명나라가 먼저 우릴 멸하려 함이니 그에 맞서는 것이요, 또 우리가 비록 작은 나라라고는 하나 옛적 우리의 선조 고구려는 중원(中原)을 놓고 세력을 다투었던 큰 나라였소. 우리 고려가 고구려의 기백을 물려받은 후예라면서 언제까지 작은 나라로 만족해야겠소?"

"뜻은 천번 만번 옳습니다. 그러나 지금은 나라가 약하고 조정이 어지러운데, 이럴 때에 큰 나라와 전쟁을 했다간 필시 국력만 피폐해지고 말 것입니다. 또한 신출귀몰했던 전략가인 오자(吳子)조차 '음습즉정(陰濕則停)'이라 했습니다. 장마 때는 땅이 질퍽하여 수레가 한 번 빠지면 오도 가도 못할 뿐만 아니라, 무기나 장비도 쓸모없게 되어 어떤 응변(應變)으로도 대응할 수 없으니 싸움을 피하라고 했습니다. 헌데, 지금 출정하여 군사가 북계에 닿을 때쯤이면 장마가 시작될 때가 아닙니까?"

"병법대로만 하자면 수시중의 말이 옳소. 하지만 아군이 그런 조건이라면 적도 또한 같은 조건이 아니겠소? 싸움의 성패는 오로지 장수들의 마음과 병사들의 사기에 달려 있을 뿐이오!"

"장수들의 마음이야 추상과 같은 어명을 따른다지만, 병사들은 농사철을 빼앗기고 징발되었는데 무슨 사기가 오르겠습니까?"

평생을 싸움터에서 지냈던 당대 최고의 맹장들답게 최영과 이성계는 논쟁에서도 한 치의 양보도 없이 팽팽하게 맞섰다.

그러자 우왕이 이성계에게 말했다.

"과인이 이미 8도의 군사를 동원하여 전시 체제로 들어갔는데, 이제 와서 그만둔다면 왕명이 어찌 되겠소? 나라의 만년 대계를 위함이니, 소소한 것을 따지지 말고 경은 과인의 뜻을 따르도록 하오!"

이성계는 더욱 자세를 낮추고 우왕에게 간곡하게 아뢰었다.

"전하, 전하께서 대계를 꼭 성취코자 하시거든 군사를 서경(평양)에 집결시키되 가을을 기다려 출정하시길 바랍니다. 가을이 되면 오곡이 들을 덮을 것이니 군량이 풍족해질 것이며, 그 사이에 군사를 더욱 강하게 훈련시킬 수 있을 것이옵니다. 그러나 지금은 출정하여 설사 요동의 성 하나를 떨어트린다 해도 군량이 부족하여 지키기가 어렵사옵니다.

지난날 신이 선왕의 명을 받들어 요동성 일부를 두 차례나 정벌했으나 결국 물러났던 것은 군량 때문이었사옵니다. 또한 군량이 충분히 있다 해도 때가 장마철인지라 큰비까지 겹치면 전진도 후퇴도 어렵게 되어 군사들의 사기가 떨어지고, 자칫 돌이킬 수 없는 화를 초래할 수 있사옵니다, 전하! 통촉하시옵소서!"

우왕은 그러나 이성계의 말을 뿌리쳤다.

"명나라의 간자들이 우리가 군사를 일으킨 것을 탐지하고 이미 홍무제에게 고했을 터인데, 언제 가을까지 기다린단 말이오? 게다가 북원과 원조(元朝) 유장들에게 벌써 사신을 보내 협공을 청해놓았는데 우리가 스스로 약조를 저버릴 수는 없는 일이오!"

우왕은 최영의 말에 따라 이미 상호군 배후를 북원에 밀사로 파견했던 것이다.

이성계는 우왕과 최영에게 묘한 배신감을 느끼면서도 다시 한 번 아뢰었다.

"전하, 나합출이 이미 명나라에 투항했사온데 무슨 세력을 의지할 수 있겠사옵니까?"

그러자 우왕이 벌컥 역정을 냈다.

"수시중! 과인이 요동을 정벌하여 5백년 사직을 더욱 공고히 하겠다는데 경은 어찌 불가하다고만 하오? 경은 이자송이 죽은 사실을 모르오?"

더 반대했다가는 이자송처럼 죽을 수도 있다는 말이었다. 이성계는 그만 입을 다물고 말았다.

침전에서 힘없이 물러나오는 이성계의 팔을 붙잡고 최영이 말하였다.

"수시중, 윤음(綸音)은 여한(如汗)이라 하였는데, 더욱이 장수된 자로서 어찌 임금의 명을 거역하겠소?"

이성계는 그러나 아무 말도 하지 않았다.

· · ·

우왕은 마침내 8도의 군사를 해주(海州)의 백사정(白沙亭)으로 집결시키라는 명을 내렸다. 우왕 14년(1388) 3월이었다.

왕명이 지엄하니 이성계는 따르지 않을 수 없었다. 그러나 출정을 며칠 앞두고 도전과 마주 앉은 이성계는 심회의 일단을 털어놓았다.

"장수란 출진의 명을 받은 그날부터 집을 잊고 오로지 군무(軍務)에 종사하며 또한 군령이 내리면 육친(肉親)을 잊고 채를 들고서 군고(軍鼓)를 치라 했는데, 지금은 도무지 마음이 일어나질 않소이다!"

전쟁이 불가하다는 것을 알면서도 왕명을 따르지 않을 수 없는 장수의 괴로움이었다. 도전이 말을 꺼냈다.

"방금 수시중께서 하신 말씀, 아마 사마양저가 장가(莊賈)를 처단할 때 했던 말일 겁니다. 그렇다면 수시중께선 사마양저가 그 다음에 했던 말도 기억하실 테지요?"

이성계는 무슨 소린가 하는 표정으로 도전을 물끄러미 바라보았다. 도전이 말을 이었다.

"사마양저는 자신의 휘하에 있던 장가가 임금의 총애를 믿고서 함부로 군법을 어기자 군율로 다스려 참형에 처하고자 하는데, 제(齊)나라 경공(景公)이 양저에게 사자를 보내 장가를 용서할 것을 명했습니다. 그러나 양저는, '장수된 자는 진중(陣中)에 있는 한 임금의 명이라도 듣지 않을 수 있다'라고 하면서 오히려 임금의 사자가 지휘관의 허락도 없이 군영으로 들어왔다며 역시 군율로 엄히 다스렸지요."

"그랬지요⋯⋯."

"사마양저뿐이 아닙니다. 손무는 '장수가 일단 출병하면 군주의 명령에 구애받지 않는다'라고 하였으며, 한나라 장수 주아부(周亞夫)는 '군대 안에서는 장수의 명을 따를 뿐, 천자의 명을 따르지 않는다'라고 하였습니다. 수시중께선 이 점을 한번 깊이 생각해 보셨으면 합니다."

"그렇다고 출정을 거부할 수는 없는 일 아니오?"

"나라에 불화가 있으면 출군(出軍)하지 말라 했습니다. 그러나 출정할 수밖에 없다면 그때부터 책임과 권한은 오로지 장수에게 있는 것이니⋯⋯."

"허면?"

도전의 눈빛이 일순 강렬하게 빛났다.

"군사를 돌릴 수밖에요!"

순간, 이성계는 가슴이 철렁 내려앉았다.

"장수된 자가 나라의 명을 받고 싸움터에 나갔는데 그냥 돌아선다는 것은 적진 앞에서 등을 보이고 도망치는 것과 다를 바 없지 않소이까?"

"그러나 나라와 백성이 위태로워질 줄 뻔히 알면서도 출정하는 것도 결코 장수의 도리가 아닙니다. 모든 것은 수시중의 뜻에 달려 있습니다. 과연 무엇이 백성을 위하고 나라를 위하는 길인가를 생각하십시오."

나라와 백성.

그 두 마디는 천근만근의 무게로 이성계의 어깨를 짓눌렀다.

．　．　．

8도에 징발령을 내린 우왕은 태자 창과 근비 이하 왕비들을 한양의 중흥성(重興城)으로 옮기고, 찬성사 우현보를 개경 유수관(開京留守官)으로 삼아 수도를 지키도록 했다.

그리고 다음날, 갑옷을 입은 우왕은 영비와 함께 전함 기린선(麒麟船)과 봉천선(奉天船)을 거느리고 서해로 나아갔다.

우왕의 거동과 거조(擧措)는 그야말로 비장하기 이를 데 없었다. 손에서 한시도 칼을 놓지 않았으며, 좌우의 신하들을 물리친 채 하루 종일 갑판 한가운데 앉아 있었다. 날이 저물었어도 우왕의 거조는 흐트러짐이 없었다.

시종하는 자가 조심스럽게,

"전하, 밤이 이미 늦었으니 그만 침소로 드시옵소서!"

라고 하였으나 우왕은 고개를 가로저으며 엄숙하게 말했다.

"일찍이 부왕께서 대업을 앞두고 밤에 주무시다가 시역을 당하지 않았느냐? 과인은 스스로 경계하는 뜻으로 오늘은 이렇게 갑판에서 밤을 새울 테다!"

그렇게까지 각오가 대단한 우왕이 군이 영비 최씨를 싸움터로 데려간 것은 또 무언가. 어느새 영비 최씨가 다가와,

"전하, 바닷바람이 차가워 옥체를 상하실까 걱정되옵니다."

하는 말에 우왕은 빙그레 웃으며 냉큼 자리를 털고 일어섰다. 영비의 말이라면 우왕은 전에 없이 꼼짝을 못했던 것이다. 그날 밤. 영비는 베갯머리를 눈물로 적셨다.

"전하, 늙은 아비를 싸움터로 보내놓고 자식이 어찌 하루인들 편히 지낼 수 있겠습니까? 나라의 대신도 나이 70이 넘으면 임금이 궤장(几杖)을 주어 여생을 편히 쉬게 한다는데, 소첩의 아비는 올해로 73세이옵니다. 전하께서 절 아끼는 마음이 조금이라도 있으시다면 소첩의 아비를 전장으로 보내지 마소서!"

우왕은 차마 울며 매달리는 영비의 청을 거절할 수가 없었다. 파국의 전조였다.

4월 초하루.

우왕이 봉주(鳳州)에 당도하여 각도의 군사를 친히 점검하는데 병력이 불과 1만에 지나지 않았다. 그렇지만 때마침 달려온 이성 만호의 첩보는 우왕의 마음을 들뜨게 했다.

"요동의 군사들이 호인(胡人) 토벌에 나가고 성에는 지휘관도 없이 몇 명의 병사들만 남아 있을 뿐이니, 장차 우리의 대군이 진격하면 싸우지 않고도 능히 점령할 수 있을 것이옵니다!"

이틀 후. 평양으로 거둥한 우왕은 각도에 중사(中使)를 다시 보내 징병을 독촉하고 이번에는 승려들까지 징발하여 군사에 편입시키도록 명했다.

8도의 전 군사가 집결한 것은 보름이 지난 후였다. 우왕은 군사를 3군으로 나누어 최영을 8도도통사(八道都統使)로 명하고, 좌군도통사에 조민수, 우군도통사에 이성계를 삼았다. 이리하여 중군과 좌우군을 모두 합하여 군사가 38,830명, 군속이 11,634명이었으며 군마가 21,682필이었다. 이를 '10만 대군'이라 군호(軍號)*하였다.

---

* 출병할 때에 적에게 시위하기 위해 군사의 실수를 속이고 몇 만 혹은 몇 십만이라고 하는 것.

군사를 3군으로 편성한 우왕은 우대언 이종학(李種學)을 시켜 군대와 병사들을 음조(陰助)한다는 6정신(六丁神)에게 제사를 올리고, 국적에게 몰수한 재물을 쌓아두고서 대대적인 포상책까지 발표했다.

"군공을 세운 자에게는 응당 그 지위를 높여줄 것이며, 여기 쌓여 있는 재물들을 아낌없이 나누어줄 것이다!"

그러나 군사들의 사기는 생각만큼 뜨겁게 달아오르질 않았다. 게다가 개경유수관 우현보의 급보는 우왕과 최영을 당황시켰다.

"온 나라가 텅 빈 것을 알고 왜구가 침입하여 밤마다 봉화가 오르는데 도성에는 5부 방리군만 남아 있어, 아침저녁으로 무슨 사변이나 생기지 않을까, 민심이 흉흉해지고 있사오니 출정중인 군사의 일부만이라도 도성을 방위케 하소서!"

이성계의 염려가 곧바로 현실로 나타난 것이다. 우왕은 마지못해 봉천선과 도원수 이광보(李光甫)의 군대를 돌려보내 동강과 서강을 지키도록 했다. 그러자 군사들이 동요하기 시작했다.

"8도의 군사를 죄다 징발하였으니 왜구들이 등 뒤로 달려들 것이 아닌가!"

8도도통사 최영은 엄포를 놓았다.

"만에 하나 군령을 어기거나 유언비어를 퍼뜨리는 자는 지위 고하를 막론하고 군율에 따라 엄하게 처벌할 것이다!"

그때 마침 순군만호부의 지인(知印)이 왕명을 위조하여 병졸 10여 명을 집으로 돌려보낸 사실이 드러나자 최영은 그자의 목을 베어 조리를 돌려 군기를 닦아세웠다.

•　•　•

　　4월 신유일(17일), 이윽고 요동정벌군의 출정 의례가 서경의 행재소(行在所)에서 행해졌다. 장수들에게 군례(軍禮)를 받으면서 우왕은 못내 감격스러워 눈물을 흘렸다.

　　"태조 이래 삼한의 대업이 이제야 이루어지는구려!"

　　그런데 출정 의례가 다 끝난 뒤에 우왕은 8도도통사 최영에게 뜻밖의 명을 내렸다.

　　"경은 과인과 함께 후방에 남으라!"

　　전쟁터에 나가 군사를 총지휘해야 할 대장군에게 출정하지 말라는 것이다. 누구보다 당황한 사람은 최영이었다.

　　"전하, 신더러 출정하지 말라 하시니, 난데없이 어인 말씀이옵니까?"

　　"시중이 전쟁터로 가버리면 과인은 누구와 더불어 정사를 본단 말이오?"

　　너무나 어이없는 말에 최영은 한순간 할 말을 잃었다.

　　"전하, 나라에 변란이 있을 때는 무릇 정사를 폐하고 장수를 부른다 하였사옵니다. 지금 전쟁을 목전에 두고 있는데 정사를 따질 겨를이 어디 있습니까? 3군의 지휘는 오직 1인에게 달려 있사오며, 백만 군사라 해도 지휘하는 장수가 없으면 오합지졸에 지나지 않는 법이오니 신으로 하여금 전선에 나가 군사들을 지휘하도록 하소서!"

　　"좌우도통사가 있고 또 여러 원수들이 있는데, 굳이 경까지 나갈 필요가 있겠소? 더욱이 경은 나이가 들어 몸이 여의치 않을 터이니 과인 곁에서 군무를 보아도 무방하오."

"전하, 노신은 평생을 전쟁터에서 보낸 몸이옵니다. 그리고 설사 이 몸이 부서진들 그것이 무슨 대수이겠사옵니까? 오히려 신이 8도도통사를 맡아놓고도 늙음을 핑계 삼아 후방에 처진다면 군사들의 사기는 떨어지고 말 것입니다. 모름지기 전투란 장수가 앞장을 서야 병사들이 호응하게 되는 법이니, 군사는 오로지 신에게 맡기시고 전하께서는 개경으로 돌아가소서!"

"지난날 경이 남정(南征)을 나간 사이에 부왕께서 참변을 당하고 말았는데, 과인에게도 그런 흉악한 일이 일어나면 어떡하오?"

지난날 최영이 제주도 정벌을 나간 사이에 공민왕 시역이 일어났던 것을 두고 하는 말이었다.

아무리 그렇다지만 삼한의 대업을 이룩하겠노라고 위엄을 세우던 군왕이 하루아침에 자신의 한 몸이나 염려하는 범부로 떨어지다니. 최영은 아무리 생각해도 이해가 되질 않았다. 최영은 거듭 출정을 청하였다.

"신이 전선에 나가지 않으면 그렇지 않아도 불가론을 폈던 이성계가 행여 역심을 품고 군사를 돌릴지도 모를 일이옵니다. 그리 되면 속수무책이오니 부디 통촉하소서!"

우왕은 그러나 웃어넘겨 버렸다.

"허허허! 이성계는 경과 함께 정월의 거사를 성공시킨 사람인데, 어찌 나를 배반하리요. 더욱이 좌군의 조민수가 있고, 또 그 휘하에는 경을 따르는 조전원수들이 있는데 어찌 제 맘대로 군사를 움직일 수 있겠소? 만약 그랬다간 그자가 먼저 죽음을 당하고 말 것이오."

"하오나 전하, 신이 나가지 않으면 대군의 지휘 체계가 일사분란하지 않아 대업을 성취하기 어렵사옵니다."

"정, 경이 싸움터로 가겠다면 과인도 따라갈 테요!"

최영도 그 말에는 어쩔 수 없었다.

좌우군을 지휘해야 할 8도도통사가 출전하지 않게 되자 애초에 중군으로 편성된 조전원수들 중에 조희고와 안경, 왕빈은 좌군의 조민수 휘하로, 이원계와 이을진, 김천장은 우군의 이성계 휘하로 배속되었다.

그로써 최영에게는 휘하의 군사가 단 하나도 남지 않았다. 최영은 다만 우왕을 숙위할 군사가 없다는 명목으로 이성계의 아들 방우와 방과, 그리고 이지란의 아들 화상(和尙)과 휘하사인 상호군 유용생(柳龍生), 최고시첩목아(崔高時帖木兒)를 응양군(鷹揚軍)으로 뽑아 잔류시켰다. 행여 이성계가 딴 마음을 품지 못하도록 인질을 잡아둔 것이다.

다음날인 4월 임술일. 마침내 좌군의 흑룡대기와 우군의 황룡대기가 펄럭이며 전선으로 향하였다. 그러나 멀어져가는 깃발을 무거운 마음으로 바라보는 최영의 표정은 내내 어두울 수밖에 없었다.

． ． ．

평양을 떠난 정벌군이 안주, 정주, 선주를 거쳐 의주에 이르자 아니다 다를까, 때마침 장마가 시작되어 연일 장대비가 퍼붓기 시작했다. 그런데다 의주 만호 장사길(張思吉)의 첩보는 이성계를 더욱 불안하게 만들었다.

"요동이 이상할 만큼 조용하다!"

그것은 요동 북쪽에서 북원이나 그 유장들이 전혀 움직이지 않고 있다는 말이었다. 정벌군은 그래도 보름에 걸쳐 압록강에 부교(浮橋)를 설치한 뒤에, 위화도(威和島 : 지금의 신의주시 상·하단리에 있는 뚝섬)에 둔을 쳤다.

이성계는 이성원수 홍인계(洪仁桂)와 강계원수 이의(李薿)를 요동으로 잠입시켜 적의 동태를 살피도록 하였다. 그러나 이들은 압록강 동쪽에서 초적의 무리를 만나 더 이상 나가지 못하고 돌아왔다. 갖가지 첩보가 들어왔지만 북원이 출정했다는 징후는 눈을 씻고 찾아봐도 보이질 않았다.

게다가 계속되는 장맛비로 길은 질척해지고, 강물이 불어나면서 부교가 끊어져, 보급이 제대로 이루어지질 않아 군사들은 하루 한 끼로 끼니를 때워야 했으며 나중에는 막사에까지 물이 넘쳐흘렀다. 그런데도 우왕은 계속해서 중사를 보내 군사가 어디까지 진군했는지 물었다.

"지금쯤 정료위를 치고 있을 정벌군이 아직 요동 지경에 이르지도 않았다니 어찌된 일인가? 좌우군은 지체하지 말고 속히 진군하여 과인을 기쁘게 하라!"

좌우군은 악조건을 무릅쓰고 요동으로 진출하기 위해 뗏목을 만들어 도강(渡江)을 시도했다. 그러나 여울에 빠져 병사들만 수십 명을 잃고 말았다. 그러자 탈영하는 병사들이 속출하고, 선봉으로 요동에 진입했던 천호 진경(陳景)이 수백 명의 병사들과 함께 명나라로 투항해 버리면서 전열마저 급격히 무너졌다.

이성계는 도평의사사 지인 박순(朴淳)을 통해 우왕에게 아뢰었다.

"전하! 신이 이미 여러 차례 척후를 보내 원나라 군사를 찾았으나 그들은 기미조차 보이지 않사옵고, 더욱이 지금은 장마가 져서 갑옷이 무거워 군사와 말이 벌써 지쳐버렸으니, 설사 요동의 성까지 다다른다 해도 기력이 다하여 성을 탈취하기는 더더욱 어렵사옵니다. 어찌해야 할지 신으로서도 감히 말씀드릴 수 없사오나, 우선은 군사를 돌려 때를 기다리는 것이 상책일 듯하오니 이런 신의 마음을 전하께서는 부디 해량하여 주소서!"

그러나 회답은 8도도통사 최영의 이름으로 날아왔다.

"지금 때를 놓치면 대업이 실패로 끝나는데 어찌 회군을 말하는가? 북원에 급히 또 다른 사신을 보냈으니 좌우 도통사는 지체하지 말고 진격하라. 정히 회군해야겠다면 내 입으로는 회군이란 말을 감히 꺼낼 수 없으니 좌우도통사가 전하께 직접 와서 제의하라!"

이성계의 우군 막사에서는 정지와 지용기, 이화, 이지란, 남은, 조인옥 등이 모여 분통을 터뜨렸다.

"대체 도통사는 여기 사정을 알고나 하는 소리요?"

"좌우 군사의 목숨이 오직 도통사 한 사람의 지혜에 달려 있는데 우리들더러 무작정 사지로 들어가라니요?"

"전하의 윤허를 기다리다간 모두 죽고 말 것이니 먼저 회군한 다음에 사실대로 아뢰어야 할 것이오!"

하는 말까지 서슴없이 튀어나왔다.

그럴 때 아장을 밀치고 들어서는 자가 있었다. 이성계의 형인 이원계였다. 이원계는 들어서자마자 이성계를 향해 나무라듯이 말하였다.

"나라의 명을 받고 출정한 장수가 적과 싸워보지도 않고 물러서려 하다니, 우대장(右隊長), 그게 사실이오?"

"형님!"

"아버님께서 공민왕에게 내조한 이래 우리 형제는 고려의 신하임을 자부해 왔소. 더욱이 우대장은 최 시중과 함께 나라의 중임을 맡고 있는 몸인데, 이제 와서 회군을 하자는 것은 바로 역신이 되겠다는 말이 아니오?"

"형님, 어찌 그리 말씀하십니까? 우리 형제가 어렸을 때부터 싸움터를 놀이터 삼아 뛰어다녔지만 언제나 싸워야 할 명분은 있었습니다. 그런데 이 싸움은 과연 무엇을 위한 싸움입니까? 또한 회군은 저 혼자만의 생각이 아니라 대부분의 장수들과 무엇보다 병사들이 더 원하고 있습니다."

"그렇다면 정녕 군사를 돌리겠다는 말이오?"

"진중에 있는 장수는 경우에 따라 아무리 엄한 임금의 명이라도 받들지 않을 수 있습니다!"

"이보시게, 도통사!"

언성이 커지려는 이원계의 말을 이성계가 가로막았다.

"그러나 군권이 저에게 있는 것도 아닌데, 저 혼자 맘대로 군사를 돌릴 수 있겠습니까?"

"허면?"

"저는 차라리 사직을 청하고 제 휘하의 친병들과 함께 동북면으로 돌아갈까 합니다!"

우군도통사가 사직한다는 말이 순식간에 퍼지면서 군사들이 술렁거렸다.

"우대장이 동북면으로 가버리면 우리는 누굴 의지하란 말인가!"

그러자 좌군도통사 조민수가 한달음에 달려왔다.

"도통사직을 내놓으시겠다니, 그게 무슨 날벼락 같은 소리요?"

"면목이 없소, 좌대장!"

"허, 이거 우대장이 동북면으로 가버리면 우군의 군령은 어찌 된단 말이오?"

"좌대장께 뭐라 드릴 말씀이 없소이다. 하지만 지금은 저의 잘못을 묻지 마십시오. 저로서는 이 길밖에 없는 듯하니 임금의 명을 어긴 죄는 고향으로 돌아가 달게 받겠습니다."

"정녕 동북면으로 돌아가실 생각이오?"

"이번 출병은 처음부터 무리였습니다. 행여나 했던 북원의 군사는 역시 코빼기도 보이지 않고, 설사 지금 요동의 성 몇 개를 빼앗는다 해도 그곳을 지킬 만한 힘과 양식이 부족한데, 그러다 황제가 대군을 이끌고 반격해온다면 무슨 수로 버틸 것이며, 끝내는 우리의 강토마저 짓밟히고 그 화는 종사와 생민에게 미치고 말 것입니다!"

고민스런 표정을 짓던 조민수의 입에서,

"그렇다면 상감께 글을 올려 회군을 청하도록 하십시다. 진중의 사정이 이러한데, 최 시중도 끝내 독선을 부리진 못할 것이오."

조민수와 이성계는 곧 연명으로 우왕에게 글을 올려 회군을 청하였다.

"신 등이 위화도에서 뗏목을 타고 요동으로 강을 건너려 했으나 장맛비로 큰물이 지고, 여울에 빠져 죽은 병사가 벌써 수십 명이나 되옵니다. 여기서 요동성까지는 큰 내가 많아 무사히 건너기 어려운 바, 이렇게 섬 가운데 둔을 치고 있는 것은 한갓 양식만 허비할 뿐이오니, 엎드려 바라옵건대 전하께서는 회군을 명하시어 장병들의 기대를 저버리지 마소서!"

우왕은 그러나 환관 김완을 과섭찰리사(過涉察里使)로 삼아, 금은 기명(器皿)과 함께 비단 등속을 가득 실은 수레를 보내왔다.

"그대들이 요동에 진격하여 크든 작든 성을 하나씩 떨어뜨릴 때마다 큰 상을 내릴 터인즉, 좌우도통사는 부디 과인의 마음을 기쁘게 하라!"

그러나 강 한가운데서 고립되어 생사의 기로에 서 있는 장수들 눈에 금은보화 따위가 들어올 리 없었다. 그런데도 찰리사 김완은 눈꼬리를 치켜떴다.

"전하께서 사신을 급히 원나라로 보냈으니 정벌군이 정료위를 칠 때쯤이면 원군(元軍)과도 길이 닿을 텐데, 두 분 도통사는 무얼 그리 망설이시오?"

기껏 환관짜리가 장수들을 놓고 꾸짖는데 두 도통사는 발끈할 수밖에 없었다.

"그대는 진중의 사정을 뻔히 보면서도 그따위 말이 나오는가?"

"사방이 물바다라 보급이 제대로 이루어지지 않고, 벌써 물에 빠져 죽은 자가 수십 명이요, 인마가 다니는 길은 뻘밭과 다름없는데 어떻게 병사를 움직이란 말인가?"

조민수와 이성계의 호통이 그쯤 이르자 김완은 입을 닫았다.

조민수와 이성계는 김완을 군중에 억류한 채, 이번에는 조전원수 배극렴을 최영에게 보내 회군을 건의했다.

"8도도통사께서는 장수들의 충정을 외면하지 마시고 성상께 전선의 사정을 아뢰어 회군이 이루어지도록 하소서!"

최영은 노발대발하여 벼락같이 호통을 쳤다.

"군령이 태산 같거늘 두 도통사가 지금 나라의 대업을 망치려 하는가? 감히 회군을 말하는 자는 군율이 아니라 모반의 죄로 다스릴 것이니 다시는 입에 올리지 말라!"

최영의 말이 진중에 전해지자 장수들은 당장에 회군하자고 난리를 쳤다. 그럴 때 뜻밖에도 조민수의 입에서 먼저 회군을 하자는 말이 나왔다.

"이렇게 되면 군사를 돌릴 수밖에 없겠소이다!"

이성계는 짐짓 놀란 눈으로 물었다.

"진정이십니까?"

"내가 앞장설 것이니 우군은 나만 따라오시오."

일단 결단을 내리자 조민수는 거침이 없었다. 공민왕 때 작은 고을의 수령으로 있다가 홍건적 격퇴에 공을 세우고, 그 뒤 무장으로 출세하여 한때 이인임의 후견으로 시중에까지 오른 적이 있는 조민수였으니 나름대로 야심이 생겼던 것이다. 이윽고 좌우군의 장수들을 소집한 뒤에 조민수가 먼저 회군을 통보하였다.

"일이 이 지경이 된 것은 오로지 국사를 맡고 있는 최 시중 한 사람의 독선 때문이니 나와 우군의 이 도통사는 이제 군사를 돌려 우리의 충정을 성상께 아뢰기로 하였소!"

36명의 원수들 가운데 회군에 반대하는 자는 단 한 명도 없었다.

이성계가 이어서 말했다.

"우리가 회군하려는 것은 임금 곁에서 나랏일을 그르치는 자를 제거하고 사직과 백성들을 편안케 하려는 것이오. 제장들은 군기를 더욱 엄숙히 하되, 감히 어가(御駕)를 범하지 말 것이며 행군 중에 민폐를 끼치는 자는 군령으로 엄히 다스릴 터이니 원수들은 유념하시오!"

조민수와 이성계는 과섭찰리사 김완을 따라왔던 수행원을 우왕에게 보내 회군 사실을 고하도록 했다. 그러고는 곧장 회군을 단행했다. 위화도에 둔치고 있던 좌우군이 압록강을 다시 건넌 것은 5월 을미일(22일). 요동을 정벌하기 위해 서경을 떠난 지 꼭 한 달 만이었다.

. . .

우왕과 최영에게 회군 소식이 알려진 것은 그로부터 이틀 뒤였다. 이 때 우왕은 성주(成州 : 지금의 평안남도 성천)의 온천으로 잠시 유행(遊行)을 나가는 통에 좌우군이 군사를 돌려 정주까지 이르도록 까마득히 몰랐던 것이다.

처음에 최영은 회군 소식을 듣고서 설마 했다. 36명이나 되는 여러 원수들이 모두 회군에 동조했다는 사실이 도저히 믿어지지 않았던 것이다. 그러나 김완을 수행했던 종자가 돌아와 사실을 고하자 맥이 탁 풀리고 말았다.

'휘하의 군사들은 저들의 수중에 다 있는데 무엇으로 역도들을 막는단 말인가!'

그렇다고 언제까지 넋 놓고 있을 수만은 없는 일. 최영은 인질로 잡고 있던 이방우와 이화상 등을 당장 체포토록 했다.

그러나 그들은 이미 낌새를 알아차리고 도망가 버리고 없었다. 순간 최영의 다리가 휘청거렸다. 우왕은 우왕대로 발등을 찍고 싶었다. 태조 이래의 대업을 이루고 홍무제의 오만을 꺾어버리겠다던 야심찬 꿈이 한 순간에 물거품이 된 것이다. 우왕은 땅이 꺼져라 한숨을 쉬면서,

"과인이 불민한 탓에 이 지경이 되었구려!"

그러나 지금은 누구를 원망하고 잘잘못을 따질 틈이 없었다. 최영은 백전노장답게 전의를 불태웠다.

"전하께오선 심지를 굳게 하소서. 신이 이렇듯 살아 있는 한, 기필코 반역의 무리를 처단하여 왕명의 지엄함을 보여줄 것이옵니다."

"과인은 오로지 경만 의지할 따름이오!"

좌우군이 정주를 지나 청천강을 건넌다면 성주까지는 불과 하룻길. 그야말로 분초를 다투는 다급한 상황이었다. 최영은 왕명을 빌려 군민들에게 포고하였다.

"출정한 장수들이 나라의 명을 거역하고 마음대로 회군하고 있으니 대소 군민들은 힘을 다하여 반역의 무리들을 막으라. 나라에서 반드시 큰 상을 내릴 것이니라!"

또한 개경을 지키고 있는 우현보에게 급보를 띄웠다.

"유수는 출정한 장수들의 권속들을 순군옥에 가둘 것이며, 군사들을 급히 초모(招募)하여 금교역에서 어가를 맞이하라!"

최영은 군민들을 동원하여 좌우군을 최대한 지체시킨 다음, 예성강을 사이에 두고 저지할 생각이었던 것이다. 그러나 최영의 생각대로 되는 일은 하나도 없었다.

우왕과 최영이 성주에서 급히 서경으로 돌아와, 재물을 수습한 뒤에 대동강을 건너 중화(中和)에 이른 것은 다음날 밤. 그러나 좌우군의 선두는 이미 대동강을 건너고 있었다. 최영은 숨 돌릴 틈도 없이 밤길을 재촉하였다.

그러나 등 뒤로는 아가리를 벌린 범처럼 좌우군이 사납게 몰려오는데, 따르는 시종들은 많고 화려한 어가는 무거워 길이 더딜 수밖에 없었다. 이러다간 예성강에 닿기도 전에 꽁무니가 잡히고 말 일이었다.

최영은 시종들을 떨궈 놓고, 우왕으로 하여금 어가를 버리고 말에 올라타도록 하였다. 그렇게라도 하지 않으면 도저히 속도를 낼 수 없었다. 그러고는 민첩한 장사 50여 명만을 이끌고서 밤낮없이 길을 달렸다. 예성강에 겨우 이른 것은 사흘 후인 5월 신축일(28일).

그러나 최영이 당초 예성강을 사이에 두고 좌우군을 저지하려던 계획은 수포로 돌아가고 말았다. 개경 유수 우현보가 직접 이리 뛰고 저리 뛰면서 군사들을 끌어모았으나 응한 자가 겨우 몇 십 명에 지나지 않았던 것이다.

'아, 민심마저 등을 돌리고 마는가!'

최영은 우왕 모르게 깊은 한숨을 내쉬었다. 이제 좌우군을 막을 방법이라곤 도성의 문을 굳게 닫고 버티는 수밖에 없었다. 우왕은 도성으로 돌아오자마자 조민수와 이성계의 관직을 삭탈하고 최영과 우현보를 좌우 시중으로 삼았다. 그러고는 부고(府庫)를 풀어 군사를 다시 모집했다.

'조민수와 이성계는 대역무도한 역도들이니, 모집에 응하여 이들을 잡아오는 자는 노비라 할지라도 큰 상과 높은 작위를 주겠노라!'

그러자 군사에 응모한 자들이 수백 명에 이르렀다. 왕을 시위하던 응양군과 도성을 지키던 5부 방리군, 그리고 동강과 서강을 수비하던 군사들과 초모에 응한 자들을 모두 합하니 군사의 수가 얼추 3천을 헤아렸다. 최영은 군사를 요지에 배치하고 수레를 쌓아 길을 막았다. 때마침 내원당의 승려 현린이 승병(僧兵)을 일으켜 합세하니 도성의 수비군들은 제법 사기가 솟았다.

최영은 불안해 하는 우왕에게 아뢰었다.

"반란군들이 결코 도성을 무너뜨리지 못할 것이오며 궁궐을 감히 범하지는 못할 것이오니 전하께서는 성려치 마소서!"

그 사이에 좌우군의 주력이 예성강을 건너 개경 교외에 이르렀다. 우왕이 도성으로 돌아온 지 이틀 만이었다.

· · ·

조민수와 이성계는 그동안 진중에 억류했던 환관 김완을 우왕에게 보내 고하였다.

"전하, 신 등이 감히 회군한 것은 국사를 독단으로 처리하는 최영의 잘못을 바로잡으려는 것이오니 전하께오서는 부디 여러 원수들의 충정을 헤아리시어 최영을 내치소서!"

좌우군의 목표는 일단 최영을 제거한 뒤에 조정을 장악하자는 것이었다. 우왕은 그러나 전 밀직부사 진평중(陳平仲)을 통해 교서를 내렸다.

"나라의 명을 받아 국경으로 출정한 장수들이 이미 절제(節制)를 어기고 강상(綱常)을 범하여 이 혼단에 이르게 된 것은 진실로 과인이 부덕한 탓이지 어찌 최영의 탓이리요. 그대들은 완미(頑迷)한 것을 고집하지 말고 진실로 부귀를 보존하여 과인과 함께 시종(始終)을 도모하기를 바랄 뿐이오!"

그러나 이미 돌아오지 못할 강을 건넌 장수들이었다. 우왕이 어떤 말로 회유한다 해도 최영이 제거되지 않는 한은 자신들이 살아남지 못하리라는 것을 잘 알고 있었다. 우왕은 장수들에게 의심하지 말라는 뜻으로 다시 중사(中使)를 보내 술을 내리고, 위무하는 말을 아끼지 않았다. 그러나 감읍할 장수들이 아니었다.

조민수와 이성계는 군사를 조금씩 움직여 도성으로 압박해 들어갔다. 조민수의 좌군은 선의문(宣義門) 밖 황교(黃橋)를 사이에 두고 둔을 쳤고, 이성계의 우군은 반대편에 있는 숭인문(崇仁門) 밖 산대암(山臺巖)에 둔을 쳤다.

도성을 놓고 좌우군이 완전히 포위한 셈이었다. 그런데 이성계와 조민수 사이에 알력이 생겼다.

"최 시중이 스스로 군권과 모든 벼슬자릴 내놓고서 임금의 곁을 떠난다면 군사를 풀도록 하십시다!"

이성계는 무혈입성을 원했다. 조민수는 그러나 생각이 달랐다.

"성 안에 있는 병사들이라곤 무기를 어떻게 다룰 줄도 모르는 오합지졸에 지나지 않소이다. 이쪽에서 고함만 썩 내질러도 혼비백산 도망칠 터인데 굳이 시간을 끌 필요가 있겠소?"

조민수가 그렇게 마음이 급한 것은 최영을 제거한 후 권력의 주도권을 자신이 잡을 생각이었기 때문이었다. 이성계가 응하지 않자 조민수는 마침내 좌군의 원수들을 소집하여,

"우대장 이성계가 아무래도 최 시중이 무서워 겁이 나는 모양이오. 이럴 때 우리 좌군이 선제공격을 가한다면 나중에 논공행상에서 맨 윗자릴 차지할 것이오!"

조민수는 이성계에게 통첩조차 하지 않고 독단으로 선의문 좌우에 있는 광덕문(廣德門)과 오공산(蜈蚣山) 자락을 타고 도성을 급습했다. 그러나 용수산(龍首山) 아래에 매복하고 있던 최영에게 걸려 영의서(永義署) 다리에서 맥없이 패퇴하고 말았다.

그렇게 되자 성 안의 병사들은 사기가 오른 반면, 좌군이 패퇴했다는 사실을 알고 우군 병사들이 술렁거렸다.

이성계는 마침내 군사를 움직이지 않을 수 없었다.

휘하의 원수들과 함께 도성 진격을 결정한 이성계는 군막에서 나와 백마에 올라탔다. 이미 한 치의 어긋남 없이 정연하게 대오를 갖추고 있던 병사들은 숨을 죽이고 명이 떨어지기만을 기다리며 이성계의 일거수일투족을 주시하고 있었다.

이성계는 백마 위에서 병사들을 한번 휘둘러보았다. 그리고는 침착하게 활집에서 하얀 깃털이 달린 백우전(白羽箭) 한 대를 뽑아 붉은빛이 선명한 동궁(彤弓)에 재었다.

그리고는 산대암 벼랑에 우뚝 솟아 있는 소나무를 겨누었다. 소나무까지는 백 보의 거리. 이내 시위를 떠난 화살이 날카롭게 바람을 가르는가 싶더니 소나무 둥치에 큰소리를 내며 꽂혔다.

"와아!"

순간, 숨을 죽이고 있던 병사들이 함성을 내질렀다. 단 한 번의 궁술로써 병사들의 마음을 사로잡아 버린 것이었다.

이윽고 이성계의 우군이 황룡대기를 높게 휘날리며 기세도 당당하게 숭인문으로 진격해 들어가는데, 먼지가 하늘을 뒤덮고 북소리는 땅을 울렸다. 광화문으로 쭉 뻗은 십자대로에는 수레가 산더미처럼 쌓여 있고, 화살이 비오듯 쏟아졌지만 사기가 오를 대로 오른 우군에게는 거칠 것이 없었다.

이성계의 우군은 곧장 선죽교를 지나 자남산으로 치달았다. 자남산에는 문하평리 안소가 적지 않은 군사를 거느린 채 방어벽을 치고 있었다. 자남산 바로 아래 화원(花園)에 우왕이 머물고 있었던 것이다.

한편 최영에게 불의의 일격을 당해 도성 밖으로 쫓겨났던 조민수의 좌군은 우군의 진격에 분발하여 다시 흑룡대기를 곧추세우고 이번에는 선의문으로 밀고 들어갔다.

좌우에서 그렇게 밀고 들어가자 도성 안에 있던 군사들은 기겁하여 무기를 버리고 흩어지고 말았다. 최영이 목이 터져라 군사들을 독려했지만 중과부적이었다. 더욱이 송광미와 정승가 등은 대세가 그른 것을 알고서 일찌감치 달아나 버린 뒤였다.

최영은 피가 나도록 입술을 깨물었다. 기개는 산이라도 뽑아 엎어버릴 것 같았지만 형세가 불가항력이니 어찌할 것인가. 실수와 패배는 병가지상사라는데, 평생 패배를 모르던 백전노장 최영은 일생에 단 한 번의 패배로 모든 것을 잃게 될 운명이었다.

최영은 휘청휘청 화원으로 걸어 들어갔다. 팔각전(八角殿)에서 영비와 함께 불안에 떨고 있던 우왕이 최영을 보자마자 물었다.

"시중, 어찌될 것 같소?"

최영은 차마 대답을 못하고 피가 배인 입술만 부르르 떨었다.

"다른 군사들은 어찌 되었소?"

우왕이 뒤미처 묻는데, 최영의 답을 들을 것도 없었다. 이미 도성을 완전히 점령한 좌우군이 화원을 겹겹이 에워싸고서 함성을 질러댔던 것이다.

"최영을 찾아내라!"

"최영을 끌어내라!"

군사들은 성난 목소리로 최영의 축출을 요구하며 금방이라도 화원 담을 부수고 난입할 기세였다. 청기와와 자갈로 쌓은 담벼락에 화려하게 박혀 있는 화조(花鳥) 무늬가 병사들을 더욱 성나게 했는지도 모를 일이었다.

이때 곽충보(郭忠輔)가 이성계 앞으로 썩 나섰다.

"아무리 나라꼴이 우습게 돌아간다 해도 무장한 군사들이 감히 궁을 범할 수는 없는 일입니다. 제가 전하께 나아가 최 시중을 내치도록 할 터이니 군사들을 뒤로 물려주십시오!"

이성계가 군사들을 뒤로 물리치자, 곽충보는 칼을 내려놓고 우왕에게 뛰어갔다.

"오, 곽충보가 아닌가? 그대도 반란의 편에 섰던가……?"

우왕의 말에 곽충보는 고개를 떨구었다.

"전하, 신의 불충을 용서하소서! 하오나 전하의 안위를 온전히 지키려면 이 길밖에 없었사옵니다. 전하께서는 오늘의 일을 수치로 여기지 마시고 훗날을 위해 최 시중을 물러나게 하소서!"

우왕은 진노의 빛을 감추지 못했다.

"너는 과인더러 어찌 충신을 내놓으라 하느냐! 저들은 과인의 명을 어긴 역도들이 아니냐?"

곽충보는 우왕 옆에 서 있는 최영을 향해,

"이미 대세가 글렀음을 시중께서 더 잘 아시지 않습니까? 이제 칼을 내려놓으시고 부디 훗날을 도모하십시오!"

최영의 눈에서는 굵은 눈물이 흘러내렸다. 그러나 죽음을 두려워하여 흘리는 범부(凡夫)의 눈물은 결코 아니었다. 최영은 우왕 앞에 무릎을 꿇고 자못 떨리는 목소리로 아뢰었다.

"전하, 신은 이제 그만 물러갈까 하옵니다!"

"아니 되오! 경이 어디로 간단 말이오?"

"아닙니다, 전하. 노신은 이제 아무 짝에도 쓸모없게 되었으니 그만 내치소서!"

"아니 된다 하지 않았소! 경은 신하로서는 왕실에 더없는 충신이요, 사사로운 정으로 따진다면 장인이신데 어찌 충신을 버릴 것이며, 어찌 자식된 자가 어버이를 저버릴 수 있단 말이오?"

비통에 젖은 눈물이 어느새 우왕의 볼에서도 흘러내렸다. 임금의 눈물을 보면서 최영의 가슴은 찢어지는 것만 같았다. 최영은 우왕에게 마지막으로 아뢰었다.

"전하! 곽충보의 말을 새겨들으시어 기필코 훗날을 기약하소서! 이 늙은이는 그만 물러가오니 전하께오서는 만수무강, 부디 만수무강하소서!"

최영은 우왕에게 두 번 큰절을 올린 다음, 뒷걸음질로 한 발짝 한 발짝 물러섰다. 우왕은 붙잡아도 소용없다는 것을 알고 그 자리에 털썩 주저앉고 말았다.

곽충보와 함께 최영이 걸어 나오자 군사들은 일제히 환호성을 올렸다. 이성계는 마주 오는 최영을 향해 뚜벅뚜벅 걸어가 깍듯하게 군례를 올렸다.

"시중 대감, 오늘의 일은 정녕 제가 원하는 바가 아니었습니다. 하지만 시중께서 계획한 요동 정벌은 결국 나라를 위태롭게 하고 백성들을 죽음으로 몰아넣는 일이라, 여러 장수들의 충정에 따른 것이었으니 시중께서는 부디 오늘 일을 용서하십시오!"

그러나 분노로 이글거리는 최영의 눈빛은 이성계의 가슴을 그대로 뚫어버릴 것만 같았다. 최영은 애써 이성계를 외면한 채, 차마 묻고 싶지 않은 말을 던졌다.

"전하의 안위는 어찌할 셈이오?"

자신의 앞날보다 임금을 더 걱정하는 충신의 말이 아닌가. 이성계는 진심으로 답했다.

"장수들이 왕명을 어기고 성려(聖慮)를 끼쳐드린 것만 해도 커다란 불충을 저질렀음인데 어찌 감히 다른 생각을 할 수 있겠습니까?"

"그대의 말을 믿어도 되겠소?"

"충정이 아니었다면 결코 회군도 없었을 것입니다. 시중께서는 염려치 마시고 부디 잘 가십시오!"

이성계가 옆으로 한 걸음 길을 비켜서자 최영은 성큼성큼 걸어 나갔다. 그 길로 최영은 고봉현(지금의 경기도 고양)으로 안치되었다.

· · ·

그러나 최영이 그토록 염려했던 우왕의 안위는 불과 나흘을 넘기지 못했다. 그것은 우왕이 스스로 초래한 화였다. 최영이 쫓겨난 다음날, 화원에서 수창궁으로 옮긴 우왕은 조민수를 좌시중으로, 이성계를 우시중으로 삼았다.

우왕으로서는 역신들에 지나지 않는 조민수와 이성계에게 어찌 나라의 권력을 맡기고 싶었으랴. 마음 같아서는 두 사람을 거열형에 처한다 해도 시원찮을 판이었다.

우왕은 그러나 내심을 감추고서 두 시중에게 말하였다.

"이제 경들에게 국사를 맡기고 보니 비로소 마음이 놓이는구려. 모쪼록 조정을 잘 수습할 줄 믿소이다."

그러면서 우왕은 말끝에 슬쩍 덧붙였다.

"그런데, 두 시중께서는 언제까지 도성 안에 군사를 둘 참이오? 최 시중도 멀리 갔으니 이제 그만 물려도 되지 않겠소?"

우왕은 군사를 밖으로 돌린 뒤에 조민수와 이성계를 죽일 작정을 하고 있었던 것이다. 우왕의 속내를 알 리 없는 좌시중 조민수가 답하였다.

"전하, 군사들이 도성을 지키지 않으면 간악한 무리들이 무슨 화를 일으킬지 모를 일이오라……."

우왕은 몹시 마뜩찮은 표정으로 조민수의 말을 잘랐다.

"혼란이 이미 수습되었는데 무슨 일이 또 있겠소? 군사들이 계속해서 궁궐을 에워싸고 있으면 백성들이 보기에 장수들이 임금을 핍박한다 할 것 아니겠소?"

"신 등이 어찌 감히 전하를 핍박할 수 있겠사옵니까?"

"오로지 전하의 안위를 지키고자 함이오니 전하께서는 신들의 마음을 헤아려주소서!"

이성계와 조민수가 연이어 아뢰자 우왕은 짐짓 부드러운 표정을 지었다.

"경들의 충정을 과인이 모르는 바 아니오. 하지만 궁궐의 숙위가 쓸데없이 삼엄하면 군사들 또한 피곤한 일이 아니겠소?"

"전하의 뜻이 정 그러하시다면, 신 등이 여러 장수들과 의논하여 군사들을 물리치도록 하겠사옵니다."

조민수와 이성계는 곧 36원수를 지장사(地藏寺)로 소집하였다. 그 자리에서 최영을 합포(지금의 마산)로 이배시키고, 좌우군과 맞섰던 장수들을 유배형에 처한 뒤에야 군사들을 빼기로 의논을 보았다.

이틀 후.

군사들이 썰물처럼 빠져나간 도성 안은 갑자기 텅 빈 것 같았다. 궁궐의 숙위도 예전처럼 응양군이 맡으면서 겉으로는 평온을 되찾은 듯싶었다.

바로 그날 밤. 손수 갑옷까지 차려입은 우왕이 궁중에 남아 있던 환관과 내수들을 황급히 불러 모았다. 얼추 잡아 80여 명쯤 되었는데 우왕은 그들을 두 패로 나누어 궁중에 있던 칼과 창으로 단단히 무장을 시켰다.

"과인이 조민수와 이성계를 죽여 치욕을 씻으려 한다. 이제 너희들이 과인을 따라 공을 세운다면 자손 만대에 이르기까지 왕실과 더불어 복을 누릴 것이니, 부디 과인의 뜻을 따르라!"

우왕은 직접 무리들을 이끌고 궁궐 문을 나섰다. 그러나 조민수와 이성계는 약속이라도 한 듯이 집을 비우고 없었다. 그들은 갑자기 군사를 빼라는 우왕의 성화에 짚이는 바가 있었던지 밤에도 군영에서 지냈던 것이다.

다음날 아침. 조민수와 이성계가 숭인문 밖 산대암으로 장수들을 소집하여 간밤에 있었던 사실을 말하자, 격분한 장수들의 입에서는 금세 험한 말들이 쏟아져 나왔다.

"우리가 회군을 단행한 것은 종사와 생령의 화를 막자는 것이었는데, 임금이 두 분 도통사를 죽이려 하다니!"

"이는 임금께서 우리의 충정을 믿지 못하고 군신의 도리를 스스로 저버린 것이니, 이렇게 된 바에는 보위에서 스스로 물러나야 할 것이오. 아니라면 장수들이 나서서 국새(國璽)를 봉인할 수밖에요!"

그러나 임금을 함부로 내쫓을 수는 없는 일. 장수들은 논의 끝에 좌군에서 심덕부와 왕안덕을, 우군에서는 이화와 조인벽(趙仁璧)을 우왕에게 보내 궁중에 있는 무기는 물론 말과 안장까지 모두 내놓을 것을 강청하였다. 그러나 우왕은 그들의 접견조차 거부했다.

· · ·

그날, 동문 밖 산대암에 둔을 치고 있는 우군의 영은 하루 내내 긴장감이 감돌았다. 10여 명의 문무신들이 머리를 맞대고서 장차 대사(大事)를 어떻게 정할 것인지 조심스럽게 논의하는 자리였던 것이다.

그 자리에는 이성계를 중심으로 정지, 정몽주, 정도전, 조인옥, 이화, 남은, 윤소종 등이 둘러앉아 있었다. 그러나 대사가 곧 보위에 관한 문제라 섣불리 말을 꺼내는 자가 없었다.

그럴 때에 성균사예 윤소종이 품속에서 한 권의 책을 꺼내더니 이성계 앞으로 내밀었다.

"『한서(漢書)』의 「곽광전(霍光傳)」입니다."

그러나 이성계는 경사에 어두운 편이라 「곽광전」이 무엇을 뜻하는지 잘 몰라 옆에 있는 조인옥을 힐끔 쳐다보았다. 이성계의 매부 조인벽의 아우인 인옥은 무장 출신이면서도 고사(古事)에 밝았던 것이다. 조인옥은 망설이지 않고 곽광에 대해 설명을 해나갔다.

"곽광을 두고 사람들은 주나라 성왕(成王)을 보좌했던 주공(周公)에 곧잘 비교하지요……."

한나라 때의 대장군이었던 곽광은 무제(武帝)의 고명을 받아, 어린 소제(昭帝)를 보좌하여 조정에 현량(賢良)을 들어 쓰고 백성들의 조세와 부역을 크게 감면하여 국초의 업적을 회복하고자 했다. 그런데 소제가 요절하자 곽광은 왕실의 법통에 따라 창읍왕(昌邑王) 하(賀)를 옹립했다. 그러나 창읍왕이 덕을 잃자 곽광은 감히 그를 폐하고, 무제의 증손인 18세의 선제(宣帝)를 즉위시켜 한나라를 다시 한 번 중흥시켰다. 안으로는 관제와 행정을 개혁하고, 처음으로 상평창(常平倉)을 설치하여 빈민을 구휼했으며, 밖으로는 흉노족을 격파하여 한나라의 위세를 가장 크게 떨쳤던 것이다.

윤소종이 「곽광전」을 이성계에게 보인 것은 실덕(失德)한 군주를 폐하고 유덕자를 세워 나라를 중흥시켜야 한다는 뜻이었다. 윤소종은 거침없이 말했다.

"더욱이 전하의 출생이 분명하지 않아 의심하고 있으니 이번 기회에 종사를 바로잡아야 할 것입니다!"

'우왕의 출생이 의심스럽다!'

경천동지할 말이었다. 그러나 좌중에 있는 사람들 중에 그의 말이 틀리다고 지적하는 자는 하나도 없었다. 다만 우왕의 출생에 관한 비밀은 천기(天機)인지라 함부로 말을 꺼내지 못했을 뿐. 도전은 이미 작정하고 있었던 듯 윤소종을 거들고 나섰다.

"민심을 얻지 못한 군주는 천명(天命)을 거스르게 되니, 이제 천명이 다한 군주는 스스로 유덕자에게 물려주고 물러나야 할 것입니다!"

이성계는 좌중을 둘러보다가 정몽주와 눈길이 마주쳤다.

"어찌하면 좋겠소?"

이성계의 물음에 정몽주는 망설이지 않고 답했다.

"이미 범 위에 올라탔으니 도중에 내릴 수는 없는 일입니다. 내린다면 그때는 범에게 잡아먹히고 말 겁니다."

"그렇소. 대세는 이미 정해졌는데 무엇을 더 망설이겠습니까?"

남은의 말에 이어 조준이 거들었다.

"그렇다면 사왕(嗣王)을 누구로 세울 것인지 먼저 정해야 하지 않겠습니까?"

순간, 좌중에는 긴장감이 감돌았다. 어느 누구도 감히 쉽게 입을 열지 않았다. 흉중에 품은 생각들이 다 달랐다. 그럴 때 이성계가 먼저 결론을 내렸다.

"여기서 우리가 어찌 함부로 사왕을 거론하겠소? 사왕을 세우는 것은 좌대장과 여러 대신들의 주장도 있을 것이고, 종친 중에서 왕실의 법통에 가깝고 덕이 있는 자를 세운다면 우리가 더 이상 바랄 것이 무어 있겠소?"

그날, 이성계와 10여 명의 문무신들은 우왕을 폐하고 유덕자를 세우기로 결의하였다. 조민수도 우왕을 폐하는 데까지는 이의가 없었다.

· · ·

다음날, 조민수와 이성계는 우왕 앞에 나아가, 장수들의 뜻이라며 영비를 출궁시킬 것을 청하였다.

"어찌 죄인의 여식을 궁중에 둘 수 있겠습니까? 영비를 당장 출궁시키소서!"

우왕은 어금니를 사리물었다. 영비가 목적이 아니라 자신을 왕위에서 쫓아내려 함이 아니던가. 우왕은 두 시중을 향해 우레와 같이 큰 소리로 호통을 쳤다.

"영비를 내쫓으라니? 차라리 과인더러 나가라 하시오!"

우왕이 완강하게 버티자 조민수와 이성계는 군사를 동원하여 궁궐을 에워쌌다. 그런 뒤에 우왕에게 강화로 갈 것을 청하였다. 우왕은 모든 것을 체념했다.

"덕이 없는 과인이 물러나야겠지……."

그러나 우왕은 물러나기 전에 원자인 창(昌)에게 양위한다는 교명(教命)을 먼저 내렸다.

"충렬왕, 충선왕, 충숙왕이 아들에게 위(位)를 물려주었던 전례에 따라 너에게 왕위를 전하고 나는 장차 강도(江都)로 가서 살면서 몸이나 조섭(調攝)하겠다. 너는 조종의 성헌(成憲)을 준수하여 교만치 말고 유락에 빠지지 말 것이며, 충량(忠良)한 자를 가까이하고 간악한 자를 멀리하여 세상이 잘 다스려지게 하라!"

근비(謹妃) 이씨와 사이에 태어난 창은 당시 9살. 우왕이 충렬과 충선.충숙왕을 전례로 든 것은 내심 언젠가 왕위에 복귀하려는 생각이었다.

밖으로 나서니 저녁노을이 서산을 붉게 물들이고 있었다. 뒷숲에서 문득 쑥국새 우는 소리가 들려오니 독부(獨夫)의 심회는 더욱 처연해질 수밖에 없었다. 사령이 우왕을 재촉하였다.

"이제 어가에 오르소서!"

우왕은 그를 돌아보며 말했다.

"오늘은 날도 이미 저물었는데, 무얼 그리 재촉하느냐? 길도 그리 멀지 않으니 밤길을 천천히 가자!"

좌우에 시립해 있던 환관과 시종들이 엎드려 눈물을 뿌렸다. 하지만 붙잡는 이는 아무도 없었다.

우왕이 영비와 명순옹주와 연쌍비를 데리고 회빈문 밖으로 모습을 감추자, 백관들은 기다렸다는 듯이 국새를 정비전(定妃殿)으로 옮겼다. 정비는 공민왕의 3비인 안씨였다.

'이제 사왕을 누구로 정할 것인가?'

나라사람들의 눈과 귀가 조민수와 이성계에게 모두 쏠렸다.

사왕을 누구로 정할 것인지를 놓고 이성계와 조민수는 팽팽하게 맞섰다. 조민수는 처음부터 창을 세우자는 쪽이었고, 이성계는 종실에서 유덕자를 세우자는 것이었다.

"이미 전왕의 교명이 있었으니 원자를 세우는 것이 마땅하오!"

"전왕을 폐위한 마당에 전왕의 교명에 따라 원자를 세운다면 반드시 화단이 일어날 것이오. 그러니 종친 중에서 왕실의 법통에 가깝고 덕이 있는 자를 가려서 세우는 것이 마땅합니다!"

"원자가 이미 정해져 있는데 어찌 대신들 마음대로 사왕을 정할 수 있단 말이오?"

"임금이 어리면 다시 또 다른 누군가가 섭정을 해야 할 터인데, 그렇게 되면 전왕 때처럼 나라의 대계가 바로 서질 않고 또다시 권신들이 득세하고 말 것이오."

사왕 문제를 놓고 조민수와 이성계가 첨예하게 맞서고 있을 때 한산군 이색이 조민수의 주장을 거들었다.

"공민왕께서 일찍이 강화왕(우왕)을 강녕대군으로 책봉하여 부(府)를 세웠으며, 또 천자께서 작위를 주셨으니 당연히 전왕의 적자를 세워야지 누구를 세운단 말인가!"

우왕의 사부이자 사대부들이 유종으로 받드는 이색의 한마디는 창왕을 옹립하는 데 결정적인 역할을 했다. 정비전에서도 원자 창에게 마음을 두었다.

"전왕이 스스로 손위(遜位)하였으니 원자가 종사를 받드는 것이 바람직하오."

이성계 쪽에서는 차마 우왕의 출생에 대한 의혹을 제기하지 못하고 대세에 밀릴 수밖에 없었다.

이윽고 정비의 교서에 따라 창이 수령궁*에서 즉위하니, 그가 바로 고려 33대 왕 창왕(재위 1388~89)이었다. 창왕이 즉위하면서 우왕은 상왕으로, 근비 이씨는 왕태후로 올렸다.

창왕은 곧 찬성사 우인열(禹仁烈)과 정당문학 설장수를 명나라에 보내, 최영이 요동을 공격한 죄와 부왕이 손위한 사실을 고하고 아울러 승습을 청하였다.

창왕은 조민수와 이성계에게 공신호를 내리고, 조민수를 양광·전라·경상·서해·교주도 도통사로, 이성계를 동북면·삭방·강릉도 도통사로 삼아 군국의 두 축으로 삼았다.

그러나 겉으로 보기에도 조민수에게 훨씬 더 많은 힘이 실려 있었다. 이성계로서는 아직 대세를 장악할 만한 힘이 부족했던 것이다. 이성계를 따르는 무리들이래야 조정에 기반이 약한 신진사대부 출신이나 변방 출신의 무장들뿐이었다. 반면에 조민수는 권문세족 출신의 대신들과 보수적인 무장들을 끌어들여 입지를 강화해나갔다.

그즈음, 명나라에 급파되었던 박의중이 돌아왔다.

• 壽寧宮. 창왕의 이름자를 기휘(忌諱)하여 수창궁을 수령궁으로 바꿈.

홍무제는 예부의 자문을 통해 고려를 호되게 힐책하면서 철령위에 대해서는 이렇게 말했다.

"고려의 주장을 다 받아들일 수 없으나 상세히 살핀 다음 결정될 일이다!"

요동공벌을 일으키고 우왕의 폐위로까지 이어졌던 철령위 설치 문제는 그렇게 허망하게 끝나고 말았다. 그러나 이미 물길을 틀어버린 역사의 도도한 흐름은 되돌릴 수 없었다.

_ 3권에서 계속

정도전

초판 1쇄 펴낸 날   2014.3.20

지은이   임종일
발행인   양진호
발행처   도서출판 인문서원

등 록   2013년 5월 21일(제2014-000039호)
주 소   (121-894) 서울시 마포구 양화로 56번지 동양한강트레벨 718호
전 화   (02) 338-5951~2
팩 스   (02) 338-5953
이메일   inmunbook@hanmail.net

ISBN   979-11-952090-2-6 (04810)
          979-11-952090-0-2 (세트)

이 도서의 국립중앙도서관 출판시도서목록(CIP)은 서지정보유통지원시스템 홈페이지
(http://seoji.nl.go.kr)와 국가자료공동목록시스템(http://www.nl.go.kr/kolisnet)에
서 이용하실 수 있습니다.(CIP제어번호: CIP2014006933)